KB011404

한국의 농담

이강래 엮음

문지사

|머리말|

『한국의 농담』은 민간에 전해져 내려오는 고화(古話)를 모와 엮은 책으로 한국 토속문화의 백미이다. 그러므로 『한국의 농담』의 편자는 알 수 없다. 한편 편찬연대는 대략 조선시대의 후기인 18세기~19세기로 추정되고 있다.

한국인의 웃음 『한국의 농담』이란?

태평환화골계전, 어면순, 속어면순, 촌담해이, 명엽지계, 파수록, 어수신화, 긴담록, 성수패설, 기문, 교수잡사 등 11종류의 소화집이 한데 묶여 있다. 그 안에는 총 789편의 이야기가 실려 있는데, 이 중에 약 3분의 1 가량이 육담(肉談)에 해당된다.

어면순, 속어면순, 촌담해이, 기문 등은 거의 육담으로 채워져 있고, 어수신화, 진담록, 성수패설, 교수잡사에는 육담이 전체의 3분의 1 내지 2 정도를 차지한다.

반면 태평환화골계전, 파수록, 명엽지계에서는 육담이 거의 실려 있지 않다. 『한국의 농담』은 유교사상이 지배하던 조선시대 사람들의 탐욕과 어리석음, 추악함을 적나라하게 내용으로 담고 있다. 위로는 왕후장상으로부터 학자, 벼슬아치, 양반, 중인, 무당, 판수, 승려, 기생, 노비에 이르기까지 각양각색의 인물들이 등장해 인간의 삶의 희극을 연출해 내고 있다.

특히 남녀 간의 육담은 그 양이나 질에 있어서 우리나라 어느 문헌보다 풍부하고 노골적으로 그려져 있다.

『한국의 농담』이 조선시대 사람들의 성의식에 대한 풍부한 자료임에도 불구하고 일반 독자들에게 알려지지 못한 것은 원문이 한문으로 되어 있고, 시중에 나와 있는 책들이 대체로 어렵게 번역되어 있는 탓도 일부 있으며, 『고금소총』 원전 자체가 시대적 배경이나 서술 방법의 특성상 현대의 독자들이 읽기에 다소 거북하게 되어 있는 점도 그 원인이라고 생각한다.

이 책은 우리 조상들의 체취를 잠시나마 더듬어 쉽고 가볍게 읽을 수 있도록 재미있게 엮어 놓았다. 그 내용을 통해 선조들의 삶의 지혜를 엿볼 수 있을 것이다.

엮은이 씀

목 차

웃음짓는 집, 한숨짓는 집

대나무가 울창하기로 소문난 대밭골에 박 씨네와 김 씨네 두 집이 이웃하여 살고 있다.

두 집 모두 대밭에서 대나무를 잘라 우산을 만들어 팔면서 몇 마지기 안 되지만, 대밭 아래 논에는 가뭄에도 물이 마르지 않아 매년 풍작이라 박 씨네와 김 씨네는 양식 걱정 없이 살아갔다.

가을에는 논에서 난 볏짚이 좋아 그걸로 짚신도 만들어 팔았다.

박 씨네와 김 씨네는 똑같이 다 큰 아들이 둘씩이라 매일 아침이면 두 집 모두 한 아이들은 우산을 짊어지고, 다른 아이들은 짚신을 짊어지고 장터를 찾아나섰다.

두 아들을 장에 보낸 김 씨 부부는 하루에도 몇 번씩 문을 열고 하늘을 쳐다본다.

비가 주룩주룩 오는 날이면

"이걸 어쩌나, 우리 작은놈이 짚신 보따리를 짊어지고 어느 집 처마 밑에 쪼그리고 앉아 있으려나……."
하고 한탄을 한다.

비가 오면 짚신 장수는 공치는 날이라 김 씨 부부는 걱정이 많았다. 정말 김 씨네 작은 아들은 장터에서 짚신을 팔다가 빗방울이 떨어지자 황급히 보따리를 싸 가지고 장터거리 처마 밑에 비 맞은 생쥐처럼 쪼그리고 앉아있었다.

햇살이 쨍쨍한 날이면, 김 씨네는 또 걱정거리가 생겼다.

"우리 큰놈, 우산 한 짐을 지고 이 땡볕에 땀을 흘리며 우산 사라고 목이 찢어져라 소리쳐도 누가 쳐다보기나 하려나……"

김 씨네 큰아들은 그의 부모 걱정대로 땀을 뻘뻘 쏟으며 울상이 돼 돌아다니지만 우산은 한 개도 안 팔렸다.

그러나 박 씨네는 딴판이었다. 비가 쏟아지는 하늘을 보며 박 씨네는 웃음꽃이 만발이다.

"우리 맏이 우산 잘 팔리겠네."

"그럼요, 그럼."

어디 이뿐인가. 햇살이 쨍쨍한 날 하늘을 바라보며

"우리 작은놈, 짚신 잘 팔리겠네. 허허허."

우산과 짚신을 팔러 나간 박 씨네 아이들도 김 씨네 아이들과는 달랐다. 우산 팔러 나간 큰 아들은 햇볕이 쨍쨍한 날은 느티나무 그늘에서 우산 지게를 세워놓고 천하태평 낮잠을 자고, 짚신 팔러 나간 둘째는 비가 오면 주막집에 들어가 넉살 좋게 짚신을 주고 막걸리를 들이켰다.

김 씨네는 늘 집안에 한숨 소리뿐이고, 박 씨네 집안은 언제나 웃음꽃이다. 이를 두고 사람들은 세상만사가 마음먹기에 달렸다고 하더라.

순진한 선비

어느 무더운 여름날 장터에 파장이 가까워 오는데도 닭을 몇 마리 팔지 못한 닭장수는 쪼그리고 앉아 잔뜩 인상을 쓰고 애꿎은 연초만 박박 피우고 있는데, 꼴에 선비랍시고 떨어진 넓은 갓을 쓰고 땟국이 흐르는 두루마기에 염소수염을 한 어수룩한 사람이 뚫어지게 장닭을 내려다보더니 대뜸

"이 닭값이 얼마요?"

라고 묻지 않고

"이게 뭐요?"

라고 물어 닭장수의 부아를 돋우는 것이었다.

할 말을 잃고 선비를 째려보던 닭장수가 이 선비를 놀릴 생각으로

"봉황이요, 봉황!"

하고 냅다 고함을 질렀다.

그런데 이 촌선비 하는 말이

"이게 말로만 듣던 봉황이로구나."

선비는 허리를 숙여 장닭에 코가 닿을 듯이 살펴보더니

"이게 얼마요?"

하고 묻자, 옳다구나 하고 닭장수는 말 나오는 대로

"쉰 냥이요. 쉰 냥."

하고 소리 질렀다.

선비는 뒤돌아서서 허리춤을 풀고 만지작거리더니 쉰 냥을 닭장수 손에 쥐어주고 닭을 안고 유유히 사라졌다.

"우헤헤헤… 이게 웬 횡재냐!"

온종일 장사한 것보다 단 한 방에 더 많은 돈을 챙긴 닭장수는 입이 찢어졌다. 닭값의 열배도 더 받아 챙긴 것이다.

'저런 미친놈이 하루에 한 놈만 걸려도 좋으련만….'

닭장수가 신이 나 선술집에서 막걸리 사발을 비우고 있을 때 고을 동헌에서는 희한한 일이 벌어지고 있었으니, 이방이 사또에게 다가가

"나리, 웬 미친놈이 수문장에게 떼를 쓰며 사또께 봉황을 올리겠다고 야단입니다."

'봉황?!'

사또는 눈이 휘둥그레졌다.

꾀죄죄한 선비가 보자기로 싼 봉황(?)을 들고 사또 앞에 섰다.

"그 속에 봉황이 들었단 말이냐?"

"그러하옵니다. 불철주야 우리 고을을 위해 애쓰시는 사또님께 드리려고…"

선비가 보자기를 풀자, 장닭이 사또를 우롱하듯이 홰를 치며 '꼬끼요' 목청을 뽑았다.

“네 이놈! 이 사또를 농락하는 게냐. 여봐라, 저놈에게 곤장 스무 대를 쳐라.”

“아니 사또 나리, 분명히 봉황이라 해서 사 왔습니다.”

선비가 봉황(?)을 사게 된 자초지종을 설명하자, 곧이어 닭장수가 잡혀 왔다.

“네놈은 이 순진한 선비에게 닭을 봉황이라 속여 팔았겠다.”

얼굴이 불쾌해진 닭장수가

“사또 나리, 그게 아니옵고….”

선비가 닭장수의 설명을 가로챘다.

“소인이 아무리 본 데 없는 숙맥이라지만 닭 한 마리를 이백 냥이나 주고 살 턱이 있겠습니까?”

“뭐, 뭐, 뭐라고? 오십 냥을 받았지 내가 언제 이백 냥을 받았어?”

닭장수가 소리를 질렀지만, 이미 판세는 결정이 난 것이었다.

투자한 돈의 네 배인 이백 냥을 챙긴 선비는 동헌을 나와 휘파람을 불려 주막으로 향했고, 동헌에서는 철썩철썩 닭장수의 볼기짝 맞는 소리가 바깥까지 들려왔다.

칼 그림자의 세월

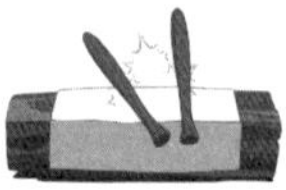

13살 어린 새신랑이 장가를 가서 신부 집에서 달콤한 첫날밤을 보내게 되었다.

왁자지껄하던 손님들도 모두 떠나고 신방에 신랑과 신부만 남게 되자 다섯 살 위 신부가 따라주는 합환주를 마시고 어린 신랑은 촛불을 껐다.

신부의 옷고름을 풀어주어야 할 새신랑은 돌아앉아 우두커니 창쪽만 바라보고 있었다. 보름 달빛이 교교히 창을 하얗게 물들인 고요한 삼경에 신부의 침 삼키는 마른 소리가 적막을 깨뜨렸다.

바로 그때 '서걱서걱' 방 밖에서 음산한 소리가 나더니 달빛 머금은 창에 칼 그림자가 스치고 지나갔다.

어린 새신랑은 온몸에 소름이 돋고 아래위 이빨은 딱딱 부딪쳤다. 순간 할머니한테 들었던 옛날 얘기가 생각났다.

첫날밤에 나이든 신부의 간부인 중놈이 다락에서 튀어나와 어린 신랑을 칼로 찔러 죽여 뒷간에 빠뜨렸다는 얘기였다.

"시, 시, 신부는 빠, 빨리 부, 부, 불을 켜시오."

신부가 불을 켜자, 어린 신랑은 사시나무 떨듯 와들와들 떨고 있었다.

신부 집은 발칵 뒤집혔다. 꿀물을 타 온다, 우황청심환을 가지고 온다, 온 집안 식구가 부산을 떠는 동안 새신랑은 자기가 데리고 온 하인 억쇠를 불렀다. 행랑방에서 신부 집 청지기와 함께 잠 자던 억쇠가 불려왔다.

어느덧 동이 트자, 새신랑은 억쇠가 고삐 잡은 당나귀를 타고 한 걸음에 30리 밖 자기 집으로 가버렸다. 그 이후 새신랑은 두 번 다시 신부집에 발을 들여놓지 않았다.

춘하추동이 스무 번이나 바뀌며 세월은 속절없이 흘렀다. 그때의 그 새신랑은 장성하여 장원 급제를 해서 벼슬길에 올랐고 새장가까지 가서 아들딸에 손주까지 두고 옛일은 까마득히 잊었다.

어느 가을날, 친구의 초청을 받아 그 집에서 푸짐한 술상을 놓고 마주 앉았다. 송이산적 안주에 잘 익은 청주가 나왔다. 두 사람은 당시를 읊으며 주거니 받거니 술잔이 오갔다.

그날도 휘영청 달이 밝아 창호가 하얗게 달빛에 물들었는데, 그때 '서걱서걱'하는 20년 전 첫날밤 신방에서 들었던 그 소리, 그리고 창호지에 어른거리는 칼 그림자! 그는 들고 있던 청주 잔을 떨어뜨리며 벌벌 떨었다.

"저 소리, 저 그림자."

이에 친구가 껄껄 웃으며

"이 사람아, 저 소리는 대나무잎 스치는 소리야. 또 저것은 대나무잎 그림자란 말일세."

순간 그는 얼어붙었다. 세상에 이럴 수가!

'맞아. 바로 저 소리, 저 그림자였어. 그때 신방 밖에도 대나무가 있었지.'

그는 실성한 사람처럼 친구 집을 나와 그 길로 하인을 앞세워 밤새도록 나귀를 타고 삼경녘에 20년 전 처가에 다다랐다.

그때 새신부는 뒤뜰 별당채에서 잠 못 들고 희미한 호롱불 아래서 물레를 돌리고 있었다.

그는 문을 열고 "부인!" 하며 목이 메어 말을 잇지 못했다. 노년의 새신부는 물레만 돌리며 젖은 목소리로 말했다.

"세월이 많이도 흘렀습니다."

그는 땅을 치며 회한의 눈물을 쏟았지만 세월을 엮어 물레만 돌리는 새신부의 주름살은 펼 수가 없었다.

벼락과 간통한 아내

한 사대부가 가까이서 부리는 여종을 간통하고자 아내가 깊이 잠든 틈을 노려 몰래 여종의 처소로 갔다.

그러나 번번이 아내가 기다렸다는 듯 뒤를 밟아 따라옴에 만사가 틀어지니 분하고 아쉬운 심정이었다.

그러던 어느 날 뇌성벽력이 일고 비바람이 크게 일어 천지가 캄캄한지라, 이에 선비가 일부러 여종 처소로 가는 척 하고 뒷간 옆에 숨어 동정을 살폈다.

'이런 죽일 놈이 있나?'

그 아내가 화가 잔뜩 나서 뒤를 밟아 나오던 중에, 마침 뇌성벽력이 바로 옆으로 떨어지니 부인이 혼비백산하여 정신이 혼미할 때, 선비가 폭풍우와 뇌성벽력 사이를 뚫고 아내에게 달려들어 억센 손으로 고쟁이를 벗기고 번갯불에 콩 구워먹듯 빠른 속도로 간통한 후에 방으로 돌아와 코를 골며 누워 자는 척 하였다.

그때 반쯤 넋이 나간 아내가 자는 남편을 툭툭 치며 한다는 말이

"벽력도 숫놈벼락이 있소."

하고 물으니 태연하게 선비가 대답하기를

"어찌 벼락이라고 숫놈이 없겠는가?"

하고 대답하니 아내가 그 말을 듣고 길게 탄식하며

"어이구, 이 일을 어찌할까……."

하고 한탄해 마지않으며, 다시는 여종의 처소로 가는 남편의 뒤를 밟지 않았다 한다.

사기꾼 국사범

기생 도화는 나그네를 모시게 되었는데, 둘은 궁합이 맞아 밤새도록 운우의 정을 나눴다. 새벽녘에 깜빡 잠이 들었는데 눈을 떠보니 이미 해가 중천에 떠올라 있었다. 나그네는 낭패한 기색을 보이며 넉넉하게 술값을 치르고 나서 물었다.

"날이 어두워질 때가지 뒷방에 머물렀다 갈 수 없겠소?"

도화는 웃으며 말했다.

"서방님이 원하시면 한평생이라도…."

그날 밤 떠나려는 나그네를 도화는 잡아 앉히고 술상을 차렸다. 밤늦도록 술을 마시고 금침을 깐 후 도화는 진하게 육탄공세를 퍼부었다. 도화는 가쁜 숨을 몰아쉬며 발가벗은 알몸으로 나그네 품에 안겨 베갯머리 송사로 물었다.

"서방님은 도대체 무얼하는 사람이며, 어디로 가는 길입니까?"

나그네는 마침내 말이 새지 말 것을 신신당부한 끝에 자신은 역적모의를 하다 수배 받고 있는 국사범이라는 걸 털어놓았다. 이에 도화는 나그네가 잠든 사이에 곧바로 사또에게 달려가 고발해 버렸다.

꼼짝없이 붙잡힌 이 자는, 순순히 체포돼 가는 모습이 반사를 체념한 것 같았다.

도중 호송 군관에게 아부를 잘해 행동은 비교적 자유로워 마지막 작별 인사나 해 달라며 거쳐 가는 고을의 점찍어 놓았던 부잣집마다 친척이라며 찾아들었다. 모두가 보니 군관에게 겹겹이 둘러싸여 끌려가는 중죄인인데, 물론 집주인하고는 생면부지다. 마지막 영결하는 자리이니 단둘이 만나게 해 달라 간청해서는 부잣집 주인에게 협박을 한다.

"나는 국사범으로 이번에 가면 죽는 몸이야. 네놈을 연루자로 끌어넣을 테다."

가만있다가는 대단한 곤경을 치를 것 같아 별도로 흥정이 오갔다.

"평양 아무에게로 몇 천 냥 표를 써줄 테니 제발 그러지 마시오."

이렇게 받아낸 여러 장의 돈표를 같은 동지를 시켜 현금으로 받아 챙겼을 때쯤, 호송 행렬은 평양에 닿았다

자칭 국사범이라고 신분을 말한 이 작자는 노름판에 쫓아다니며 이 과부 저 과부를 꾀어 빌붙어 살며 부자 등쳐먹는 소문난 사기꾼으로, 역적이고 충신이고 국사에 끼어들 인물이 될 수 없는 녀석이었다.

감사는 그놈이 사기를 친 줄 뻔히 알지만 잘못하면 집안의 치부가 들어날 것 같아 우선 옥에 가두어 두고 국사범이란 걸 밝힌 후 곤장 열 대를 때려 내보냈다. 하여튼 스스로 국사범이 되어 잡혀 가는 중죄인으로 꾸며서 한 탕을 친 솜씨는 대단해 감사는 혀를 찼다.

후에 이 일을 전해 들은 사람들이 그 꾀에 박장대소를 하였다 한다.

사위의 힘 자랑

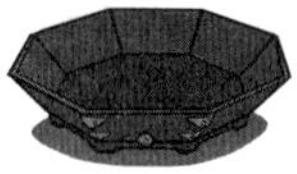

옛날 충주 지방에 사는 한 젊은이가 경상도 땅으로 장가를 갔다.

첫날밤에 장모가 술상을 차려 신방에 넣어주고는, 이튿날 아침 자고 나온 사위에게 의례적인 인사말로 어젯밤 넣어준 술상이 보잘것없었지만 먹고 잤느냐며 다음과 같이 말했다.

"어젯밤 넣어준 것(보잘것없는 것) 좀 하고 잤는가?"

이 말에서 '넣어준 것'이란 첫날밤의 술상을 두고 하는 말로서 '별로 잘 차리지 않은 음식'이란 뜻으로, 모두 경상도 지역에서는 보통 겸손하게 자기 것을 낮추어 하는 말로 쓰이는 사투리였다.

하지만, 이 말을 충주 지방에서 간 사위는 다르게 이해할 수밖에 없었다. '넣어준 것'이란 말은 '보잘것없이 생긴 내 딸, 즉 신부'로 알아들었고, '좀 하고'는 '밤새 잠자리를 몇 번 했나'로 알아들은 것이었다. 그래서 사위는 머뭇거리다가 이렇게 대답했다.

"예, 장모님! 세 판을 하고 잤습니다."

즉, 밤새 신부와 세 번 잠자리 한 것을 그대로 말한 것이었는데, 장모는 사위가 매우 어리석어 말귀를 못 알아들은 것으로 여기고 언짢아 했다. 그래서 장모는 고개를 돌리고 혼잣말로 중얼거렸다.

"저 사람이 우리 돌금부보다 못하구먼."

이것은 사위가 집에서 일하는 '돌금부'라는 종보다 더 어리석다고 한 말이었는데, 이 소리를 들은 사위는 다른 뜻으로 알아들은 것이었다.

즉, 밤새 세 번 했다는 말에 대해, 겨우 그것밖에 못했으니 정력이 너무 약해 돌금부보다 못하다고 꾸짖는 것으로 받아들인 것이다.

그래서 사위는 화를 내면서 꿇어앉아 항의하듯 말했다.

"그 돌금부란 녀석이 어떤 영악한 놈인지 모르겠지만, 이 사위는 10여 일 동안 몇 백 리 길을 와서 지친 몸으로 짧은 밤에 내리 세 판을 했으면 장한 것이지, 그게 어찌 부족하단 말입니까?"

이에 장모는 크게 놀라 다시는 아무 말도 하지 않았다.

개밥그릇

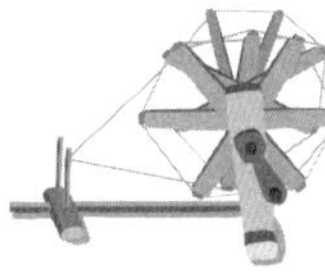

나른한 한낮의 열기에 만물이 축 늘어져 있는데 양반의 발 옆에서 강아지 한 마리가 게걸스럽게 밥을 먹고 있었다.

무심코 내려다 보던 양반의 눈길이 개밥그릇에 딱 멎었다. 먹다 남은 개밥이 말라붙고 또 말라붙어 꼬질꼬질했지만 이게 보통 물건이 아니다. 가만히 다가가 자세히 살펴봤더니 연화문 고려청자 접시가 아닌가!

강아지 옆으로 서너 걸음 떨어져 초가집 주인인 듯한 꾀죄죄한 사팔뜨기 노인네가 맷방석에 고추를 말리고 있었다. 양반은 얼른 앉았던 자리에 도로 앉아 눈길을 돌리고 장죽을 꺼내 물었다. 횡재수가 생긴 지라 그의 가슴은 쿵쿵 뛰었다. 양반은 시치미를 떼고

"노인장, 오늘은 더위가 대단합니다그려. 물 한 사발 얻어 마실 수 있겠소이까?"

"그러시구려."

사팔뜨기 노인은 일어서서 자박자박 부엌으로 걸어가 물 한 사발을 떠 왔다.

단숨에 물을 마신 양반은 다시 감나무 그늘에 앉아 올 농사가 어떠냐

는 둥 이 얘기 저 얘기 시시껄렁하게 노인에게 말을 걸다가

"이 강아지가 눈빛이 초롱초롱하니 싹이 보입니다그려."

사팔뜨기 노인은 대꾸도 없이 하던 일을 계속했다.

"이놈을 잘 훈련시키면 멧돼지 멱을 물고 늘어지겠는데…."

강아지 머리를 쓰다듬던 양반은 사팔뜨기 노인을 보고

"이 강아지 제게 파시오. 후하게 값을 쳐줄 터이니."

노인은 정색을 하며

"파는 강아지가 아닙니다요."

하고 하던 일에만 열중하는 것이 아닌가.

"노인장, 그러지 마시고 내 열 냥을 드리리다."

열 냥이면 개장수에게 팔려가는 가장 좋은 개값이다.

"고개를 넘어 장터에 가면 강아지 장수들이 널려 있으니 거기 가서 사시오."

양반은 달아올랐다.

"스무 냥!"

사팔뜨기 노인은 고개를 젓는다.

"서른 냥!"

"마흔 냥!"

"쉰 냥 여기 있소이다. 이 강아지 데려갑니다!"

하던 일을 멈추고 일어선 노인이 쉰 냥을 받아 주머니에 넣으며

"별 양반 다 보겠네. 그 강아지가 그렇게 갖고 싶으면 데려가시오."

양반은 활짝 웃으며

"고맙소이다, 노인장."

양반이 강아지를 안고 슬그머니 개밥그릇까지 집어들자 노인네가

"나는 강아지만 팔았지 밥그릇까지 판 것은 아니외다."

딱 부러지게 말하며 개밥그릇을 낚아챘다.

"이까짓 개밥그릇 끼워서 주지 않고…."

"이까짓이라니, 연화문 고려청자 접시는 우리 집 가보요!"

양반이 땅이 꺼져라 한숨을 쉬고 떠나자 사팔뜨기 노인은 고개를 돌려 소리쳤다.

"얘야, 낚싯밥이 떨어졌다."

그 소리에 며느리가 생글생글 웃으며 다른 강아지 한 마리를 안고 나왔다.

이 얼마나 장사를 잘 하는 노인인가?

부부지간은 몇 촌

강원도 정선 땅에 사냥을 생업으로 삼고 사는 사람이 있었는데, 하루는 첩첩산중을 헤매던 중 풀숲에서 몸을 낮추는 짐승을 향해 활시위를 쏘고 부리나케 달려가 보니 아니 웬걸! 사냥꾼의 화살에 맞아 죽은 것은 짐승이 아니라 약초 캐던 노인이 아닌가.

사냥꾼은 노인의 시체를 정성껏 염해서 범바위 바로 아래 양지 바른 곳에 묻고서 목이 마를 때 마시려고 차고 다니던 표주박에 막걸리를 따라놓고 눈물을 흘리며 절을 했다.

그리고서 자신도 소나무에 목을 매고 죽으려 했지만 눈앞에 아른거리는, 늦장가를 들어 얻은 외아들 개똥이와 아내 모습에 그만 올가미를 벗고 집으로 돌아왔다. 집으로 돌아온 후 한숨만 푹푹 쉬는 남편을 보고 아내가 무슨 일이냐고 캐물으니 사냥꾼은 자초지종을 털어놓고 날이 새면 관가에 가서 자수를 해야겠다고 했다.

그 당시 살인자는 이유 여하를 막론하고 사형을 당하는 시절이라 아내가 펄쩍 뛰며

"여보, 하늘 아래 그걸 아는 건 우리 세 식구뿐이잖아요. 당신 없이 우

린 어떻게 살라고….”

하며 울음을 터트렸다.

이튿날 아침 늦게 일어난 사냥꾼 아내가 개밥을 주려고 누렁이를 찾았지만 끝내 보이지 않았다. 이 판국에 개 없어진 것이 문제가 될 것인가.

그렇게 세월은 흘러 3년이 지났다. 그때 그 일을 모두 잊어버리고 15세가 된 개똥이는 아버지를 도와 사냥감을 몰고 아버지는 목을 지키다가 활시위를 당겨 보는 족족 잡아 광 속에는 산짐승 모피가 가득했다.

그러던 어느 날, 사냥꾼 부자는 3일 동안 사냥을 하고 집으로 돌아와 털썩 주저앉고 말았다. 광 속의 모피를 몽땅 털어가지고 아내가 집을 나간 것이다.

사냥꾼 부자는 몇날 며칠 수소문 끝에 아내의 행방을 알아냈다. 모피 수집상과 눈이 맞아 정선 읍내에 새살림을 차린 것이다.

사냥꾼 부자가 그 집을 찾아가 소리쳤다.

“네 이년, 당장 동헌으로 가자.

이 말에 아내는 배시시 웃으며

“사또 앞으로 가자, 이 말씀이군요. 갑시다.”

아내가 꼿꼿하게 대들자, 사냥꾼은 가슴이 철렁 내려앉았다. 3년 전의 그 일이 떠오른 것이다.

동헌으로 가는 길에 개똥이가 몰래 아버지 귀에 속삭였다.

“아버님, 사또 앞에 가거든 절대로 그런 일 없었다고 딱 잡아떼세요. 저만 믿으시고!”

그들은 사또 앞에 섰다. 여자가 앙칼지게 말했다.

"이 살인자하고 살 수 없어 제 발로 집을 나왔습니다."

하고 그 동안의 일을 사또하게 고하니, 사냥꾼은 태연하게

"나는 짐승 잡는 사냥꾼이지, 사람 잡는 망나니가 아닙니다."

하는 것이 아닌가.

이에 사또가 육방관속을 거느리고 사냥꾼과 여자를 앞세우고 범바위로 올라갔다.

포졸들이 땅을 파자 뼈가 나왔다. 이방이

"사또 나리 이것은 사람 뼈가 아니라 네발 달린 짐승의 뼈이옵니다."

하고 고하니, 사또가 화가 나서 소리쳤다.

"여봐라, 저년을 당장 옥에 가두고 간부도 잡아넣으렸다."

일이 그렇게 마무리가 되고, 호롱불 아래 사냥꾼과 아들 개똥이가 마주 앉았다.

"어떻게 된 셈이냐?"

사냥꾼이 물었다.

"삼년 전 그날 밤, 아버지와 어머니께서 잠드신 후 몰래 범바위로 올라가 시체를 파 내어 멀리 뒷산에 묻고 따라온 우리 집 개를 잡아 그 자리에 묻었습니다. 부부지간은 촌수가 없습니다, 촌수도 없을 만큼 가까울 수도 있고, 촌수가 없을 만큼 남남일 수도 있습니다."

돈 많은 과부

음기가 무척 센, 돈 많은 과부가 있었다.

어떠한 남자와의 잠자리에서도 만족할 수 없었던 그녀는 결국 중대한 결단을 내리기에 이르렀다. 자신을 만족시켜 주면 결혼과 더불어 재산의 반을 넘겨주겠다고 주위에 광고를 한 것이다.

그러자 인근 고을의 수많은 남자들이 응모했고, 어느 날 한 자리에 모두 모였다. 그들은 30분에서 두 시간 동안 해줄 수 있다면서 제 각각 자신의 정력을 떠벌리느라 여념이 없었다.

그러던 중, 한 남자가 3시간을 장담했다. 마침내 과부는 그 남자와 잠자리를 같이 하게 되었다.

그런데 그날 밤, 문제의 남자는 과부에게 흠씬 두들겨 맞고 쫓겨나고 말았다. 웬일인지 입술이 부르터 있던 과부가 한숨을 내쉬며 하는 말,

"무슨 남자가 세우는 데만 2시간 59분이 걸려?"

그 과부는 포기하지 않고 또 광고를 냈다. 그리고 변강쇠와 잠자리를 같이 하게 됐다.

그는 연달아 백 번 이상 해줄 수 있다고 장담하여 선발되었던 것이다.

변강쇠는 정말 대단했다. 95번을 넘기자 과부는 불안해지기 시작했다. 그와 결혼해서 살면 자신이 감당할 수 없을 것 같았고, 재산의 반을 넘겨주기도 싫었다.

과부는 자꾸 횟수를 깎기 시작했다. 그러자 화가 난 변강쇠가 말했다.

"좋아, 그럼 처음부터 다시 해!"

돌아온 산삼

어느 산골 마을에 사는 나무꾼 박 씨는 걱정이 태산이었다. 혼기를 한참이나 넘긴 딸이 올해는 시집 가겠지 했는데, 또 한 해가 속절없이 흘러 딸애는 한 살을 더 먹어 스물두 살이 되었기 때문이다. 집안 살림이라도 넉넉했으면 진작 시집을 갔겠지만 살림마저도 넉넉하지가 않았기 때문이다.

일 년 열두 달 명절과 날씨가 좋지 않은 날만 빼고는 하루도 빠짐없이 산에 올라 나무를 베서 장에 내다 팔지만, 세 식구 입에 풀칠하기도 바빴다.

가끔씩 매파가 와서 중매를 서지만 혼수 흉내 낼 돈이 없어 한숨만 토하다 보낸 적이 한두 번이 아니었다. 세상에 법 없이도 살아갈 착한 박 씨지만 한평생 배운 것이라고는 나무장사 뿐인데, 요즘은 몸도 젊은 시절과 달라 힘에 부쳐 나뭇짐도 점점 작아졌다.

어느 눈이 펄펄 오는 날, 박 씨는 지게에 도끼를 얹고 산으로 갔다. 화력 좋은 굴참나무를 찾아 헤매던 박 씨의 눈에 새하얀 눈 위로 새빨간 산삼 열매가 보석처럼 반짝이고 있는 것이 아닌가.

박 씨가 백년 묵은 산삼 한 뿌리를 캤다는 소문은 금방 저잣거리에 퍼져 약재상들이 찾아왔다.

"박 씨, 산삼을 들고 주막으로 가세. 천석꾼 부자 김 참봉이 기다리고 있네."

박 씨는 이끼로 싼 산삼을 보자기에 싸 들고 약재상을 따라 저잣거리 주막으로 갔다. 김 참봉과 그의 수하들이 술상을 차려놓고 박 씨를 기다리고, 주막을 제집처럼 여기는 노름꾼들, 껄렁패들도 산삼을 구경하려고 몰려들었다.

미침내 박 씨가 보사기를 풀자 백년생 동자산삼이 그 모습을 들어냈다. 와! 하고 모두가 탄성을 지를 때 누군가 번개처럼 산삼을 낚아채더니 와그작 와그작하고 씹어 먹는 것이 아닌가.

금세 주막은 아수라장이 되었다. 김 참봉의 수하들이 산삼도둑의 멱살을 잡아 올려보니 폐병으로 콜록콜록 거리는 놀음쟁이 허생이었다. 제대로 놀음판에 끼지도 못하고 뒷전에서 심부름이나 하고 고리나 뜯는, 집도 절도 없는 젊은 놈팡이 허생은 코피가 터지고 입술은 탱탱 부어오른 채 김 참봉 수하들에 의해 방바닥에 구겨져 있었다.

화가 머리끝까지 난 김 참봉은 수하들에게

"이놈을 포박해서 우리 집으로 끌고 가렸다. 이놈의 배를 갈라 산삼을 끄집어 낼 테다."

하는 일갈에 허생은 사색이 되었다. 바로 그때 마음씨 착한 박 씨가 그런 허생이 불쌍해 보여 나섰다.

"참봉어른, 아직까지 허생의 뱃 속에 있는 그 산삼은 제 것입니다요.

이놈의 배를 째든 지 통째로 삶든 지 제가 하겠습니다.”

하고 말하니 그 말이 맞는 것이 아닌가.

김 참봉은 산삼을 사지 못한 것은 아쉬운 일이나 돈 들 일이 없으니 손해 볼 것도 아니어서 아쉬운 마음을 접고 돌아갔다.

박 씨는 허생을 데리고 나와 동구 밖에서 그를 풀어줬다. 눈밭 속으로 허생이 사라진 이후 아무도 그를 본 사람은 없었다.

박 씨는 막걸리 한 사발을 마시며 크게 한숨을 토했다.

“그걸 팔아 딸아이 시집 보내려 했는데… 배를 짼들 산삼이 멀쩡할까, 내 팔자에 웬 그런 복이….”

3년의 세월이 흐른 어느 봄날, 예나 다름없이 박 씨가 나뭇짐을 지고 산을 내려와 집마당으로 들어오니 갓을 쓰고 비단 두루마기를 입은 젊은이가 넙죽 절을 하는 게 아닌가.

“소인 허생입니다.”

피골이 상접했던 모습은 어디 가고 얼굴에 살이 오르고 어깨가 떡 벌어져 다른 사람이 되어 있었다.

허생은 산삼을 먹고 폐병이 완치되어 마포나루터에 진을 치고 장사판에 뛰어들어 거상이 되었던 것이다.

꽃 피고 새 우는 화창한 봄날, 허생과 박 씨 딸이 혼례를 올렸다. 박 씨는 더 이상 나무지게를 지지 않고 저잣거리 대궐 같은 기와집에 하인을 두고 살았다. 후에 사람들이 박 씨의 착한 마음이 복을 가져왔다고들 칭찬을 하였다.

빌려준 씨앗

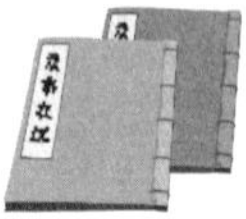

어느 마을에 오가와 이가가 살고 있었는데, 앞뒷집에 사는 데다 동갑이라 어릴 때부터 네 집 내 집이 따로 없이 형제처럼 함께 뒹굴며 자랐다.

둘 다 비슷한 시기에 장가를 들었지만, 오가 마누라는 아들을 쑥쑥 뽑아내는데, 뒷집 이가네는 아들이고 딸이고 감감무속식이라 의원을 찾아 온갖 약을 다 지어 먹었지만 백약이 무효였다.

설이 다가오자 두 사람은 대목장을 보러갔다. 오가가 아이들 신발도 사고, 아이들이 뚫어놓은 방문을 새로 바를 창호지도 사는 걸 이가는 부럽게 바라보았다.

대목장을 다 본 두 사람은 대폿집에 들러 거하게 막걸리 잔을 나누고 집으로 돌아왔다. 앞집 오가네 아들 셋은 동구 밖까지 나와 아버지 보따리를 나눠들고 집으로 들어가 떠들썩하게 자기 신발을 신어보며 야단인데, 뒷집 이가네는 적막강산이었다.

제수를 부엌에 던진 이가는 창호를 손으로 뜯으며

"이놈의 문은 3년이 가도 5년이 가도 구멍 하나 안 나니…"

라고 소리치다 발을 뻗고 울었다. 이 소리를 들은 이가 마누라도 부엌에서 앞치마를 흠씬 적셨다.

설날을 앞둔 여자들은 눈코 뜰 새 없이 바쁜 날을 보내고 있었다. 꼭두새벽부터 차례상을 차린다, 세배꾼들 상을 차린다, 친척들 술상 차린다.… 정신이 없었다.

설날 저녁, 주막에서는 동네 남정네들의 윷판이 벌어졌다. 이가는 오가를 뒷방으로 끌고 가 호젓이 단둘이서 술상을 마주했다. 이가가 오가의 손을 두 손으로 덥석 잡고 애원했다.

"내 청을 뿌리치지 말게."

"무슨 일인가, 자네를 위한 일이면 무엇이든 하겠네."

이가가 오가의 귀에 대고 소곤거리자, 오가는 화들짝 놀라 손을 저으며 말했다.

"그건 안 돼, 그건 안 되네."

이가는 울상이 돼 말했다.

"이 사람아, 하루 이틀에 나온 생각이 아닐세. 천지신명과 자네와 나, 이렇게 셋만이 아는 일. 내가 불쌍하지도 않은가."

이가는 통사정을 하고 오가는 고개를 푹 숙이고 있다가 연거푸 동동주 석 잔을 들이켰다.

밤은 깊어 삼경인데 피곤에 절어 이가 마누라는 안방에서 곯아떨어졌다. 안방 문을 열고 슬며시 들어와 옷을 벗고 이가 마누라를 껴안을 사람은 이가가 아니라 오가였다. 확 풍기는 술 냄새에 고개를 돌리고 잠에 취해 비몽사몽간에 고쟁이도 안 벗은 채 이가 마누라는 다리를 벌리고 일을 치렀다.

이가 마누라가 다시 깊은 잠 속으로 빠진 걸 보고 오가는 슬며시 안방에서 빠져 나오고 이가가 들어갔다. 그 일이 있은 후 이가 마누라는 입덧을 하더니 추수가 끝나자 달덩이 같은 아들을 낳았다. 이가 마누라는 감격에 겨워 흐느껴 울었다.

어렵게 얻은 아들이 서당을 다니면서 근동에 신동이 났다고 소문이 자자했다. 오가는 틈만 나면 담 너머로 이가 아들을 물끄러미 바라보았다.

어느 날 오가가 서당에 들렀더니 훈장은 출타하고 일곱 살 난 이가 아들이 훈장을 대신해 학동들에게 소학을 가르치고 있었다. 학동들 사이엔 열 살, 열두 살, 열다섯 살인 오가 아들 셋도 끼어 있었다.

며칠 후 이가와 오가는 함께 장에 가는데, 길에서 만난 훈장이 이가를 보자마자

"아들이 천재요, 내년엔 초시를 보도록 합시다."

하고 말하는 것이 아닌가.

오가는 속이 뒤집혔다. 며칠 후 오가가 이가를 데리고 주막에 가서 벌컥벌컥 술을 마시더니 느닷없이 말했다.

"내 아들, 돌려주게."

하고 오가가 말하자, 그 말이 이가의 가슴에 비수처럼 꽂혔다. 몇날 며칠을 두고 둘은 멱살잡이를 하다가 술잔을 놓고 밤새도록 말다툼을 하다가 마침내 사또 앞까지 가는 송사를 벌였다.

오가는 천륜을 앞세우고 이가는 약조를 앞세우며 서로 한 치도 물러서지 않았다. 사또도 선뜻 결정할 수가 없었다. 사또가 이가 아들을 데려오게 해서 자초지정을 다 얘기하고 나서 물었다.

"네 생각은 어떠냐?"

하고 물으니 일곱 살 난 이가의 아들이 하늘을 쳐다보며 눈물을 훔치더니 말했다.

"지난 봄에 모심기할 때 앞집에서 모가 모자라 우리 집 남는 모를 얻어가 심었습니다. 가을 추수할 때 우리 집에서는 앞집에게 우리 모를 심어 추수한 나락을 내놓으라 하지 않았습니다."

아이의 말이 끝나자마자 사또는 큰소리로 말했다.

"재판 끝! 오가는 들어라, 앞으로 두 번 다시 그런 헛소릴 할 땐 곤장을 각오하라."

"아버지, 집으로 갑시다."

아들의 손을 잡고 집으로 가며 이가는 눈물이 앞을 가려 몇 번이나 걸음을 멈췄었다고 한다.

아깝다

어떤 바보가 결혼을 했다. 그렇지만 부부생활에 대한 지식이 전혀 없었기 때문에 장가든 지 한 달이 지나도록 아내와의 결합이 없었다.

기다리다 못한 아내가 하루는 바보를 자신의 배에 오르게 하고, 바보의 물건을 자신의 그곳에다 집어넣었다. 그런데 절정의 순간에 바보가 아내에게

"여보, 나 갑자기 오줌이 마려워. 오줌 좀 누고 와야겠어."

라고 말하는 게 아닌가.

아내는 그 뜻을 알아차리고 바보에게 말했다.

"걱정 마시고 그냥 오줌을 누세요."

바보는 아내의 말에 순종했다.

그리고 열 달 후에 아내가 딸을 낳았다.

딸이 태어난 까닭을 전혀 알지 못하는 바보가 아내에게 물었다.

"이 아이는 대체 어떻게 태어났지?"

이 말에 아내는 기가 막혔지만, 그 이유를 알기 쉽게 설명해 주었다.

"왜 그날 밤에 당신이 오줌을 누지 않았어요?"

바보가 겨우 알아들은 듯 고개를 끄덕거렸다. 그런데 잠시 후, 바보가 한숨을 쉬더니 아내를 탓하며 이렇게 말하는 것이었다.

"오줌을 눠서 딸을 낳았다면, 똥을 눴더라면 아들을 낳았을 텐데, 왜 일찍이 말해 주지 않은 거요?"

포목점 왕 집사

박 참봉은 상주에서 으뜸가는 부자다. 호탕한 성격의 박 참봉은 돈벌이에 매달려 골치를 썩이지 않았다.

농사일은 이 집사에게 맡기고 포목점은 왕 집사, 해산물 도매는 남 집사. 소금 도매는 김 집사에게 각각 맡기고, 그는 주로 선비들과 어울려 풍류를 즐겼다. 한편으로는 애첩 매월이에게 고급 요리집도 운영하도록 했다.

한 해를 마무리하는 결산일이 되었다. 집사들은 제각기 장부를 가지고 요리집으로 모여 박 참봉 앞에서 한 해의 영업실적을 보고했다.

농사 담당 이 집사는 작황을 보고하며 올 가을에도 천 석은 문제 없다고 큰소리치고, 해산물 도매 남 집사는 한 해 이익이 천이백오십 냥이 났다고 보고하고, 소금 도매 김 집사도 칠백이십 냥 흑자를 보고하였는데, 포목점 왕 집사는 삼백사십 냥 적자를 보고했다. 그 이유는 백부상을 다녀왔더니 창고에 쌓여 있는 엽연초에 연기소독을 하지 않아 쌓아 둔 포목에 좀이 슬었기 때문이라며 자신의 불찰이라 고개 숙였다.

이에 박 참봉은,

"싸움에 이기고 지는 것은 병가지상사요. 장사에 돈 벌고 밑지는 것은 상가지상사이지요."

하고 껄껄 웃으며 왕 집사의 어깨를 두드렸다.

결산이 끝난 후 질펀한 술판이 벌어졌다. 박 참봉이 돌리는 매실주·감로주·인삼주에 모두가 대취했을 때 한 줄기 바람이 불어와 촛불을 꺼버렸다.

그때 "엄마야!" 하는 박 참봉 애첩 매월의 비명이 들리고 곧이어 불이 켜지고 술판은 이어졌다.

이튿날 아침, 매월이 꿀물을 타서 박 참봉에게 들고 왔다.

"나으리, 소첩이 어젯밤에 왜 비명을 질렀는지 아십니까? 왕 집사라는 인간이 포목점도 적자 낸 주제에 불이 꺼지자 소첩의 허벅지에 손이 들어오지 뭡니까."

박 참봉은 허허 웃으며

"매월의 허벅지에 들어간 손은 왕 집사 손이 아니고 내 손이야."

박 참봉은 왕 집사 짓이란 걸 알았지만 덮어버렸다.

상주 고을에 돈을 주고 벼슬을 산 악덕 원님이 새로 부임했는데, 박 참봉을 들들 볶기 시작했다. 돈을 바쳐도 밑 빠진 독에 물 붓기더니 급기야는 소금 도매상과 건어물 도매상을 원님의 종형에게 넘기라고 협박했다. 거절한 지 닷새 만에 박 참봉은 옥에 갇혔다.

가을이 두 번이나 바뀌고 박 참봉이 출옥했을 때 옥사 앞에 왕 집사가 생두부를 들고 기다렸다. 부인은 친정으로 가버렸고, 매월이는 원님의 애첩이 되어 있었고, 이 집사는 논을 다 팔아먹고 도망 갔고, 남 집사와 김 집사도 해산물 도매상과 소금 도매상을 헐값에 원님 종형에게 팔고 도망 가버렸다.

그날 밤 촛불 아래서 왕 집사가 장부를 펼쳤다.

"아직도 참봉 어른은 부자이십니다. 2년 동안 포목점 이익이 이만칠천백오십 냥입니다."

허허 웃는 박 참봉의 두 눈에 눈물이 고였다.

엄마는 뭘 모르시네!

옛날 어느 시골의 한 선비가 사람은 좀 어리석어 보였으나 집안은 넉넉한 편이어서 행복하게 살고 있었다. 그런데 이 선비가 여색을 매우 밝히는 편이었다.

선비의 집에는 꽃다운 나이 16세의 한 여종이 있었다. 이 여종은 어릴 때부터 안방마님이 꼭 끼고 살아 그 나이가 되도록 대문 밖에도 나가 보지 않았으니 양갓집 규수와 다름없었고, 얼굴 또한 매우 예뻤다.

그래서 선비는 늘 그 여종하고 사랑을 나눠보고 싶어 했으나, 잠시도 부인 곁을 떠나지 않아 뜻을 이루지 못하여 병이 날 지경에 이르렀다. 그러다 마침내 한 가지 계책을 생각해 냈다.

어느 날 친구인 박 의원을 찾아가서 자기의 속사정을 얘기하고 계책을 설명했다.

"내가 마치 병든 것처럼 누워 뒹굴 테니, 자네가 이러저러하게 잘 주선해 주면 좋겠네."

이에 의원이 쾌히 승낙하여 생원은 기뻐하면서 집으로 돌아왔다.

며칠 후, 생원은 갑자기 몸이 아프다며 밤새 배를 잡고 나뒹구는 것이었다. 이에 놀란 집안 사람들이 자고 있는 아들의 방으로 달려가 어르신이 갑자기 복통을 일으켜 위중하다고 알렸다. 그러자 아들은 놀라 걱정하면서 달려와 병세를 살피니, 선비는 연신 앓는 소리를 내면서 말했다.

"얘야, 내가 왜 이런지 모르겠구나. 온몸이 저리고 한기가 들어 견딜 수가 없구나."

아들은 곧바로 박 의원에게 달려가 상황을 설명하고 진맥을 요청했다. 이에 의원이 진맥을 하고 밖으로 나오자 초조한 마음으로 기다리던 아들은 뒤를 따라 와서 물었다.

"내가 수일 전 만났을 때는 아무 일도 없는 것 같았는데, 어쩌다 이리 위중해졌는지 모르겠구먼. 노인의 맥박이 이래서야 나로서는 어찌할 방도가 없으니 다른 명의를 찾아가 의논해 보는 게 좋겠네."

이에 아들은 크게 놀라 의원의 손을 붙잡고 매달렸다.

"어르신보다 나은 의원이 어디 있겠습니까. 또 어르신 만큼 부친을 잘 아시는 분이 또 어디 있겠습니까? 부디 방도를 알려주십시오."

이에 의원은 한참동안 생각에 잠기더니 이윽고 입을 열었다.

"어떤 약도 효험은 없을 것 같으나, 딱 한 가지 방도가 있기는 하네. 하지만 그것을 처방하기가 쉽지 않을 걸세. 또 잘못 쓰면 도리어 해가 되니 이게 걱정이구먼."

"어르신, 그 약이 비록 구하기 어렵다 해도 말씀만 해주시면 백방으로 찾아보겠습니다."

아들이 극구 사정하니 의원은 또다시 한동안 머뭇거리다가, 마침내 다음 같이 일러주는 것이었다.

"자네 부친의 병은 한기가 가슴에 꽉 맺혀 생긴 거라네. 그러니 방을 덥게 하여 병풍을 치고, 십육칠 세되는 숫처녀를 들어보내 가슴팍을 서로 맞대고 누어서 땀을 푹 내면 나을 걸세. 그밖에 다른 방도는 없다네. 다만, 숫처녀라 하더라도 천한 것들은 믿을 수가 없으니 오로지 양가집 처녀라야 하겠는데, 어찌 그런 사람을 구할 수가 있겠는가? 그것이 매우 어려운 일일세."

이때 방 밖에서 두 사람의 이야기를 그의 모친이 듣고 있다가 급히 아들을 불러서 의원이 말하는 약은 구하기 어렵지 않다며, 이렇게 설명하는 것이다.

"내가 데리고 있는 여종은 어릴 때부터 내 이불 속에서 자랐고 지금까지 문 밖을 나가 보지 않았으니 양가 규수와 다름없고 나이 또한 금년 16세라, 만일 숫처녀를 구한다면 이 아이를 약으로 쓰기에 적당할 것 같구나."

이에 아들은 크게 기뻐하며 방으로 들어가서 의원에게 말하고 부친에게도 알리니 생원은 짐짓 놀라는 척 하면서도,

"박 의원의 말이 그러하다면 한 번 시험해 볼만 하겠구나."

하면서 슬그머니 승낙하는 것이었다.

그날 밤 아들은 병풍을 치고 방을 따뜻하게 한 다음, 여종의 옷을 벗겨 부친의 이불 속으로 들여보내고는 문을 닫고 나왔다. 그런데 모친이 과연 병이 나을지 걱정되어 방 밖에서 살피고 있었다.

이때 생원이 여종과 한바탕 정사를 치르며 몰아쉬는 숨소리와 즐기는 소리가 들려오는 것이 아닌가. 그러자 부인은 혀를 차면서 안방으로 들

어가며 통명스럽게 말했다.

"흥, 저것이 가슴을 맞대고 땀을 흘리는 약이란 말인가? 저런 치료라면 나하고 해도 충분히 되겠구먼."

그러자 뒤따르던 아들이 모친을 향해 눈을 흘기면서 말했다.

"어머니는 어찌하여 그런 말씀을 하십니까? 어머니가 어디 숫처녀입니까?"

뒷날 사람들이 이 이야기를 전해 듣고는 배를 잡고 웃었다고 한다.

세 며느리의 축수

옛날 한 노인이 회갑을 맞이하자 자식들이 잔을 올리면서 헌수를 하는 것이었다. 먼저 맏며느리가 잔을 올리니 노인은 말했다.

“내 이렇게 오래 살고 복이 많으니, 너희들은 지금 내게 잔을 올리면서 좋은 덕담 한마디씩 하는 것이 옳으니라.”

그러자 며느리가 잔을 들고 꿇어앉아 공손히 아뢰었다.

“아버님은 지금부터 천황씨가 되시옵소서.”

노인은 무슨 뜻이냐고 물으니, 며느리의 설명은 이러했다.

“아버님! 옛날 책에 의하면 천황씨는 1만8천 세를 살았다 하오니 아버님께서도 그와 같이 오래 사시라는 뜻이옵니다.”

그 말에 노인은 매우 기뻐했다. 이어서 둘째 며느리가 역시 꿇어앉아 공손히 잔을 올리며 아뢰었다.

“아버님은 지황씨가 되시옵소서.”

시아버지가 또한 그 뜻을 물었고, 둘째 며느리도 지황씨 역시 1만 8천 세를 살았다고 하니 아버님도 그렇게 오래 사시라는 뜻이라고 설명을 드렸다. 이에 노인은 온 얼굴에 미소를 띠며 기뻐하는데, 마지막 셋째 며느리가 꿇어앉아 잔을 올리면서 이렇게 아뢰었다.

"아버님, 원하옵건대 남자의 양근이 되소서."

노인이 놀라는 표정을 지으면서 그 까닭을 물으니, 셋째 며느리의 설명은 이러했다.

"아버님, 남자의 양근은 죽었다가도 다시 살아나지 않사옵니까? 그러하오니 아버님께서도 이 양근처럼 늘 다시 살아나신다면, 장생불사하여 영원히 오래 사실 수 있으므로 말씀드린 것이옵니다."

"죽었다가도 살아난다니 네 말 또한 매우 좋구나."

이에 노인이 무릎을 치며 기뻐하자, 일제히 한바탕 웃었다.

며느리의 지혜

새색시가 시집이라고 와 보니 살림살이가 말이 아니다. 신랑은 서당에 다니며 공부에 매달렸고 시아버지란 사람은 꼴에 양반 초시라고 사랑방에서 양반다리를 꼬고 앉아 오가는 선비들 다 끌어모아 밥 주고 술 주며 살림만 축내고 있었다.

조상한테서 문전옥답을 착실하게 물려 받았지만 매년 한 자리씩 팔아치워 앞으로 4~5년이면 알거지가 될 판이었다.

어느 날, 며느리가 들에 나갔다 집에 돌아와 보니 사랑방에 시아버지 글 친구들이 모여 앉아 있었다.

"애야, 술상 좀 차려 오너라."

며느리는 부엌에 들어가 낫으로 삼단 같은 머리를 싹둑 잘라 머슴에게 건네며 그걸 팔아 술과 고기를 사 오라 일렀다. 그걸 받아든 머슴은 사색이 되어 사랑방으로 달려가 시아버지에게 보였다. 사랑방에 싸늘한 침묵이 흘렀다. 글 친구들은 슬슬 떠나고 시아버지는 혼자 남아 애꿎은 담배만 피워댔다.

벌벌 떨고 있는 머슴에게서 머리카락을 싼 보자기를 빼앗아 든 며느리는 저잣거리로 나갔다. 얼마 후 돌아오는 며느리의 손에는 삐약삐약 우는 병아리 서른 마리가 들려 있었다.

며느리는 손수 닭집도 짓고 도랑을 뒤져 지렁이를 잡아 먹이며 정성껏 키웠다. 봄이 됐을 땐 그 동안 족제비와 병으로 죽은 몇 마리를 제외하고 살아남은 병아리들이 토실하게 자라 중닭이 됐다.

가을이 되면 수탉은 팔고 암탉이 낳는 달걀 팔 꿈에 부풀어 있던 어느 날 장보러 왔던 친정아버지가 찾아왔다.

며느리 눈치를 보던 시아버지는 신이 났다.

"애야, 사돈 오셨다. 닭 한 마리 잡아서 술상 좀 차려라."

며느리가 닭을 잡으려고 좁쌀 한 줌을 쥐고 마당에 뿌리며 "구구!"하자 닭들은 놀라서 후다닥 울타리 밖으로 줄행랑을 쳐버렸다.

며느리가 닭을 잡으려고 이리 뛰고 저리 뛰는 걸 보다 못한 시아버지가 나왔다. 쌀독에서 쌀을 한 줌 쥐고 나와 뿌리며 "구구!"하고 외치자 닭들은 장독대로, 지붕으로 날아올라 도망쳐 버리는 게 아닌가.

"구구!"를 계속 외치며 닭들을 뒤쫓느라 구덩이에 빠지고 돌부리에 걸려 넘어지고 가시에 찔려 시아버지의 몰골이 말이 아니었다.

저녁나절 닭장에 들어오면 잡겠다고 닭장 안에 쌀을 뿌리며 다시 "구구!" 외치자 닭들은 모두 마당 옆 감나무로 올라가 가지에 앉아 밤을 샐 작정인 모양이다.

결국 사돈은 빈 입으로 떠나갔다. 시아버지는 화가 치밀어 이놈의 닭을 다 잡아버리겠다고 장창을 써봤지만, 며느리 머리 잘라 산 걸 그가 어쩌겠는가.

이튿날 시아버지가 동네 마실 가고 없을 때 며느리가 겉보리를 마당에 뿌리며 "훠이, 훠이!" 외치자 닭들이 몰려들어 그녀 발밑에서 모이를 쪼아 먹는 것이었다.

현명한 며느리는 닭들이 모이를 다 먹자 훈련시키는 걸 잊지 않았다. 부지깽이로 땅을 후려치며 "구구!" 하고 외쳤다. 그 소리를 듣자마자 닭들은 줄행랑을 쳤다.

후에 이 일을 안 사람들이 박장대소를 하였다고 한다.

개도 풀무질하네!

한 사람이 별로 하는 일없이 집안에 있으면서 생각날 때마다 밤낮 가리지 않고 아내의 옷을 벗겨 재미를 보곤 했다.

하루는 대낮에 아내와 더불어 화합하여 바야흐로 운우가 한창 질펀하고 몽롱할 때, 밖에서 놀던 대여섯 살짜리 아이가 갑자기 문을 확 열고 들어왔다.

이에 놀란 남편이 당황해 하며 어떻게 할 수가 없어 그대로 엎드려 손을 저으면서 이렇게 타일렀다.

"얘야, 어서 문 닫고 좀 더 놀다 오너라."

이때 아이가 그 모습이 못 보던 광경이라 물었다.

"아부지, 엄마는 지금 뭘 하는 거예요? 그게 뭔지 자세히 가르쳐 주지 않으면 나가 놀지 않을래요."

그러자 아버지가 대충 '풀무질'하는 거라고 설명해 주자, 아이는 문을 닫고 나갔다.

그때 마침 한 손님이 찾아와 물었다.

"너희 아버님, 지금 집에 계시냐?"

이에 아이가 지금 방에 있다고 대답하자 손님은 다시 안에서 뭘 하느냐고 물었고, 아이는 조금 전 들은 대로 대답했다.

"아버지는 지금 방안에서 풀무질하고 있어요."

손님은 그것이 뭔지 깨닫지 못하고 다시 아이에게 물었는데, 때마침 뜰안에서 암수 두 마리 개가 방사를 하면서 수캐가 암캐의 엉덩이 위에 올라 타 있는 것이 보였다. 그러자 아이는 급히 그 장면을 가리키며 소리쳤다.

"손님, 손님, 저 개도 풀무질을 하고 있네요."

그때서야 손님은 비로소 풀무질이 무엇인지 깨닫고 손뼉을 치며 웃었다. 방에서 나온 아이 아버지도 친구로부터 이 이야기를 듣고는 함께 한바탕 웃었다.

부엌데기 구월이

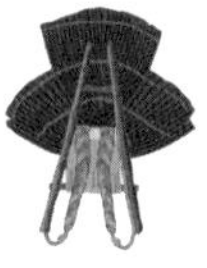

어느 고을에 정력이 남달리 좋은 대감이 살았는데, 요즘 들어 이상하게 대감이 안방 행차를 하지 않는 것이다. 밤이면 밤마다 한 번씩은 안방을 찾고 친구들과 술이라도 걸친 날은 이틀 만에도 찾아와 옷고름을 풀어주던 대감이 마님을 찾아온 지가 까마득한 일이 되었다.

좀이 쑤신 마님이 늦은 밤 부엌에서 뒷물을 하고 분을 바르고 간단한 술상을 차려 안마당을 건너 대감 사랑방으로 갔다. 부스스 일어난 대감은 고뿔 기운이 있다며 술잔도 받지 않고 땡감 씹은 표정으로 술상의 젓가락조차 잡지 않았다.

"푹 주무십시오."

마님은 대감에게 한마디 던지고 무안하게 술상을 들고 안방으로 돌아와 혼자서 한숨을 안주 삼아 술주전자를 다 비워버렸다. 대감이 정말 고뿔 기운으로 나를 찾지 않는 건가? 어디 첩이라도 얻은 건가? 별 생각을 다 하다가 동창이 밝았다.

그런데 며칠 뒤 우연한 기회에 수수께끼가 풀렸는데 마님이 속이 안 좋아 뒷간에 가려고 일어났더니 밤은 깊어 삼경인데 교교한 달빛 아래

번개처럼 안마당을 스쳐가는 인기척을 보고 살며시 뒤따라 가보니 대감 방으로 들어가는 것이 아닌가. 대감 방 밖에서 귀를 쫑긋 세우고 들어보니 구월이년의 비음이 새나오는 것이 아닌가.

안 그래도 요즘 부엌데기 구월이년 엉덩이에 육덕이 오르고 눈웃음에 색기가 올라 하인들이 군침을 흘리는 걸 안방마님은 못마땅한 눈으로 지켜봤다.

화가 머리끝까지 올랐지만 마님 체면에 구월이를 족칠 수도 없고 그렇다고 대감을 족칠 수도 없어 마님은 부글부글 속만 끓이고 있었다. 그 후부터 밤이 되면 마님은 잠도 안 자고 구월이를 지켰다. 그런 날은 구월이년도 꼼짝하지 않았다.

어느 날 대감이 싸리재 넘어 잔칫집에 갔다가 밤중에 돌아오더니 마당에 마중 나온 마님에게 말했다.

"부인, 구월이 내 방으로 보내시오, 다리 좀 주무르게."

속이 뒤집어졌지만 보내지 않을 수 없었다. 구월이년이 이제는 마님을 대하는 태도도 달라졌다. 고개를 꼿꼿이 쳐들고 성큼성큼 대감 방으로 들어가 문을 '쾅' 하고 닫는 것이다. 얼마나 지났을까 마님이 발뒤꿈치를 들고 대감 방문 앞에서 귀를 세우는데 '쾅'하고 문이 열리며 구월이년 한다는 말이.

"들어와서 보세요."

얼굴이 벌겋게 달아올라 안방으로 돌아온 마님은 냉수를 벌컥벌컥 들이켰다.

"너, 국에다 소금가마니를 삶았냐! 간이 이게 뭐냐. 쯧쯧… 없는 집에서 자라 모든 반찬이 소태야, 소태.”

마님은 구월이에게 사사건건 시비를 걸었다.

“너는 도대체 제대로 하는 게 없어.”

한쪽 귀로 흘려 듣던 구월이년도 참다못해 반격을 가해 왔다.

“제가 마님보다 못하는 게 뭐가 있지요? 대감어른이 그러시는데 바느질도 제가 낫고 음식 솜씨도 제가 낫다고 합디다.”

“이년이 못하는 말이 없구나. 당장 이 집에서 나가거라.”

“나가라면 못 나갈 줄 알고요.”

구월이년이 보따리를 싸 들고 나서면서 고개를 홱 돌리며 말하기를

“대감마님 말씀이 이부자리 속 요분질도 제가 훨씬 낫다고 합디다.”

그리고는 한참 뜸을 들이다 구월이년이 음흉한 미소를 지으며 말했다.

“마당쇠도 제가 훨씬 낫다고 합디다, 뭐.”

이 말을 들은 마님은 사색이 되어 버선발로 달려 나가 구월이년을 잡고 안방으로 밀며 비단결 같은 목소리로 말했다.

“구월아, 그런다고 정말 나가면 어쩌느냐. 며칠 푹 쉬어라, 부엌살림은 내가 할게.”

떡 사 먹은 건 못 속여

어느 고을에 떡을 좋아하는 노인이 살고 있었는데, 떡집 앞을 지날 때면 늘 안으로 들어가서 떡을 사 먹고 나오는 것이었다(당시에는 양반이 직접 상행위를 하는 것을 부끄럽게 여겼음).

하루는 남색 창의(관리들의 평상복)을 입고 붉은 띠를 가슴에 두른 채, 역시 떡집에 들어가서 떡을 사 먹고는 다른 사람들이 볼까봐 몰래 나왔다.

이때 마침 그 앞을 지나가던 사돈과 딱 마주쳐 몹시 부끄러워하고 있는데, 사돈이 조심스럽게 묻는 것이었다.

"사돈이 어찌 떡집에서 나오십니까?"

이에 노인은 부끄러워하며 사실대로 대답했다.

"예, 사돈. 아침 일찍 집을 나와 배가 고프던 차에 마침 떡집이 있어 들어가 먹고 나오는 길이랍니다."

그리고 집으로 돌아온 노인은 부인에게 이 사실을 얘기하자, 부인은 다음과 같이 알려주는 것이었다.

"영감처럼 연세도 있고 지위도 높은 양반이 떡집을 드나들다 새 사돈을 만나서 사실대로 얘기했으니 매우 부끄러운 일입니다. 차라리 술을 마시고 나온다고 하시지 그랬습니까? 가게를 드나드는 일이 보기 좋은 일은 아니나, 그래도 떡보다는 술을 마셨다는 게 나은 편이지요."

부인의 말에 노인은 앞으로 그렇게 말하겠다면서, 오늘 아침에는 갑자기 사돈을 만나는 바람에 당황하여 그만 사실대로 말한 것이라며 웃었다.

며칠 후, 노인은 다시 떡집에서 떡을 사 먹고 나오다가 또 사돈과 부딪쳤다. 이 때도 역시 사돈이 어떻게 떡집에서 나오느냐고 물어, 노인은 이번에는 정신을 바짝 차리고 의젓하게 대답했다.

"예, 사돈! 술을 마시고 나오는 길입니다."

그러자 사돈이 다시 묻는 것이었다.

"술을 많이 하셨습니까. 몇 잔이나 드셨습니까?"

그러자 노인은 생각지도 못한 물음에 다른 생각할 겨를도 없이 불쑥 대답했다. 그런데 몇 잔을 마셨느냐는 물음에 노인은 당황하여 그만 이렇게 말하고 말았다.

"오늘은 한 개밖에 사 먹지 않았답니다."

결국 '한 개'라는 말로 또 다시 떡을 사 먹은 게 들통 나 부끄러움을 당해야 했다.

이와 같이 노인은 새 사돈에게 부끄러움을 당하고 다시는 떡집을 드나들지 않았다.

뒤에 노인이 이 이야기를 친구들에게 들려주니 모두들 배를 쥐고 웃었다.

소 잘못이 아니다

이 선달은 황소를 몰고 장으로 갔다. 소 장터는 거간꾼들이 흥정을 붙이고 살 사람과 팔 사람은 값을 깎으랴 올리랴 부산하게 떠들어댔다. 이 선달은 황소를 팔아서 암소를 살 참이었다.

여기 기웃, 저기 기웃 소값을 알아보는데 "사돈!" 하는 반가운 소리에 뒤돌아보니 사돈도 소고삐를 잡고 있는 것이 아닌가.

"어쩐 일입니까, 사돈?"

이 선달이 묻자, 사돈이 말했다.

"이 암소를 팔러 왔지 뭡니까, 이걸 팔아 황소를 사려고요."

"나는 이 황소를 팔아 암소를 사려던 참인데."

두 사돈의 필요 조건이 이를 맞추듯 서로 똑 떨어지게 맞았다.

"우리 서로 바꿉시다."

"암, 그래야지요."

둘은 소고삐를 바꿔 쥐며 거래를 끝냈다.

"사돈, 내가 오늘 사돈을 만나지 않았다면 이 황소를 파느라 애를 먹을 것은 둘째 치고 거간꾼에게 구전을 얼마나 뜯겼겠습니까. 구전을 벌었으니 제가 구전만큼 한 잔 사겠습니다."

두 사람은 주막집 마당 구석에 소 두 마리를 매어 두고 술을 마시기 시작했다.

"우리 딸년이 사돈을 잘 모시는지 자나 깨나 걱정입니다."

"우리 집에 복덩이가 들어왔습니다. 걔가 우리 집에 오고 난 후 해마다 논 한마지기를 삽니다."

화기애애하게 이 선달과 사돈은 대낮부터 부어라, 마셔라 주막에 쉴 새 없이 술을 나르는데 얼마나 마셨나, 이 선달이 계산을 하고 나오자 사돈이 말했나.

"구전은 나도 벌었지요."

둘은 다른 주막에 가서 또 술판을 벌였다.

이 선달이 말했다.

"내 황소를 팔고 사돈 암소를 판 구전은 우리가 찾아먹었지만 내가 암소를 사고 사돈이 황소를 산 구전은 아직 남았잖소."

"맞아, 맞아."

그들은 말도 서로 놓으며 또 다른 주막에 가서 밤 깊은 이경까지 코가 비뚤어지도록 마셨다. 주막을 나와 고주망태가 된 이 선달은 사돈과 바꾼 암소에 올라타고, 사돈은 이 선달 황소를 타고 각자의 집으로 갔다.

암소 등에서 떨어지다시피 내린 이 선달을 마누라가 부축을 하며 말했다.

"모두 영감 기다리다가 이제 잠들었소. 조용히 하세요."

이 선달은 안방으로 들어가자 옷을 훌훌 벗어던지고 마누라를 껴안았다.

날이 새자 한 이불 속에서 벌거벗은 이 선달과 안사돈이 비명을 터뜨렸다. 거의 비슷한 시간에 감골 이 선달의 집 안방에서도 비명이 터졌다.

소 잘못이 아니다. 소는 주인이 바뀐 줄도 몰랐고, 새 주인의 집도 몰랐다. 고주망태를 태우고 그저 자기 살던 집으로 갔던 것이다.

후에 이 일을 전해 들은 사람들이 촌수가 어떻게 되냐며 박장대소를 하였다.

오해의 편지

한 선비 아내가 맹인 무당을 청하여 집안의 평온을 비는 안택굿을 하려고 준비하였다(옛날에는 집안의 평안을 비는 뜻에서 굿을 했는데, 이 일은 거의 장님들이 담당했음).

그리하여 봉사가 안택경(安宅經)을 낭송하려고 하는데 병풍이 미처 준비되지 않아, 아내는 남편에게 친구 집에서 병풍을 빌려 올 것을 부탁하였다.

남편은 굿을 하는 것이 못마땅했지만, 어쩔 수 없이 다음과 같은 글을 써서 친구 집으로 사람을 보냈다.

'우리 집사람이 봉사에게 푹 빠져서 오늘 밤 그를 불러들여 이상야릇한 일을 하려고 하니, 잠시 병풍 빌려주어 일이 성사되게 해주었으면 좋겠네그려.'

이 글을 읽은 친구가 병풍을 빌려주면서[편지의 내용이 봉사와 선비 아내가 병풍을 치고 정사를 벌이는 것으로 추측되어] 일부러 놀려주려고 다음과 같이 답장을 써 보냈다.

"병풍은 빌려주겠는데, 자네가 말한 그 '이상야릇한 일'이란 게 어떤 것인지 모르겠으니 좀 알려주게나."

이에 선비는 정말로 친구가 무슨 뜻인지 몰라서 묻는 줄 알고 다시 이렇게 써 보냈다.

'이 사람아! 그것은 음양(陰陽: 음양오행의 점치는 일 등을 뜻하나, 다른 한편으로는 남녀 관계를 나타내기도 함)에 관계된 그런 이상야릇한 일이라네.'

이 글 내용 역시 봉사와 선비 아내가 사랑을 나누는 뜻으로 이해될 수 있어, 친구들이 보고 웃음을 터뜨렸다.

"이 고을에 명관이 났네"

어느 고을에 사또가 부임하자 첫 번째 일이라고 이방이 일러주는 것을 보니 효부 효지에 대한 표창이다.

전임 사또가 다 뽑아놓은 일이니 호명하는 대로 앞으로 나오거든 몇 마디씩 칭찬의 말을 하고 준비한 상을 주면 되는 것이라고 이방이 설명해주었다. 이방이 효자의 효행을 부연 설명한다.

"이번에 효자상을 받을 수동골 이윤복은 아침저녁으로 절구통에 나락을 손수 찧어 키질까지 해 언제나 햅쌀밥같이 차진 밥을 그의 아버지 밥상에 올린답니다."

사또가 고개를 끄덕이며 "효자로다."라고 말했다.

사또가 동헌 대청 호피교의에 높이 앉아 내려다보니 효부 효자상 표창식을 보려고 몰려든 고을 백성들이 인산인해였다.

"효자상, 수동골 이윤복."

이방이 목을 뽑아 길게 소리치자 수더분한 젊은이가 올라왔다.

사또가 칭찬을 하고 상으로 나락 한 섬을 내렸다. 그리고는 음식을 차려놓고 효자인 이윤복에게 사또가 한 잔 마시고 잔을 건네며 말했다.

"아버지 연세는 어떻게 되는고?"

"예순다섯이옵니다."

"어머닌?"

"오래 전에 돌아가셨습니다."

"그 당시 아버지 연세는?"

"마흔둘이었습니다."

"그 때부터 아버지는 이 날까지 홀아비로 계셨느냐?"

"그러하옵니다."

"여봐라."

갑자기 사또가 일어서더니 벼락같은 고함을 질렀다.

"내린 상을 거둬들이고 나이 사십에 홀로 된 아버지를 이 날 이때껏 홀아비로 늙힌 이 불효막심한 놈을 형틀에 묶어 볼기를 매우 쳐라."

상을 타면 한 턱 내라 하려고 벌써 주막에서 한 잔 걸친 친구들이 동헌에 다다르니 선달그믐께 떡치는 소리가 들려오기에 구경꾼들 사이를 비집고 보니 상이 뭔가, 친구가 볼기짝을 맞고 있는 게 아닌가.

이윤복이 풀려나기를 기다려 친구들이 번갈아 업고 동네로 돌아왔다.

무슨 상을 받아올까 기다리며 사랑방에서 새끼를 꼬던 이윤복의 아버지가 마당에서 웅성거리는 소리에 방문을 열어봤더니 아들이 초죽음이 되어 친구들에게 업혀서 돌아온 게 아닌가. 이에 놀라 버선발로 뛰어나갔던 윤복의 아버지는 아들 친구로부터 자초지종을 듣고 사랑방으로 돌아가 눈물이 글썽글썽한 눈으로 털썩 주저앉으며 혼잣말을 내뱉었다.

"이 고을에 명관이 났네."

자리를 비운 사이에

어느 선비가 산길을 가다가 밤이 너무 늦어버렸다. 걱정하던 선비는 저 멀리 작은 불빛 하나를 발견했다.

"이리 오너라. 이리 오너라."

한참 후에 할머니 한 분이 나왔다.

"선비님, 저희 집은 딸년과 단 둘이 사는 처지라 청을 못 들어드리겠습니다요. 방도 한 칸이구요."

선비는 할머니 말에도 아랑곳 않고 통사정을 했다. 할머니는 할 수 없이 자고 가라고 허락했다.

이렇게 해서 할머니, 딸, 선비가 한 방에서 자게 되었다. 그런데 갑자기 뒷간이 급해진 할머니는 밖에 나가는 길에 딸에게 일렀다.

"애야, 선비가 만약 너의 입술을 훔치면 앵두앵두 하고 가슴을 더듬으면 사과사과 하고, 그보다 더 밑을 만지면 수박수박 그러려무나."

할머니가 한참 후 볼일을 다 보고 나와 방 앞에 왔는데 방에서 딸의 목소리가 들렸다.

"아, 가지! 가지! 가지…"

거짓 벙어리 행세도 잘 해야지

옛날 한 포졸이 있었는데, 그의 임무는 당연히 도둑이나 법을 위반한 사람을 잡는 것이지만, 그는 특별히 밤거리 순검을 철저히 하여 야금(夜禁)에 걸린 사람을 잡아서 직접 곤장을 때리며 엄하게 다스렸다.

하루는 야간 통행이 금지된 시간에 나다닌 사람을 붙잡아 문초를 하면서 왜 법을 어겼느냐고 호통을 치니, 이 사람은 어물어물거리면서 말을 못하는 것이었다. 그러자 옆에서 보고 있던 상관이 말하기를.

"보아하니 그 사람은 벙어리 같은데 어찌 문책을 하겠느냐? 이번 한 번은 불문에 붙이고 속히 풀어줘라!"

이에 그 사람을 풀어주고, 야금에 걸린 또 한 사람을 심문하면서 무슨 이유로 밤에 나다니다가 잡혀 왔느냐고 묻자, 이 사람 역시 벙어리 행세를 하면서 어물거리는 것이었다.

그러자 옆에서 보던 상관이 수상히 여겨 그대로 세워 두고, 다른 이야기를 한참 하다가 갑자기 그 사람을 향해 큰소리로 물었다.

"너는 정말 말 못하는 벙어리냐?"

이 말에 깜작 놀란 그는 엉겁결에 크게 소리쳤다.

"네, 그렇습니다."

그리하여 결국 거짓이 탄로나 곤장을 더 많이 맞았다.

수릿골

한 고을에 젊은이가 병을 앓고 있었는데, 그의 형은 이름난 관상쟁이 겸 한의사이건만, 한 번 와서 들여다보고는 땅이 꺼져라 한숨만 푹푹 쉬다 갔을 뿐, 이렇다 말이 없었다.

부인은 안달이 났다.

"아주버님! 아비 병이 심상치 않습니다. 약 좀 주십쇼."

대답을 않자, 며칠 뒤 다시 찾아가서는

"다른 곳에 가 사서 쓰겠으니 약방문이라도 내주십시오."

그래도 대답을 않자, 다음 날에는

"정당한 값을 드릴 테니 약을 파십시오."

그날 저녁때 남편의 상태가 위중해지자 황급히 찾아가서는 화를 내며 말했다.

"아주버님은 그놈의 의술인지 설레발인지, 지금 동생이 죽어가는데 약 처방전도 알려주지 않고, 팔라고 해도 안 팔고…. 이 댁 가문 인심은 이런 건가요?"

형은 어이없어 하며 사방을 둘러보더니

"모르겠소. 장끼나 구해다 먹여보시우."

"그까짓거 한 마디 일러주기가 그렇게 힘들단 말인가요?"

한마디 쏘아붙이고 휭하니 집으로 돌아와 보니 남편은 오늘 밤 넘기기가 어려울 것 같고 밖엔 벌써 어둠이 내렸는데, 어디 가서 장끼를 잡아온단 말인가.

그때, 장날마다 잡은 사냥감을 메고 나오는 떠꺼머리 총각 사냥꾼이 떠올랐다. 서둘러 초롱불을 들고 산 넘고 물 건너 수릿골로 바쁜 걸음을 했다.

얼마를 갔을까, 산골짜기에서 혼자 사는 총각 사냥꾼의 너와집에서 불빛이 새나오는 것을 보고 긴장이 풀려 그만 잔설을 밟고 미끄러지며 발을 삐어 그 자리어 주저앉고 말았다.

"사람 살려주시오."

부인은 사냥꾼 집을 향해 소리쳤다. 그 소리를 들은 노총각 사냥꾼이 내려와 부인을 들쳐 업었다.

부인의 육덕이 푸짐해서 엉덩이를 두 손으로 받쳐든 총각 사냥꾼의 양물이 불뚝 솟구쳤다. 총각의 목덜미를 깍지 끼고 바위 같은 등에 업힌 부인 역시 남자 냄새를 맡은 지 얼마인가.

방문을 열고 안으로 들어올 땐 두 사람 다 불덩어리가 되어 누가 먼저랄 것도 없이 치마를 올리고 바지를 내리고 엉켜서 뒹굴었다.

땀이 범벅이 돼 헝클어진 머리를 매만지고 옷매무새를 고친 부인은 자초지종을 얘기할 겨를도 없이

"장끼 한 마리만 주시오."

라고 말했다. 총각이 잡아놓은 장끼 세 마리를 모두 주자, 부인은 발을 절며 골짜기를 내려갔다.

부랴부랴 장끼를 고아 가지고 방으로 들어오자 맛도 보기 전에 벌써 남편은 생기를 찾기 시작했다. 부인이 떠 먹여주자 나중엔 제 손으로 퍼 먹었다.

이튿날, 언제 아팠냐는 듯 남편은 거뜬하게 자리에서 일어났다. 그런데 오후에 이상한 소문이 산골 마을에 돌았다. 수릿골 총각 사냥꾼이 밤사이에 상처 하나 없이 죽었다는 것이다.

사실은 이러했다. 형이 보니 동생이 죽을 운수보다도 제수가 과부살이 꼈던 것이다. 호적에 오른 사람만이 남편인가. 실상은 남편 노릇 한 놈도 남편인 것이다. 그 둘 중에 누군가 죽으면 과부가 된다. 그래서 계교를 쓴 것이었다.

총각은 애매하게 대수대명(代數代命)에 간 것이다. 그러기에 옛 사람들이 말하기를 오랜 병으로 앓은 사람의 계집은 넘보는 것이 아니라고들 했다.

잡아먹으라는 돼지의 보답

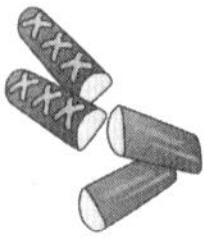

옛날 옛적 호랑이 담배 피던 시절, 그 때는 짐승들도 사람 말을 알아듣고, 말도 할 줄 알았다고 한다.

당시 한 사람이 소 · 개 · 닭 · 돼지 등을 정성껏 길렀는데, 하루는 고기가 먹고 싶어 소를 보고 이렇게 말했다.

"내 너희들을 기르느라 고생만 하고 오랫동안 고기를 못 먹어 기력이 다했으니 너를 잡아먹어야겠다."

그러자 소는 고개를 들면서 다음과 같이 말했다.

"주인어른! 저는 주인어른을 태워 진흙탕과 빙판길을 마다하지 않고 다녔으며, 물을 건너고 산을 넘으면서 무거운 짐을 나르고 쟁기질도 하여 힘들게 노력 봉사를 했으니, 공적만 있고 죄가 없는 터입니다. 그런데 어찌 저를 잡아먹으려 하십니까?"

이에 주인은 그 말이 옳다고 생각하고 개를 잡아먹겠다고 말하니, 개도 다음과 같이 변명하는 것이었다.

"저는 주인을 위해 늘 울타리 밑에 살면서 주야로 집안을 순찰하고, 도적이 들면 짖어서 알리며 주인이 외출하면 열심히 집을 지키다가 돌아오면 반갑게 맞아주니, 저의 공적을 말할 것 같으면 종들보다 더 많다고 할 수 있습니다. 그런데 어찌 저를 잡아먹으려고 하십니까?"

이 말에 주인은 역시 옳다고 하고는 닭을 잡아먹겠다고 했다. 그러니까 닭도 이렇게 항변을 하는 것이었다.

"저도 공적이 많습니다. 주인을 위해 낮에는 시간을 알려주어 농사짓는 데 도움을 주며 밤이면 잠도 제대로 못 자고 새벽을 알리니, 오덕(온화·양순·공손·검소·겸양)의 아름다움은 지녔어도 죄악을 지은 일이 없는데, 어찌 저를 잡아먹으려 하십니까? 부당한 말씀입니다."

그래서 주인은 마지막으로 돼지를 향해 잡아먹겠다고 말하자, 돼지는 눈만 껌뻑거리면서,

"사실 저는 아무 것도 내세울 만한 공적이 없습니다. 주인어른이 주는 먹이만 먹고 은혜만 입었으니 어찌 살아남기를 바라겠습니까? 속히 저를 잡아 주인어른의 몸을 보하소서."

하면서 눈을 감고 머리를 떨어뜨리는 것이었다.

쌀 도둑

김 초시는 과거만 보면 떨어졌으나 한양 구경을 느긋하게 즐기고 귀향했지만, 도대체 기가 죽는 법이 없었다.

집에 들어서자마자 마누라를 향해 큰 소리를 쳤다.

"닭 한 마리 잡아서 백숙해 올리지 않고 뭘 하느냐."

머슴도 없이 김 초시 마누라는 꼭두새벽부터 일어나 모 심고 피 뽑고 나락 베고 혼자서 농사를 다 짓는데, 논에서 일을 하다가도 점심 때가 되면 부리나케 집으로 돌아와 김 초시의 점심상을 차려주고 다시 논으로 종종걸음을 친다.

김 초시는 식사 때를 조금이라도 넘기면

"여편네가 지아비를 굶겨 죽이기로 작정했지."

라며 고래고래 고함을 지르고 말끝마다 무식한 여편네라고 무시하는 것이 다반사라.

어느 봄날, 온종일 밭에 나가 일하고 들어와 안방에서 바느질을 하는데 사랑방에서 글을 읽던 김 초시가 들어와 호롱불을 후! 하고 꺼버리고는 마누라를 쓰러뜨렸다. 그때 부엌에 쌀 도둑이 들어왔다.

쌀 도둑은 쥐 죽은 듯이 웅크리고 앉아 안방에서 폭풍우가 몰아쳐 비가 쏟아지기를 기다리고 있었다.

김 초시가 마누라 치마를 벗기고 속치마를 올리고 고쟁이를 내렸다. 운우의 숨소리가 한참 가빠질 때 도둑은 쌀독을 열고 자루에 쌀을 퍼 담기 시작했다.

가쁜 숨을 몰아쉬는 김 초시 귀에 대고 마누라가 속삭였다.

"쌀 도둑이 들어왔소."

그 소리를 들은 김 초시의 아랫 방망이는 갑자기 번데기처럼 줄어들어 이불을 덮어쓴 채 방구석에 처박혀 와들와들 떠는 것이 아닌가.

김 초시 마누라는 치마끈을 매면서도 계속 가쁜 숨을 몰아쉬며, "여보 여보, 좀 더 좀 더,"라고 교성을 질러 쌀 도둑을 안심시켰다.

얼마나 지났을까.

갑자기 김 초시 마누라가 부엌문을 차면서 "도둑이야!"라고 고함을 지르자 쌀 도둑은 혼비백산 걸음아 나 살려라 하고 도망쳤다. 그런 줄도 모르고 김 초시는 이불을 덮어쓰고 구석에 쪼그리고 앉아 벌벌 떨고 있었다.

김 초시 마누라가 부엌에 나가 쌀독을 덮고 방에 들어오자, 그제서야 정신을 차린 김 초시는 딴엔 남자라고 어흠, 어흠하면서 정좌를 하고서는

"쫓으려면 진작 쫓을 것이지 웬 뜸을 그리들여 사람을 놀래키노."

김 초시 마누라는 눈도 깜빡이지 않고 말했다.

"도둑이 쌀을 두세 바가지 퍼 담을 때 '도둑이야!' 소리치면 쌀자루가

가벼워 도둑이 퍼 담은 자루를 들고 도망칠 것이고, 여덟아홉 바가지를 퍼 담았을 때 소리치면 쌀이 자루에 그득해 땅에 쏟아질 것 아니요. 다섯 바가지는 들고 도망치기엔 무겁고 쏟아지기엔 자루에 쌀이 가득 차지 않아 그때를 기다렸지요."

그 말을 들은 김 초시는 아내의 현명함에 벌떡 일어나더니 사랑방으로 달려가 읽던 책을 몽땅 쓸어 담아 아궁이에 태워버렸다.

이튿날부터 그는 들에 나가 밭을 갈고, 마누라를 하늘같이 떠받들며 '부인'이라 불렀다고 한다.

음탕한 갖바치의 아내

가죽신을 만드는 일을 업으로 하는 가난한 갖바치가 있었다. 그런데 그의 아내가 기막힌 미인이라 이웃에 사는 한 사내가 항상 욕심을 내고 있었다.

한 번 꼭 품고 싶었으나 여자의 마음을 알 길이 없어 함부로 건드릴 수도 없었다. 결국 이 사내는 여자의 음심을 부추기는 작전을 세웠다. 그리하여 갖바치의 집으로 가서 건너방에 있는 그녀가 다 들을 수 있도록 큰 소리로 갖바치에게 말했다.

"부탁이 하나 있소."

"무슨 부탁이오?"

"내 물건이 너무 커서 걸음 걸을 때 방해가 되고, 또 불편할 때도 많소이다."

"그래요?"

"사슴 가죽으로 갑을 만들어 물건을 넣고 끈을 허리에 걸면 좋겠는데, 당신이 그걸 만들 수 있겠소?"

그녀는 그 소리를 다 듣고 있었다.

"그럼 우선 그 물건부터 봅시다. 그래야 만들지요."

사내는 즉시 돌아앉아 바지를 벗고 물건을 보였다.

"과연 당신의 말 그대로 훌륭한 물건이오."

"이거야, 아직 아무것도 아니오."

"뭐요?"

"이게 한 번 성이 나면 지금보다 적어도 세 배는 더 커진단 말이오."

그 말을 들은 갖바치의 아내는 벌써부터 마음이 동했다. 그렇지 않아도 남편의 그것이 작다고 생각하던 차에, 그녀는 말만 들어도 아랫도리가 축축해졌다.

갖바치는 그 사내에게 다시 말했다.

"내 그 물건을 만들어 궤짝에 넣어둘 테니 내가 없더라도 와서 찾아가시오."

그리고 여러 날이 지난 다음, 사내는 일부러 갖바치가 없는 틈을 타서 물건을 찾으러 갔다.

"바깥양반은 지금 밖에 나가고 없어요."

하고 그 아내가 말했다.

"내가 부탁한 물건이 있는데 주인장이 없더라도 찾아가라 해서 이렇게 왔소. 어디 있는 지 아시오?"

"그 물건이라면 궤짝 속에 있으니 들어와서 가져 가시지요."

"그럼…."

사내가 방으로 들어가자 과연 갖바치의 아내가 먼저 추파를 던지는 게 아닌가. 그리하여 사내는 아름다운 갖바치의 아내 위에서 그토록 원하던 일을 시작하게 되었다. 그런데 어찌된 일인지 물건이 남편 갖바치보다도 훨씬 작았다.

비로소 자신이 속았다고 생각한 갖바치의 아내는 몹시 분했으나 어쩔 수 없이 끝까지 일을 치를 수밖에 없었다.

그 후, 이웃에 사는 그 사내가 또 갖바치의 집을 찾아왔다. 갖바치가 물었다.

"그 물건을 가져갔는데 맞기는 합니까?"

"약간 작은 듯하지만, 그런대로 쓸만하오."

이렇게 대답하는 사내의 말을 갖바치의 아내가 건넌방에서 들었다. 그녀는 입술을 깨물더니 혼잣말로 중얼거렸다.

"네까짓 물건이라면 그 안에 삼백 개는 들어가겠다."

자면서 남의 다리 긁기

어느 마을에 한 사람이 살았는데, 매우 미련했다.

하루는 멀리 길을 떠났다가 날이 저물어 주막에 들어가 다른 손님들과 함께 잠을 자게 되었다. 다른 사람들은 깊이 잠들어 코를 고는데 이 사람은 잠이 오지 않아 뒤척이다가 간신히 잠이 들려는 찰라, 갑자기 한 쪽 다리가 몹시 가려웠다.

그러자 잠결에 날카로운 손톱으로 박박 긁었으나 어쩐 일인지 조금도 시원한 느낌이 들지 않았다. 이에 더욱 힘을 주어 긁어도 여전히 시원하지가 않아 이상하게 생각하는데, 옆에서 자던 사람이 벌떡 일어나 소리쳤다.

"어떤 놈이 남의 다리를 자꾸 박박 긁어서 아프게 하느냐?"

이 소리에 깜짝 놀라 정신을 차려보니 그것이 자기 다리가 아니라 남의 다리라는 사실을 알았다. 그러자 이 사람은 싱긋 웃으면서 말했다.

"내 다리가 가려워서 힘껏 긁었는데, 도대체 시원하질 않아 이상하다 했더니 그게 당신 다리였소?"

통천댁 옷고름

어느 마을에 시집 온 지 1년 만에 과부가 된 통천댁이 외롭게 살고 있었다.

자식도 없는 청상과부는 한눈 안 팔고 시부모를 모시고 10년을 살다가 한해걸이로 시부모가 이승을 하직하자, 삼년상을 치르고 탈상한 지 며칠 되지 않아 매파가 찾아왔다.

"아직 서른도 안 된 통천댁이 자식도 없이 홀로 한평생을 보내기엔 세월이 너무 길잖아."

통천댁은 눈이 동그래져서

"그래서요?"

하고 물었다.

한숨을 길게 쉰 매파가 목소리를 낮추고 얘기를 이어갔다.

"아랫동네 홀아비 박 초시가 통천댁 탈상할 날만 기다리고 있었네."

"나가세요!"

서릿발이 돋은 앙칼진 목소리로 통천댁이 소리치자 매파는 겁에 질려 허둥지둥 뒷걸음쳐 사라졌다.

그런 일이 있은 후로 통천댁은 늙은 청지기를 데리고 억척스럽게 논농사, 밭농사를 지으며 꿋꿋하게 수절하였다.

물론 통천댁도 박 초시를 알고 있었다.

8년 전인가 상처한 박 초시는 30대 초반으로 비록 과거에는 급제하지 못했지만 글도 능할 뿐더러 뼈대 있는 집안에 재산도 넉넉하고 사람됨됨이도 착실해 매파들이 문지방이 닳도록 찾았지만, 고개를 흔들고 통천댁만을 마음 속에 품고 있었다.

박 초시가 보낸 매파가 끈질기게 통천댁을 찾았지만 가는 족족 헛걸음에 이제는 문도 열어주지 않았다. 이에 박 초시는 식음을 끊고 드러누워버렸다.

이러한 소문을 듣고 박 초시 친구 유 첨지가 술을 한 잔 걸치고 찾아왔다.

"예끼, 이 사람아. 그런 일로 드러눕다니!"

이튿날 아침, 통천댁이 안개가 모락모락 피어나는 안마당으로 물동이를 들고 들어서 부엌으로 가는데 유 첨지와 머슴 둘이 뒤따라 들어와 소리쳤다.

"통천댁, 오늘 쟁기 좀 빌려주시오."

통천댁이 부엌에서 나오는데 안방 문이 덜컹 열리며 윗도리를 들어낸 박 초시가

"안 되네, 우리도 오늘 써야 하네."

그것을 보고 머슴 둘도 놀랐지만 펄쩍 뛰며 놀란 것은 통천댁이었다.

따지고 변명할 겨를도 없이 유 첨지와 두 머슴은 가버렸다. 늙은 청

지기는 논에 물꼬를 트러 들에 나가고 통천댁이 우물에 갔을 때 박 초시가 통천댁의 안방에 잠입했던 것이다. 마루 끝에 털썩 주저앉아 땅이 꺼져라 한숨을 쉰 통천댁이 곰곰이 생각해보니 동네 사람들에게 무슨 변명을 해도 씨도 안 먹힐 것 같았다.

통천댁은 머리를 매만지고 안방으로 들어갔다.

"서방님, 절 받으시오."

박 초시는 떨리는 목소리로 "통천댁, 고맙소."라고 말한 후 통천댁의 옷고름을 풀었다.

비장에게 대신시키겠지

옛날 영남 지방의 한 관찰사가 여러 고을을 순시하고 있었다.

한 시골 마을을 지날 때, 일산을 든 병졸이 옆을 따르는 가운데 높다란 가마 위에 덩그렇게 앉아 긴 담뱃대를 비스듬히 물고 사방을 두리번거리며 행차하니, 마을 사람들이 몰려나와 그 위엄 있는 모습을 구경하느라 길을 메웠다.

이에 사람들이 모두 쳐다보고 손을 흔들면서,

"관찰사 나리의 저 의젓한 형상이 마치 신선의 모습 같지요?"

하고 칭송하며 흠모하는 것이었다. 이때 한 사람이 옆 사람을 보고 물었다.

"저렇게 의젓하고 근엄한 관찰사 나리도 밤에는 부인과 함께 자면서 옷을 벗고 살을 맞대는 잠자리를 할까요?"

그러자 옆 사람이 눈을 부릅뜨고 손을 내저으면서 다음과 같이 응수했다.

"관찰사 나리처럼 만금 같은 귀한 몸으로 어찌 옷을 벗으며 그 힘든 일까지 몸소 하시겠소? 반드시 힘 좋은 병방비장에게 대신 시켜놓고 구경만 하실 거요."

두 사람의 얘기를 듣고 있던 사람들이 너무 웃어서 허리가 잘록해졌다 한다.

엽전 주머니

어느 고을에 한양에서 별감이 내려왔다. 별감이라야 대수로운 벼슬도 아니지만, 그래도 동네가 생긴 이래 가장 출세한 사람이다.

어린 시절 함께 뒹굴고 서당에서 공부하던 고향 친구들이 주막에 모였다. 별감은 목이 뻣뻣해졌고 고향 친구들이란 작자들은 서로 잘 보이려고 아부질이다.

"별감 나리, 신수가 환하시네."

그러자 눈을 내리깐 별감이 고개를 끄덕이며 거드름을 피웠다.

"자네 이름이 맹천, 아니 영철이던가."

고향 떠난 지 3년도 안 됐는데, 친구 이름을 까먹었을까?

"용철이네."

"아, 그래 용철이. 자네 훈장님한테 매도 많이 맞았지."

옆에 앉아 있던 기생 매월이가 까르르 웃었다.

꽃 피고 새 우는 화창한 봄날, 집안이 넉넉한 친구 셋이 별감 친구를 모시고 화전놀이를 가는데, 한 친구는 10년 동안 땅 속에 묻어 두었던 인삼주를 꺼내왔고, 한 친구는 씨암탉을 잡고 산전에 화전을 부칠 준비를 해오고, 나머지 한 친구는 기생 매월이를 돈을 주고 데려왔다.

앞장 선 매월이가 어깨춤을 추며 산길을 오르는데, 주위에 피어 있는 진달래꽃은 불타고, 개울엔 콸콸 옥수가 흐르고, 산새는 울고 하늘은 맑고 봄바람은 불어오니 이 어찌 아니 좋을 소냐. 목적지 마당바위 앞에서 딱 걸음을 멈췄다. 이때,

"껄껄껄, 여기는 어인 일인가?"

해진 갓을 삐딱하니 쓰고 장죽을 꼬나문 주정뱅이 해천이 어떻게 냄새를 맡았는지 먼저 와서 마당바위에 정좌하고 앉아 시치미를 떼고 오히려 별감 일행을 내려다보며 묻는다.

어린 시절 함께 서당에서 공부한 불청객 해천은 별감을 향해 거리낌 없이

"봉팔이, 너 왔다는 소리는 들었다."

하고 말하니 좋았던 분위기는 깨졌지만 술판은 벌어졌다.

친구 하나가 기생 매월이에게 귓속말로 속삭였다.

"10년 묵은 인삼주를 해천이 잔에는 조금씩 따라라."

매월이는 다른 사람들 술잔은 넘치게 따랐지만 불청객 해천의 술잔은 반도 차지 않게 술을 부었다.

얼마 후 소피 보러 숲 속으로 가는 매월이를 해천이 따라갔다.

"매월아, 이거 받아라."

하고 엽전 주머니를 내미는 것이 아닌가. 매월은 눈이 둥그레져 엽전 주머니를 받았다.

"매월아, 부탁이 하나 있다. 내가 배탈이 나서 닷새 동안 하루에 죽 한

공기로 살았다. 술을 마시면 안 되는데, 오랜만에 친구를 만나서…. 내 잔엔 따르는 시늉만 해다오."

'어려울 것 없지. 아니어도 그 귀한 술, 해천에겐 조금씩 따르라 했는데.'

숲 속에 앉아 소피를 보며 매월은 해천에게 받은 돈주머니를 열어봤다. 한지로 돌돌 싸여 있는 엽전 뭉치가 묵직하다. 한지를 펴던 매월이는 오줌발이 뚝 끊겼다. 그것은 동전이 아니고 모두가 사금파리였던 것이다. 이를 악 다물고 돌아온 어린 기생 매월이는 너 죽어보라는 듯이 해천의 술잔에 술을 가득 따랐다. 죽을 상을 하고 마신 술잔에 연거푸 인삼주를 따랐다.

호리병이 바닥난 걸 보고 해천은 별감 곁으로 가서 귓속말로 속삭였다.

"매월이 저년은 건드리지 말게. 내가 한 달 전에 합방을 했다가 아직도 성병으로 고생하고 있네."

지난밤, 매월이를 품었던 별감은 울상이 되었다. 트림을 거하게 한 해천이 껄껄 웃으며 자리를 떴다.

그 일을 전해 들은 사람들이 해천의 꾀에 박장대소를 하였다.

세 자매의 호기심

옛날 어느 한 마을에 세 자매가 살고 있었다. 그 자매들은 부모가 죽자 형편이 너무 어려워 시집 갈 엄두조차 내지 못했다. 세 자매는 모두 나이 스물이 넘어 이미 혼기를 놓친 노처녀들이었다.

어느 날 세 자매가 모여 얘기를 했다.

먼저 막내가 말했다.

“세상에는 남녀의 즐거움이 있다는데 어떤 것인지 알았으면….”

둘째가 말했다.

“나 또한 그 일을 이상히 여기는 중이야.”

그 소리를 가만히 듣던 맏딸이 두 사람에게 제의했다.

“건넛마을에 한 여종이 결혼했다는데 가서 물어보자.”

그래서 세 자매는 즉시 그 여종에게 가서 물어보았다. 그러자 여종은,

“부끄러워서 어찌 그 대답을 할 수 있겠어요.”

하고 얼굴을 붉혔다.

그러나 세 처녀는 끝까지 부탁을 했고, 결국 여종은 할 수 없다는 듯이 입을 열었다.

"남자의 두 다리 사이에 고기로 된 막대기 같은 게 있어요. 그 모습은 송이버섯과 비슷하고 길이는 매우 긴데, 이름이 철(凸)이니 신변을 측량키 어렵죠. 생생화화(生生花花)의 공이 모두 거기서 비롯되는데, 남자의 철(凸)을 여자의 요(凹) 속에 끼워 넣은 다음의 즐거움은 그 무엇에도 비길 수 없습니다요."

"그 즐거움이 어떠냐?"

"철(凸)이 요(凹) 가운데로 들어가서 아래 위로 문지르고 비비면 사지가 온통 녹아내리는 것 같고 융합하는 것 같아 살아도 사는 것 같지 않고 죽어도 죽는 것 같지 않더이다."

이 말을 들은 세 자매는 동네 총각 벙어리를 만나면 그 철(凸)을 시험해 보기로 했다. 마침 그 소식을 알게 된 이웃마을 총각이 거지로 분장하고 벙어리 흉내를 냈다.

세 자매는 즉시 이 총각을 방으로 불러들여 옷을 모조리 벗겼다.

먼저 맏딸이 총각의 철(凸)을 어루만지며 말했다.

"오, 이것은 가죽이었구나."

그러자 둘째딸이 그것을 만지며 말했다.

"고기 덩어리예요."

마지막으로 막내딸이 그것을 만지며 말했다.

"아녜요. 이건 뼈다귄데요."

세 자매가 돌아가며 좌우로 끌어안고 서로 만지려 할 때, 양물이 움직이자, 세 자매는 웃으며 말했다.

"이 물건이 그렇게도 좋단 말이지?"

그때 총각이 갑자기 세 자매의 손을 잡고 말했다.

"이 물건은 본래 미친 게 아닌데, 그대들이 미치도록 만들었소. 그러니 당연히 이 물건을 음문에 꽂아야 되지 않겠소?"

벙어리 총각이 입을 열자, 세 자매는 몹시 놀라 몸을 떨기 시작했다.

"내가 지금 소리를 지르면 낭자들은 크게 망신을 당하고, 가문을 더럽히게 될 것이오."

이렇게 하여 결국 청년은 세 자매와 차례대로 하늘이 밝아올 때까지 재미를 보았다.

탐욕이 지나친 재상

옛날에 한 재상이 있었는데, 재물에 대한 탐욕이 지나쳐 지방으로 나가는 관장들에게 많은 뇌물을 요구하곤 했다.

하루는 이 재상이 집에서 한가롭게 앉아 쉬고 있는데, 마침 물산이 풍요로운 고을 관장으로 나가 있는 무관 한 사람이 인사차 방문하자, 늘 그랬던 것처럼 슬그머니 말을 던졌다.

"내 근래 집을 한 채 짓는데, 자금이 조금 부족하다네. 자네가 어떻게 좀 도와줄 수 없겠는가? 지금 첩지(帖紙: 오늘날의 수표처럼 금액을 적어 주고 뒤에 돈을 찾게 하는 쪽지)를 써주면 사람을 시켜서 찾아오도록 하겠네."

이 말에 관장은 자기 형편에 넘치게 2백 냥을 써서 내놓았다.

본디 이 재상은 항상 요강을 깨끗이 씻어 말려 방안에 두었는데, 이것은 소변용이 아니라 달리 사용하기 위해 늘 마른 상태로 비워 두었던 것이다.

이에 그 재상은 첩지를 보더니 서운한 표정을 지으면서 똑바로 앉아 말했다.

"내 가까운 사이여서 말을 꺼냈던 것인데, 자네가 나를 이리 박절하게 대접할 줄은 몰랐네. 내 지금 그리 말한 것을 크게 후회하는 터이니 없었던 일로 하게나."

이러면서 그 첩지를 요강 속으로 던져 넣는 것이었다(남이 보기에는 그 첩지가 소변에 젖어 파기된 것 같지만, 사실은 요강 속이 말라 있으므로 첩지는 그대로 있음).

그러자 관장은 당황하여 앞서 그 첩지가 못 쓰게 된 줄 알고, 새로 사백 냥을 적어 앞으로 내놓았다. 이에 재상은 웃으면서,

"이 정도면 내 약간은 도움이 될 만하구먼."

이라 말하고 그 첩지를 받아 챙기는 것이었다.

그리하여 관장은 인사를 하고 물러 나왔는데, 뒤에 보니 재상은 사람을 보내 앞서 요강에 던져 넣은 이백 냥과 뒤의 사백 냥 첩지를 함께 가지고 와서 육백 냥을 찾아가는 것이었다.

사람들은 이 이야기를 듣고 더럽다며 침을 뱉었다.

뼈가 녹아내리는 방사

행상 한 사람이 어느 인가에서 하룻밤을 보내게 되었는데, 한밤중에 아랫목의 주인이 그 처와 관계를 하는지라 윗목의 나그네가 그 신음소리를 엿듣고 주인에게

"지금 하시는 일이 대체 무엇이오?"

하고 물으니, 주인이 대답하기를

"지금 소리를 들어 대개 아실 테지만 집사람과 더불어 잠깐 희롱하는 것이오."

그러자 나그네가 목소리를 가다듬고

"이런, 아직 주인은 모르시겠지만, 운우의 품격에는 두 가지가 있으니, 그 하나는 깊이 꽂아 오래 희롱하여 여인으로 하여금 뼈를 녹게 하는 것이 상품이요, 또 격동하는 소리가 요란하여 번갯불처럼 휘황할 뿐 잠깐 동안에 사정하는 것은 하품이지요, 상품과 하품을 구별하셔야 합니다."

이 말이 그 동안 남편의 밤일이 시원찮아 불만이 많았던 여자의 귀에 벽력처럼 울려 여인은 한 꾀를 내어 눈을 지그시 감고 조는 듯 꿈꾸는 듯

하다가, 일부러 꿈에서 깨어난 듯 배 위의 지아비를 발길로 걷어차며

"여보 큰일 났소. 지금 내가 꿈을 꾸었는데 우리 조밭에 산돼지가 들어 거의 조밭을 쑥밭으로 만들고 있는 중이에요. 밭이 망가지면 금년 양식을 무엇으로 충당한단 말이오. 너무 꿈이 생생하니 어서 가서 한 번 확인을 해보세요."

하자 남편이 황급히 허리에 화살을 차고 총총히 산으로 뛰어나갔다. 이때 여주인이 행상에게

"어찌 그리 여인의 마음을 잘 아시오. 그렇다면 어디 뼈 한 번만 녹여주구려."

하고 몸소 행상에게 추파를 던지니, 행상이 어찌 그냥 보고만 있겠는가.

과연 여인의 바라던 대로 깊이 넣어 뼈를 녹게 하니, 그 황홀함은 은밀하고 흡족한 지라. 이윽고 여주인이 넋이 나가 마침내 가재도구까지 전부 싸 가지고 행상인과 함께 얼마만큼 도망 가다 행상인이 가만히 생각해 보니, 남의 유부녀를 꾀어 도주하는 것은 반드시 후환이 없지 않으리라는 생각 끝에 여인을 따돌리려는 심보로 말하길

"우리 둘이 이렇게 도망하는 마당에 길에서 밥 지을 솥과 냄비가 없으니, 당신이 한 번 더 수고를 해주시오. 내 그 동안 여기서 기다리고 있겠소."

여인이 그 말을 듣고 옳게 생각하고 부리나케 집으로 달려가서 화로며 솥을 이고 도망쳐 나오다가 그만 본서방과 마주치고 말았다. 서방이 의심하여 연유를 물으니, 여인이 대답하기를

"아, 글쎄! 그 못된 행상인 놈이 내가 깊이 잠든 틈에 우리 재산을 모

두 가지고 도망하지 않았겠소. 그래 내가 점장이에게 점을 쳐보았더니, 점괘에 행상인이 금속인이어서 쇠로 만든 물건을 갖고 찾으면 붙잡을 수 있다고 하기에 이렇게 뒤를 쫓고 있는 중이에요."

대답을 하니 서방이란 작자가 크게 놀라며

"그래, 그렇다면 나하고 함께 찾지 않고 혼자 찾아 나섰다는 말이오?"
하며 솥을 걸머지고 함께 뒤를 쫓으니, 여인은 더욱 겁이 나서 행상인이 없는 곳으로 찾아 다니다가 애태우던 나머지 마침내 대성통곡하였다.

죽을 놈은 어떻게든 죽는 법

어느 고을에 재물은 많은데 인심이 사납기로 호랑이 같은 최 참봉이란 인물이 살았다.

어느 날 해거름에 그 최 참봉이 얼근하게 취해서 뒷짐을 지고 집으로 돌아왔는데, 대문 앞에서 절름발이 거지 하나가 "동냥 좀 줍쇼."라며 구걸을 하는 것이 아닌가.

"다른 집으로 가 봐라."

하고 최 참봉이 걸걸한 목소리로 소리치차 피골이 상접한 거지는 울상으로 그를 올려다보며 또다시 애걸했다.

"나리, 이틀을 굶었습니다요. 목숨 좀 살려주십시오."

"다른 집으로 가라 하지 않았느냐!"

최 참봉의 목소리는 고함으로 변했다. 이 소리를 듣고 집사와 청지기, 머슴들이 주인의 고함소리에 놀라 우르르 몰려나왔다.

"나리…."

거지의 목소리가 끝나기도 전에 최 참봉이 절름발이 거지의 목발을 부러뜨려 도랑으로 집어던지고 바가지를 박살냈다.

"당장 꺼지지 않으면 네놈의 성한 다리마저 분질러 버리겠다."

그 때 그곳을 지나가던 노스님이 최 참봉을 가로막으며 절름발이 거지를 일으켜 세웠다. 거지를 부축한 노스님이 손을 털고 있는 최 참봉을 빤히 쳐다보며 말했다.

"쯧쯧쯧. 재운은 넘쳐 나는데 명운이 다됐구려."

대문 안으로 들어가려던 최 참봉이 걸음을 멈추고 휙 돌아섰다.

"뭐라고?"

"4월 초나흘, 쇠뿔에 받혀서 죽을 운세요."

"여봐라, 저 땡초의 주둥이를 짓이겨라."

"어디서 그런 악담을 퍼붓는 게야."

청지기와 머슴들이 달려들어 노스님을 엎어놓고 얼굴을 밟기 시작했다. 피투성이가 된 노스님이 대문 앞에서 혼절하자, 최 참봉과 그 수하들은 안으로 들어가고, 대문은 쾅하고 닫혔다.

아직도 분이 덜 풀린 최 참봉은 씩씩거리며 술상을 차려오라고 고함을 질렀다. 이런 최 참봉은 만석꾼 부자지만 탐욕은 끝이 없어 보릿고개에 장리쌀을 놓아 가을이면 가난한 사람들의 논과 밭을 빼앗고, 소작농 부인을 겁탈하고, 고리채로 남의 집 딸을 차지했다.

그 일이 있은 후 열흘이 지나 3월 그믐이 되자, 최 참봉은 노스님의 말이 꺼림칙하게 떠올라 집사를 불렀다. 최 참봉의 엄명을 받아 집사는 온 동네 소를 가진 집을 돌아다니며, 그날부터 소를 외양간에 가둬 소고삐를 단단히 매고 외양간 문을 잠그도록 일렀다.

어느 안전이라고 최 참봉의 명을 거역하겠는가. 최 참봉 머슴들은 온 동네를 휘젓고 다니며 외양간 문에 대못질까지 했다.

4월 초나흘 화창한 봄날, 대문을 굳게 잠그고 사랑방 문도 잠근 채 담배를 피우고 있던 최 참봉은 땡초의 헛소리에 이 난리를 친 자신이 한심스러워졌다.

"황소가 천정에서 떨어질 건가."

사랑방 문을 열고 문지방에 팔을 걸치고 비스듬히 누워 귀를 후볐다. 그때 한 줄기 봄바람이 불어 문이 닫히며 최 참봉의 팔꿈치를 쳤다. 기이개가 깊이 박히며 귓속에선 선혈이 쏟아지자 꽥 소리 한 번 못 질러본 최 참봉은 그 길로 지옥에 떨어지고 말았다.

그 귀이개는 쇠뿔로 만든 것이었다.

지나친 욕심

한 동네에 고추농사를 짓고 사는 홀아비와 과부가 있었다. 홀아비에겐 나이가 찬 딸이 둘 있었다.

하지만 매년 홀아비네 고추농사는 엉망이었고, 과부네 고추밭에선 풍년이 계속됐다. 홀아비는 그 이유를 알 수 없었다.

그러던 어느 날 밤, 과부네 고추밭에서 이상한 소리가 들렸다.

홀아비가 몰래 다가갔더니, 과부가 알몸으로 고추밭을 뛰어다니고 있는 게 아닌가.

다음날 밤, 홀아비는 두 딸더러 알몸으로 고추밭 위를 뛰어다니게 했다. 그러나 그 해 농사도 망치고 말았다.

왜냐하면 고추가 영글다 못해 터져버렸기 때문이었다.

재상과 담비가죽

옛날에 한 재상이 면식이 있는 지방 관장만 만나면 뇌물을 요구했다. 그때 임지로 발령을 받은 무관이 회령 관장으로 부임하게 되어 그에게 인사차 방문하니, 재상은 곧 이런 부탁을 하는 것이었다.

"자네 회령에 가면, 거기 이름난 손재주꾼이 있어 화살을 넣는 전통을 잘 만든다네. 그러니 자네가 그 사람을 시켜 좋은 전통 하나 만들어 달래서 보내줄 수 있겠나?"

이에 관장은 그러겠노라 대답하고 회령으로 내려갔다. 그리고 얼마 후 그는 재상 앞으로 전통과 함께 편지를 써 보내왔다.

그런데 보내온 전통을 보니, 길이가 한 길이나 되고 둘레가 커다란 누각의 기둥만 했다. 그리고 겉을 단단히 줄로 묶어, 대를 쪼개 테로 두른 나무통처럼 매우 단단했다. 이를 본 재상은 크게 화를 내면서,

"세상에 이렇게 큰 전통이 어디 있단 말이냐? 대체 여기다 어떻게 화살을 넣고 다니라고 이런 걸 보낸 거야!"

하고는 풀어보지도 않고 그대로 다락에 던져 두었다. 그 일로 재상은 회령 관장에게 큰 반감을 갖게 되었고, 마침 관북 암행어사를 제수 받아

나가게 되었다.

그러자 곧 재상은 마음 속으로 회령에 가면 관장에게 무슨 꼬투리라도 잡아 죄를 씌워 관직을 박탈하겠다고 단단히 벼르고 있었다.

이때 재상이 관북 암행어사가 되어 내려온다는 소식을 들은 회령 관장은 급히 상경하여 인사차 재상을 찾아갔다. 그리고 집안 사람에게 명함을 주고 알현을 요청하니, 재상은 병을 핑계로 만나주지 않았다. 그렇게 네댓 차례 방문했지만, 여전히 만나 주지 않아 이상하게 생각하고, 이번에는 명함 없이 곧바로 들어가서 재상을 알현했다.

그러자 그는 굳은 표정으로 말 한 마디 없이 냉담하게 대하는 것이 아닌가. 이에 관장을 슬그머니 물었다.

"소인이 전날 회령에서 올려보낸 전통을 보셨는지요?"

이 말에도 재상은 그런 것을 보내놓고 생색을 내려 한다고 생각하며 냉정한 어조로 중얼거렸다.

"내 그런 건 잘 모르겠는데, 아마 무엇이 왔다는 말은 들은 것 같기도 하네."

이렇게 말하고는 하인에게 묻는 것이었다.

"혹시 얼마 전에 회령에서 올라온 전통이 어디에 있느냐? 한 번 찾아보도록 하거라."

그러자 하인은 당시 보내온 것이 있으며, 그 몸체가 너무 커서 사용할 수 없을 같아 열어보지도 않고 그대로 다락에 던져두었노라 대답하는 것이었다. 이에 관장은 비로소 재상이 냉담하게 대하는 이유를 알고 공손히 아뢰었다.

"어르신, 사실 그 전통은 매우 진귀한 것이옵니다. 운송되어가는 동안 파손을 우려해 겉을 나무로 단단히 싼 것이오며, 전통은 그 안에 들었사옵니다. 지금 개봉해 보시면 알게 될 것이옵니다."

이에 관장은 곧 그 통을 가지고 오라 해서 열어본 순간 너무나 놀랐다. 그 속에는 전통이 아니라 매우 질 좋은 담비 가죽 2백여 장이 고이 접어 들어 있다가 워낙 단단히 묶였던 것이 터지면서 온 대청마루를 덮었기 때문이었다.

제상이 이를 보고 감탄하면서 급히 거두라 하고는 희색이 만면하여 관장을 보고 말했다.

"자네 이 사람아, 영변 부사를 원하는가? 강계 부사를 원하는가? 내 원하는 대로 자네를 보내주겠네."

이후로 재상은 이 무관을 동기처럼 아끼고 돌봐주었다고 한다.

꾀로 얻은 벼슬자리

옛날에 한 재상이 나이가 많아 참찬(參贊: 조선시대 의정부의 정 2품 벼슬)에 오른 뒤에도 오랫동안 그 자리에 있었다. 원래 참찬은 나이 많은 사람이 맡는 한직이었다.

어느 날 이 재상의 친구 한 사람이 찾아와서 이런저런 이야기를 나누다가 한참만에 이런 농담을 했다.

"자네는 참찬 자리를 너무 오랫동안 혼자 차지하고 있어 다른 사람이 오질 못하니, 비난하는 소리가 들리더군. 웬만하면 물러나야지, 왜 그렇게 오래 버티나?"

"아, 그런 소리가 들리다니? 이 자리가 워낙 한직이라 오래 있었던 것일세. 허나 그렇게 비난한다면 내 물러나야지."

이렇게 말하고 그 재상은 이튿날 사직서를 제출해 물러났다. 한데 뒤이어 그 쓴 소리를 하던 친구가 참찬 자리에 오르게 된 것이다.

얼마 후, 앞서 참찬으로 있다가 물러난 재상이 지금 참찬으로 임명된 친구를 만나 이렇게 물었다.

"이 사람아, 내가 너무 오래 참찬 자리에 있어 비난하는 소리가 들린다고 했는데, 도대체 그런 사람이 누구였는가? 알고나 싶어 그런다네."

그러자 새로 참찬 자리에 오른 친구가 이렇게 대답했다.

"내 이 나이가 되도록 온전한 직책 한 번 맡아 보질 못해서 괴로웠다네. 그 때 자네를 비난했다는 사람은 바로 나일세. 내가 이 자리에 오르고 싶어 그랬으니 미안하네."

두 사람은 마주보고 껄껄 웃었다.

산 삼

어느 마을에 머슴살이 십년에 한 푼 두 푼 모은 새경으로 박 서방은 화전 밭뙈기가 딸린 산을 사서 나무를 베어 산비탈에 초가삼간을 짓고, 같은 집에 함께 살던 식모 삼월이와 혼례를 치러 살림을 차렸다.

나무를 베어내고 뿌리를 캐내어 밭을 만들며 살림이 불어나는 재미에 박 서방은 달밤에도 밭의 돌을 주어내고 밭에 거름을 져 올렸다. 한편으로는 달덩이 같은 아들딸 낳고 세월 따라 밭뙈기는 늘어나 보릿고개에도 박 서방네 곳간엔 곡식 가마가 쌓였다.

부창부수라고 삼월이도 부지런하기는 박 서방 못지않아 아이에게 젖을 물리며 호미로 밭을 맸다. 보리 심고, 밀 심고, 콩 심어 남는 곡식은 장에 내다 팔아 논도 두서너 마지기나 마련하여 쌀농사까지 지었다.

어느 봄날, 박 서방이 산비탈 밭에서 땀을 쏟으며 쟁기질을 하고 있는데, 마누라가 함지박에 점심밥을 이고 올라왔다. 개울가 너럭바위에 밥 한 양푼과 된장 한 공기 점심 밥상을 펴놓고 박 서방이 개울에서 윗도리를 훌렁 벗고 세수할 동안 삼월이는 주변의 산 속으로 들어가 쌈 싸먹을 곰치를 뜯었다.

"만석 아빠!"

산천을 울리는 삼월이의 고함소리에 멧돼지가 나타난 줄 알고 박 서방은 괭이를 들고 산 속으로 한 걸음에 달려갔다. 삼월이는 엉덩방아를 찧은 채 눈을 왕방울만 하게 뜨고 들뜬 목소리로 말했다.

"저기 좀 보세요."

박 서방도 벌린 입을 다물지 못하고 얼어붙었다. 지난 가을에 맺은 빨간 열매를 아직도 조롱조롱 매단 산삼 밭, 허겁지겁 한 뿌리를 캐 마디를 세어보니 백년이 넘었다.

얼마 후 백년 근 산삼 스물두 뿌리를 캐 이끼로 덮어 삼월이의 치마에 싸 점심상을 차려 놓은 너럭바위로 내려왔다.

박 서방은 그 중 두 뿌리를 개울물에 씻어

"우선 우리 몸부터 보신하세."

하며 삼월이에게 내밀었다.

박 서방과 삼월이는 산삼 한 뿌리씩을 와그작 와그작 씹어 먹었다.

박 서방은 벌떡 일어나 괭이, 삽, 호미. 지게, 그리고 쟁기를 개울 아래로 멀리 던지면서

"이제 이 지긋지긋한 농사일은 그만해야지."

하며 감격에 겨워 아내 삼월이를 껴안았다.

산삼을 싸느라 치마를 벗은 삼월이의 고쟁이 사이로 희멀건한 엉덩이가 비집고 나왔다. 둘은 춘정이 발동해 너럭바위에서 미친 듯이 운우의 정을 나눴다.

얼마 후 저잣거리에 나가 한의원에 들른 박 서방이 산삼 보따리를 풀

었다. 그런데 산삼 한 뿌리를 집어든 의원이 미간을 찌푸리며, 이 산삼 저 산삼 엄지, 검지로 누르자 속이 비어 납작해졌다.

그걸 본 박 서방은 사색이 되어 말했다.

"조금 전에도 멀쩡했는데!"

그러자 의원이 들릴 듯 말 듯 중얼거렸다.

"산신령이 노하실 짓거리를 했나벼…."

박 서방은 술로 세월을 보냈고, 삼월이는 일손을 놓고 한숨으로 나날을 보내는 동안 박 서방네 밭은 잡초로 덮여버렸다.

진흙새 우는 소리

어느 마을에 가난한 부부가 잠자리를 함께 할 때에는 언제나 어린애들을 발치에서 자게 하였다. 어느 날 밤 부부는 마침내 일을 시작하였는데, 그 흥분과 쾌락이 절정에 달하여 몸부림을 치다가 이불이 말려들어 발치에 자던 아이가 이불 밖으로 나와 떨어졌다.

이튿날 아침에 아이가 그 아비에게 물었다.

"아부지, 밤에 이불 속에서 진흙 밟는 소리가 나던데, 무슨 소리예요."

아비가 헛기침을 하며 대답했다.

"음, 그것은 진흙새 우는 소리니라."

아이가 다시 묻기를

"이 새가 주로 우는 때는 언제인데요?"

아비가 대답하였다.

"정한 때가 없이 시시때때로 우느니라."

아들이 얼굴을 찡그리며 불만스럽게 말했다.

"그 새가 울 때에는 어찌나 추운지 혼났어요."

그 말을 들은 아버지가 당황하여 아들의 머리를 어루만져 주었다 한다.

더 하고픈 나그네

길을 잃은 한 나그네가 어느 농가에서 하룻밤을 묵게 되었다.

주인 내외는 나그네의 사정이 하도 딱해 보여서 비록 단칸방이지만 들어와 쉬게 하고 밥까지 대접했다.

나그네는 어찌나 시장했던지 마파람에 게눈 감추듯 한 그릇을 뚝딱 해치운 다음 미안한 표정을 지으며 밥을 더 달라고 했다. 농부의 아내가 밥을 더 가져다주자 나그네는 그것도 단숨에 먹어 치우더니, 그래도 양이 차지 않았는지 입맛을 쩝쩝 다시며 두리번거렸다.

이것을 본 농부의 아내가

"더 하실래요?"

하고 말했지만, 나그네는 체면상 더 달라는 소리는 못하고 잠자리에 들었다. 그런데 쓰고 있는 방이 하나뿐이어서 아랫목에는 농부의 아내가 눕고, 가운데는 농부, 그리고 나그네는 윗목에서 자게 되었다.

이때 나그네의 용모와 우람한 체격에 반한 농부의 아내가 은근히 수작을 부리기 시작했다. 그녀는 살그머니 외양간으로 나가 소를 풀어놓은 뒤, 방으로 들어와 남편을 재촉했다.

"여보 외양간에 도둑이 들었는지 이상한 소리가 나요. 어서 나가 보세요."

농부가 아내의 말에 밖으로 뛰쳐나가자 재빨리 몸을 돌린 여자가 나그네에게 소곤거렸다.

"얼른 해요, 얼른…"

나그네는 씽긋거리며 고갯짓을 하고 입을 열었다.

"그 양반이 돌아올 텐데 해도 될까요?"

"어서 하라니까요."

"괜찮을까요?"

"괜찮테두요. 그러니 빨리 해요."

나그네는 농부의 아내가 계속 다그치자 몸을 일으키더니 재빨리 부엌으로 달려 나갔다.

밥 먹으러….

사또의 건망증

옛날 한 고을 관장이 건망증이 너무 심해지자 자기 밑에서 업무를 관장하는 좌수(座首: 지방관청 관리의 우두머리)의 성씨를 항상 잊어버리니, 매일 물어도 다음날이 되면 또 잊어버리기가 일쑤였다.

이렇게 여러 날이 지나도록 좌수의 성씨를 기억하지 못하다가, 어느 날 역시 성을 물으니 좌수는 전날처럼 엎드려,

"소인의 성은 홍가이옵니다."

하고 대답했다.

그러자 관장은 매일 잊어버리는 것이 민망하여 깊이 생각한 끝에, 이날은 한 가지 계책을 마련했다. 곧 종이에 '조개 홍합'을 하나 그려서 벽에 붙여 놓고, 그것을 보면서 좌수의 성씨가 '홍씨'임을 기억하려고 마음먹었던 것이다.

그로부터 며칠이 지나 그 좌수가 들어와 엎드려 인사를 하는데, 관장은 아무리 기억해 보려고 해도 성씨가 생각나지 않았다. 그러던 중 관장은 벽에 붙은 홍합이 생각나서 그것을 쳐다보고 기억을 더듬는데, 여전히 좌수의 성씨를 기억할 수가 없었다.

이에 관장은 한참 동안 생각을 하다 보니, 마치 그 그림이 여자의 음부처럼 보이는 것이었다. 그래서 무릎을 치면서 좌수를 향해

"그대의 성씨가 보가였지?"

하고 물었다(민간에서 여자 음문을 '보지'라고 하니, '보'자를 따 그렇게 해석한 것임).

이에 좌수는 말하기를

"소인의 성은 보가가 아니옵고 홍가이옵니다."

이 말에 관장은 멋쩍은 듯이 웃으면서 이렇게 말했다.

"아, 그랬구려. 내가 벽에 홍합을 그려놓고도 알지 못하고 엉뚱하게 다른 생각을 했소이다."

이에 옆에서 듣고 있던 사람들이 웃음을 터뜨렸다.

죽어 마땅한 놈

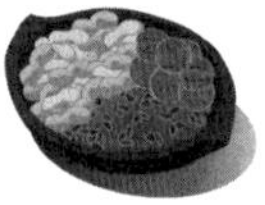

어느 고을에서 과거를 보러 한양으로 가던 젊은 선비가 그날도 온종일 걸어서 삼강나루 주막집에 다다라 봇짐을 풀고 저녁상을 받아먹은 후 방구석에서 목침을 베고 녹초가 돼 곯아떨어졌다.

밤은 깊어 삼경인데 인기척에 선잠을 깨자 품 안의 전대가 없어진 게 아닌가. 그때 방문을 열고 뒷걸음으로 나가는 도둑을 향해 젊은 선비는 베고 자던 목침을 던졌다. 정통으로 마빡에 목침을 맞은 도둑은 그만 그 자리에서 죽고 말았다.

놀란 젊은 선비는 안방 문을 두드려 과부인 주막집 주모에게 자초지정을 얘기했다. 그런데 피 한 방울 흘리지 않고 죽은 도둑을 불을 밝히고 살펴보니 최 참봉의 아들이 아닌가.

동네 봉놋방에서 놀음을 하던 최 참봉의 아들은 판돈이 떨어지자 주막집 손님의 전대를 노렸던 것이다.

죽은 최 참봉의 아들을 보고 주모는 한숨을 토했다.

"죽어 마땅한 놈이지만, 뒷일이 걱정이네."

개망나니 최 참봉 아들은 남의 여자 겁탈이나 하고, 노름꾼에 술주정

뱅이 망나니지만, 최 참봉이 고을 사또와 친해 누구 하나 맞설 수 없었다.

젊은 선비는 사색이 되어 와들와들 떨고 주모는 구들장이 꺼져라 한숨만 푹푹 내쉬었다.

젊은 선비 얼굴을 빤히 쳐다보던 주모에게 묘책이 떠올랐다.

주모와 젊은 선비는 죽은 최 참봉 아들을 들쳐업고 마당으로 나가 말 옆에 시체를 눕혔다. 말을 타고 온 손님은 뒷방에서 자느라 무슨 일이 일어났는지도 몰랐다. 주모는 말꼬리에서 말총을 뜯어 시체 손바닥에 놓고 손가락을 오므렸다.

주모는 떨고 있는 선비의 등을 쓸며 말했다.

"보아하니 과거를 보러 가는 길 같은데, 이 살인사건에 휘말리면 과거도 못 볼 것이요. 뒤돌아보지 말고 휑 하니 갈 길을 가시오."

먼동이 트기 전 젊은 선비는 주막을 나섰고, 날이 새자 온 동네가 술렁거렸다. 망나니 최 참봉 아들이 노름 밑천을 장만하려고 주막집 마당에 매어둔 말의 말총을 뜯다가 말 뒷발길에 이마를 채여 그 자리에서 죽었다는 소문이었다.

아랫사람이 부끄러워하다

옛날에 한 선비가 청렴결백하기로 이름이 높고 문장과 재덕이 당대 으뜸이었지만, 집이 가난하여 끼니를 잇지 못했다.

그런데 선비를 따르는 한 겸인(傔人 : 밑에서 일을 돕는 사람, 오늘날 개인 비서 같은 사람임)이 있어, 그의 뜻을 좇아 함께 춥고 배고픔을 견디며 늘 옆에서 돕고 있었다.

그러던 어느 날 밤, 밤이 깊었는데 밖에서 누군가 선비를 찾는 소리가 들렸다. 그리하여 겸임이 나가 보니, 한 관리가 이조판서의 편지를 가지고 와서 전하는 것이었다. 이에 촛불을 밝히고 옆에 서서 비추자 선비는 그 편지를 읽었다.

거기에는 이러한 내용이 적혀 있었다.

'그대의 가난은 온 조정 사람들이 모두 아는 바여서 늘 애를 태우고 있는데, 지금 황해도 관찰사 자리가 비었으니 그리로 나갈 뜻이 있는지 알고 싶도다.'

이에 선비는 비록 능력 없는 사람이지만 조정에 죄를 짓기 않고 친구들에게도 그다지 잘못하는 일 없이 살고 있는데, 외직을 맡아보라는 이런 제의를 하는 이유를 모르겠으며, 자신은 그럴 뜻이 전혀 없을 뿐만 아니라, 매우 부끄럽게 생각한다는 내용으로 답장을 써서 주었다.

그리하여 심부름을 온 관리에게 답서를 주어 보내고 들어오니 겸인이 묻는 것이었다.

"이조판서 대감이 무슨 일로 이 밤중에 어르신께 편지를 보내왔는지요? 무슨 급한 일이라도 생겼습니까?"

"아, 내 가난한 모습을 보다못한 이판대감이 황해도 관찰사로 나가 볼 의향이 있는지 물어온 것이었네."

"어르신, 그래서 무엇이라 답장을 써 보내셨습니까?"

"내 비록 가난하게 살지만, 어찌 외직을 맡아 나가겠느냐고 책망하는 내용으로 딱 잘라 답장을 써 보냈지."

이렇게 대화를 나누고 잠을 잤는데, 이튿날 일어나 보니 겸인이 옷을 갈아입고는 뜰아래 서서 하직을 고하는 것이었다. 선비가 놀라 무슨 까닭이냐고 묻자 겸인의 대답은 이러했다.

"소인은 여러 해 동안 대감을 받들어 모시면서, 비록 상하의 신분은 달랐지만 기개와 지조가 서로 부합되어 존경하고 받들었습니다. 그런데 어젯밤 조정에서 대감에게 외직을 맡아줄 수 없겠느냐는 제의가 오는 것을 보고 소인은 너무나 부끄럽고 실망스러워, 이제는 대감 곁을 떠나 집으로 돌아가서 세상을 등지고 두문불출할 생각이옵니다."

이 말을 들은 선비는 더욱 당황하여, 이조판서가 그런 편지를 보내왔지만 자신은 거절했으니 무슨 잘못이 있느냐고 하면서 설득했다. 이에 겸인은 다시 말하기를,

"대감의 청렴결백과 지조가 정말로 세상 사람들이 추앙할 만하다면, 이판대감께서 감히 그런 발상을 했을 리가 있겠습니까? 대감의 삶과 처신이 아직도 부족한 점이 많아서 이런 일이 있었다고 생각되어 소인은 개탄스러울 따름입니다."

이에 선비는 다음과 같은 말로 간신히 그를 설득시켰다.

"그대 말이 지당하도다. 하지만 이 일은 내가 아닌 다른 사람이 한 일이고 내 뜻과는 전혀 다르니, 이후로는 내 더욱 몸가짐을 잘 하겠네."

이 이야기를 전해 들은 사람들은 매우 기특한 일로 생각했다 한다.

학질 치료에 좋다네

옛날에 한 대감이 있었는데, 말을 둘러대는 언변이 좋았다. 하루는 새벽 무렵 자리에서 일어나기도 전에 한 친구가 초헌을 타고 와서는 새로 마련한 가마가 어떠냐면서 자랑을 하는 것이었다. 이에 대감이 살펴보고는 매우 좋다고 말하니, 친구는 한 번 타 보지 않겠느냐고 권했다.

그래서 대감은 호기심에 잠옷 차림으로 머리에 수건을 쓴 채 초헌에 올라탔는데, 친구는 미리 초헌을 메는 하인들에게 대감이 올라타면 쏜살같이 달리라고 일러놓은 상태였다. 그리하여 초헌에 앉자마자 종들은 곧 큰길로 달려나가 사람들이 많은 곳으로 이리저리 메고 다녔다.

그러자 사람들이 쳐다보고 손가락질을 하면서,

"저 대감이 미쳤나? 어찌 저런 차림으로 초헌을 타고 대로를 유유히 왕래하는고?"

라고 말하며 웃는 것이었다. 이에 초헌을 타고 있던 재상은 함께 웃으면서 이렇게 둘러댔다.

"모두들 웃지 마시오, 이렇게 해야 학질이 금방 떨어진다고들 합니다."

이 말에 사람들이 사실로 믿고 웃지 않았다고 한다.

꼬리잡힌 마님

투기심 많은 김 진사댁 마님이 친정에 볼일이 생겨서 며칠 동안 집을 비우게 되었다. 그녀는 아무래도 남편을 두고 가는 게 마음에 걸려서 열 살 먹은 종녀석을 불러 단단히 타일렀다.

"내가 없는 동안 영감님이 어떻게 지내는지 내가 돌아온 다음에 그대로 알려주어야 한다. 알겠니?"

이렇게 종에게 단단히 다짐을 해놓고 친정으로 길을 떠났지만 투기심 때문에 볼일도 제대로 보지 못하고 득달같이 집으로 돌아왔다. 그리고 당장 종을 불러 그간의 사정을 물어보았다.

이에 종놈은 영감님과 여종 삼월이가 이상한 짓을 하는 것을 보았다고 말했다. 마님은 그 자리에서 낯이 새파래져 종을 이끌고 사랑으로 뛰어들어갔다.

마침 글을 읽고 있던 김 진사는 부인이 들어오는 것을 보고 매우 반갑다는 투로 입을 열었다.

"일찍 오셨구려. 잘 다녀왔소? 장인 어른도 안녕…."

여기까지 말을 하다가 부인의 서슬퍼런 모습을 본 김 진사는 뭔가 잘

못되었음을 직감하고 입을 다물었다.

"내가 모를 줄 아시오? 능청 좀 작작 떠시지. 참 뻔뻔스럽기도 하네. 뭐, 일찍 오셨구려? 내가 너무 빨리 돌아와서 재미를 못 본 것이 안타까운 게지?"

"도대체 무슨 소리를 하는 게요?"

김 진사는 모른 척 시치미를 뗐다. 그러자 부인은 더욱 입에 거품을 물면서 종놈을 다그쳤다.

"얘야, 똑똑히 본 대로 말해라. 영감님이 나 없는 동안 삼월이하고 어떻게 했다구? 괜찮아, 내가 책임질테니 어서 아뢰거라!"

이에 종놈은 천진스럽게 눈을 깜빡거리며 입을 열었다.

"그랬어요. 영감님이…."

"그래, 영감님이 어떻게 했다구?"

"예. 영감님이 안 계실 때, 마님이 머슴하고 하시던 짓을 삼월이랑 영감님이 똑같이 하셨어요."

옹서가 함께 속다

옛날 어느 시골에 한 젊은이가 살았는데, 이웃에 장난을 좋아하는 사람이 있어 종종 사람을 난처한 지경에 빠뜨리는 일이 많았다.

이 젊은이가 마침 좋은 가문의 정숙하고 예쁜 처녀에게 장가를 들어 한창 행복한 신혼 재미를 누리고 있을 때, 장난을 좋아하는 이 사람이 젊은이를 놀려주려고 다음과 같은 말을 했다.

"자네가 장가든 뒤 동네에서 자네를 고자라고 소문 내는 사람이 있으니, 자네 처가 원통하지 않겠는가? 뒷날 자네 장인이 '한 번 보여주게' 하고 말하면, 자네는 꼿꼿한 양근을 꺼내 힘껏 과시하여 의심을 풀어드려야 할 걸세."

이에 젊은이는 별로 어려운 일이 아니라고 대답했다. 그러자 이번에는 그 사람이 젊은이의 장인에게 가서 다음과 같이 속여 말했다.

"어르신! 어르신의 새 사위가 퉁소를 지니고 다니면서 매우 잘 부는데, 그런 사실을 알고 계십니까?"

"아니, 그게 정말인가? 나는 금시초문이라네."

"그러면 어르신! 새 사위가 오면 '이 사람 한 번 보여 주게나' 하고 독촉하시면, 아마도 그 사람이 감추고 있던 통소를 꺼내 불어드릴 것입니다. 그렇게 시험해 보십시오."

이 말에 장인은 자기 사위가 통소를 잘 분다고 하니 너무 기뻐, 여러 사람들에게 자랑하고 싶었다. 그래서 이웃 친구들을 불러 사위가 통소를 잘 분다고 자랑하자, 모두들 함께 듣기를 원하는 것이었다.

어느 날 장인은 점심 식사를 마련하고 친구들과 사위를 불러서 이렇게 말했다.

"자네 이 사람아! 그것 한 번 보여주게나."

장인이 이렇게 독촉하니 사위는 이웃 사람에게 들은 말이 있어,

"장인어른! 그건 별로 어려울 것이 없습니다."

하면서 바지 끈을 풀고는 크게 일어선 양근을 꺼내 흔들어 보이자, 사람들이 모두 대경실색을 하고 고개를 돌리는 것이었다. 그러자 장인은 너무도 뜻밖의 일에 무안하여 얼굴을 붉히면서,

"이 사람아! 자네 정말 무색하구먼, 무색해!"

라고 나무랐다. 이에 사위는 장인의 말을 받아 말했다.

"무색(無色: 글자대로 '색이 없다'로 해석)하다니요? 왜 이게 색이 없습니까? 보십시오, 붉은 색에 검정 띠까지 둘렀으니 이것은 아롱진 용주의 색깔입니다. 어찌 색이 없다고 하십니까?"

이렇게 말하자, 모인 사람들이 박장대소를 하였다.

학동과 머슴

훅훅 달아오르는 지열 속에 땀방울을 비 오듯 쏟으며 콩밭을 매는 돌쇠는 연방 한숨을 토했다.

"단 열흘만이라도 저 학동들처럼 신선놀음을 해 봤으면 지금 죽어도 원이 없겠네. 아이구, 이놈의 내 팔자야."

유월 땡볕에 밭을 매다 점심을 먹고 다시 들로 일하러 가는 길에 서당 앞을 지나게 됐다. 산들바람이 부는 서당마루에서 학동들이 글을 읽고 있었다.

훈장님의 선창에 합창하듯 학동들이 따라 읊는 소리는 숲 속의 산새들 울음소리보다 낭랑하다. 저녁을 먹고 방에 벌러덩 누워 연초를 피워 물고 있는 돌쇠에게 도련님이 찾아왔다.

"돌쇠야, 나도 담배 한 번 피워보자."

돌쇠는 눈을 크게 뜨고 황급히 말했다.

"대감 나리 알면 큰일납니다."

두어 모금 빨다가 콜록콜록 거린 도련님은 이번엔 돌쇠 따라 봉놋방에 가겠다고 떼를 섰다. 봉놋방 뒷전에 앉아 머슴들이 킬킬거리며 골패

하는 걸 구경하다가 탁배기도 한 잔 얻어 마시고 돌쇠와 함께 집으로 돌아왔다.

도련님은 돌쇠방에 앉아 방구들이 꺼져라 한숨을 내쉬며 말했다.

"돌쇠야, 네 팔자가 부럽다."

어린 사람의 말에 기가 막힌 돌쇠가 한참 만에 내뱉듯 중얼거렸다.

"도련님, 지금 나를 놀리는 거예요!?"

이튿날 아침, 대감이 돌쇠와 도련님을 불렀다.

"어서 옷을 바꿔 입어라."

두 사람이 영문도 모른 채 멀뚱하게 서 있자, 대감은 단호하게 호령했다.

"오늘부터 돌쇠는 서당에 가고, 너는 들에 나가 콩밭을 매렸다."

지난 밤 돌쇠방에서 돌쇠와 도련님이 서로 신세타령하는 걸 문밖에서 대감이 몰래 들었던 것이다. 둘은 신이 나서 서당으로, 들로 내달았다.

산들바람이 부는 시원한 서당마루에서 하늘 천 따지 천자문을 시작한 돌쇠는 마침내 신선놀음을 하게 됐다. 밭을 매다가 개울에 풍덩 뛰어들어 멱을 감고 연초를 말아 담배를 피우며 도련님도 신바람이 났다.

서당마루에서 신선놀음에 빠진 돌쇠가 '악' 하며 머리를 감싸쥐었다. 자신도 모르게 졸다가 훈장님 회초리가 돌쇠 머리를 강타했던 것이다.

"훈장님, 다리가 저려서 못 살겠어요. 다리 좀 펴면 안 될까요?"

학동들이 까르르 웃고 훈장님의 회초리는 돌쇠의 허벅지에 시퍼런 줄을 만들었다.

"한나절 동안 콩밭 한 고랑도 다 못 맸으면 밥을 먹지 말아야지."

어느새 콩밭에 온 대감이 산울림이 퍼지도록 목청을 돋웠다. 도련님은 땡볕이 이렇게 따가운 지 이전엔 미처 몰랐다. 손바닥엔 물집이 잡히고 허리는 두 동강이 나는 것 같았다.

그날 밤, 등잔불 아래서 숙제를 하는 돌쇠와 땡볕에 등허리 화상을 입어 물수건을 얹고 낑낑거리는 도련님이나 둘 다 죽을상이다.

"안 되겠어. 내일부턴 제자리로 바꿔."

동시에 두 입에서 터져나온 말이었다.

박 생원의 학질 퇴치법

전라도 고부군에 박 생원이라는 이가 살고 있었는데 용모가 추하고 형편 없어서 이웃 동네 사람들이 가까이 하기를 꺼려했다.

이 고을에 만원홍이라는 기생집이 있었는데, 그 중에서도 홍랑이라는 기생이 용모가 아름답기로 인근에 소문이 자자했다.

박 생원은 꼴에 남자라고 못난 주제에 이런 홍랑과 한 번이라도 잠자리를 소원하였으나, 생긴 게 이렇다 보니 뜻을 이루지 못하고 애간장만 태우고 있었다.

이러던 중에 마침 홍랑이 학질에 걸려 신음하기를 거의 반년이 넘었지만 백약이 무효라는 얘기를 들은 박 생원은 한 가지 계책을 내어 소문을 내기를

"내 비록 한 가지 기술도 가진 것이 없으나 학질 떼는 기술만은 백발백중이라."

하고 퍼뜨리며 돌아다니니 온 동네 사람들이 처음에는 믿지 않다가 시간이 지나자, 과연 그런가 보다 하고 거의 다 믿게끔 되었다. 이 말이 학질에 걸려 고생하는 홍랑의 귀에까지 들어가지 않을 리 없었다.

그리하여 한 번 와서 봐주기를 간절히 청하였는데도, 그는 끝내 사양하는 척하다가 계속 간청하자, 그제서야 못 이기는 듯 응하며 당부하기를

"만일 그대가 내 말을 좇지 않으면 영영 학질은 떨어지지 않을 것이요."

하고 다짐하면서, 다시 이르되

"내일 꼭두새벽에 서너 너덧 자가 되는 막대기를 구하여 그 양쪽 구멍에 굵은 밧줄 한 자씩을 얽어매어 가지고, 아무도 모르게 뒷골 성황당 앞에서 나를 기다리시오. 그러면 내 틀림없이 학질을 떼어주리라."

하고 말하니, 홍랑이 크게 기뻐하며 약속하였다.

이튿날 꼭두새벽에 박 생원이 성황당 앞에 가 보니 홍랑이 이미 와서 대기하고 있는지라, 박 생원이 홍랑이 가지고 온 막대기를 땅 위에 놓게 하고 그것을 목침으로 삼아 반듯이 드러눕게 한 다음, 튼튼한 밧줄로 홍랑의 두 팔과 손을 꽁꽁 묶어 놓고 차례로 옷을 벗기었다.

홍랑은 뭔가 이상하다고 생각을 했지만 지독한 학질을 고쳐준다고 하여 참고 견디는 중에 생원은 드디어 씨근덕거리며 마음대로 거사를 시작하였다.

그때서야 홍랑은 속은 줄을 알고 분함을 참지 못하였지만, 이미 꽁꽁 묶여 있는 처지라 어떻게 할 수도 없었고 일을 치르고 난 후에는 창피하여 어디 가서 하소연할 수도 없었다.

그런데 한 가지 신통한 점은 그 일을 치르고 난 후에 반년 동안이나 괴롭히던 학질이 씻은 듯이 나았던 것이다. 후에 이 일을 전해 들은 사람들이 모두 포복절도하여 배꼽을 쥐지 않는 이가 없었다 한다.

내(乃) 서방

한 행상이 길을 가다 날이 저물어 인가를 찾았다. 어느 집 앞에 이르러 주인을 부르자, 안주인인 듯한 여인이 나왔다.

"떠돌며 행상하는 사람인데, 사방이 어두우니 하룻밤 묵을 수 없겠소?"

"죄송합니다만 집에 바깥양반이 안 계셔서…."

"문간방이라도 좋으니 제발 묵고 가게 해 주시오."

여인은 처음에 완강히 거절했으나 행상이 하도 간곡히 부탁해 나중에는 마지못해 승낙하고 말았다. 그런데 행상이 봇짐을 풀고 여독을 풀려는데, 사립문으로 갓을 쓴 남자가 조심조심 들어서는 게 아닌가.

행상은 그 뒤를 살금살금 따라가 보았다. 그랬더니, 그 남자는 갓을 마당에 던져 놓고 여인의 방으로 들어가는 것이었다. 행상은 그 갓을 주워 머리에 쓴 채 귀를 기울였다. 곧 방안에서는 여인의 감탕질 소리가 새어나왔다.

그 순간 인기척이 있어 돌아보니, 이번에는 또 웬 여인이 아무 소리도 않고 자신의 소매를 잡아끄는 게 아닌가. 이윽고 여인이 이끄는 대로 따라간 행상에게 어둠 속에서 여인이 말했다.

"갑자기 집을 비우기만 하면 밤마다 그 여자 집에서 자고 오는 이유가 뭐예요? 김가에게 들키면 봉변당할 거예요. 빨리 옷이나 벗어요."

행상은 말 한 마디 못하고 알몸이 되어 이불 속으로 들어갔다. 그리고는 그 여인과 한참 신나게 정사를 나누었다. 그런데 황홀경에 빠져들던 여인이 문득 자기 남편이 아닌 것을 알아차리고 물었다.

"당신은 누구요?"

"나를 이끌고 오면서 누군지도 몰랐단 말인가?"

"남편이 돌아오면 난리가 날텐데, 이왕 시작했으니 빨리 하세요."

그러면서 여인은 행상을 더욱 세게 끌어안았다.

"기분이 어떻소?"

행상이 물었다.

"별세계예요. 남편이 돌아오지 않았으면 좋겠어요."

이렇게 한바탕 일이 끝나자 여인이 재촉했다.

"이제 빨리 돌아가세요."

"공연히 사람 끌고와 피곤하게 만들고, 이제 빈손으로 쫓아 보내려 하다니, 난 그럴 수 없소."

행상이 억지를 부렸다. 그러자 다급해진 여인이 피륙 한 필을 건내주며 재촉했다.

"이따위 피륙 한 필로 그 대가를 치를 셈이오?"

여인은 안달이 나서 한 필을 더 내어주며 빨리 돌아가 달라고 애걸했다. 그때서야 행상은 못 이기는 척하며 피륙 두 필을 받아들고 여인의 방을 빠져나왔다. 그리고 다시 제자리에 갓을 던져두고 문간방으로 돌아와 안의 동정을 살폈다.

동이 틀 무렵, 갓을 쓴 남자가 떠나자 주인집 여인이 방문을 열고는 큰소리로,

"손님, 아직도 주무십니까?"

하고 물었다. 이에 행상은

"김 서방이 돌아오기를 밤새 기다리는데 웬 갓 쓴 자가 몰래 들어오기에 당장 매를 쳐서 쫓으려 하였으나, 부인의 얼굴을 보아 참았소. 하지만 김 서방이 돌아오면 마땅히 이 사실을 알려야 되지 않겠소?"

하고 말하니 여인은 사색이 되었다.

"그게 무슨 말씀이세요? 이리 오셔서 제 말 좀 들어보세요."

행상은 아예 봇짐까지 싸들고 어슬렁어슬렁 안방으로 들어갔다. 여인은 변명을 늘어놓았다.

"아까 왔던 이 생원은 각별한 사이여서 남편이 있을 때도 종종 놀러오곤 한답니다."

"아니, 아까 둘이서 한 해괴한 놀이는 대체 무엇인데 부인이 변명을 하오?"

행상이 한 술 더 뜨지 여인이 물었다.

"그런데 댁의 성씨는 무엇인가요?"

"내 성은 내(乃)가요. 그런데 그건 왜 묻소?"

행상이 퉁명스럽게 대꾸하자 여인은,

"내 서방님, 제 말 좀 들어보세요. 남의 사사로운 일을 폭로해서 내 서방이 좋을 게 뭐가 있겠어요."

하고 교태를 부리며 그 일을 무마시키려고 했다.

"뭐, 내게도 좋은 일이 있어야 할 게 아니오?"

"내 서방인데 어찌 좋은 일이 없겠어요."

여인은 행상의 손을 잡고 자신의 가슴에 갖다대며 음탕한 눈길을 보냈다. 그리하여 행상은 주인집 여인과도 한참 동안 재미를 보게 되었다.

이윽고 일을 마치자 여인은 아침을 푸짐하게 대접하고 피륙 한 필을 내놓았다.

"미미한 물건이지만, 이것으로 정을 표하겠어요."

행상은 이번에도 못 이기는 척하고 피륙을 받아 봇짐 속에 챙겼다.

여 승

김 참판은 그럴듯한 허우대에 인물이 준수하고 언변 또한 좋아 자유자재로 사람들을 울리고 웃기는 재주를 가졌다.

열두 살에 초시에 붙고 열여섯에 급제를 한 빼어난 문필에 영특하기는 조선 천지 둘째가라면 서러울 정도였다. 성품도 너그러워 그를 미워하는 사람이 없는데다가 선대로부터 재산도 넉넉하게 물려받아 나랏일을 하면서 일전 한 닢 부정하는 일이 없으니, 모든 사람들이 그를 우러러보았다. 부모에게 효도하고 형제간에 우애있고 처자식에게 자상하였다.

그런데 그런 그에게도 한 가지 흠이 있었으니, 여자를 너무 좋아한다는 것이었다. 노소미추(老小美醜), 신분고하(身分高下)를 막론하고 치마만 둘렀다 하면 사족을 못 쓰는 것이다.

수많은 여자들을 섭렵했지만 말썽을 일으켜 봉변 당한 적은 한 번도 없었다. 남녀관계란 이불 속에서는 한 몸이지만 헤어지면 원수가 되는 법, 그러나 김 참판을 거쳐 간 무수한 여자들은 어느 누구 하나 그를 욕하는 법이 없었다.

김 참판이 수월관 기생 도화에게 싫증이 날 즈음, 다락골 오과부와 눈이 맞아 날만 어두워지면 그 집으로 갔다가 닭이 울 무렵 남의 눈을 피해 집으로 돌아왔다.

그날도 밤새도록 육덕이 푸짐한 오과부를 끼고 운우의 정을 만끽하다가 감나무가지에 걸린 그믐달을 보며 새벽녘에 집으로 돌아왔는데…

어라, 이게 무슨 변고인고? 안방에서 난데없이 목탁소리가 나는 것이 아닌가. 헛기침을 하고 안방 문을 열었다니 여승이 촛불을 켜놓고 눈물을 흘리며 불경을 외고 목탁을 치고 있는 것이었다.

"대감, 소녀는 오늘 아침 입산하기로 했습니다. 좋은 여자 구해서 안방을 차지하도록 하고 부디 만수무강하십시오."

부인이 삭발을 하고 여승이 된 것이다.

"부인!"

김 참판이 침을 꿀꺽 삼키며 정적을 깼다.

"가만히 생각하니 부인 속을 많이도 태웠구려. 친구 부인, 하인 마누라, 술집 작부, 과부, 방물장수… 온갖 여인을 다 접해 봤지만, 아직 여승은 내 품에 품어보지 못했소."

하도 어이없어 입만 벌리고 있는 부인을 김 참판이 쓰러뜨렸다. 부인이 발버둥을 쳐보았지만, 이내 발가락을 오므리고 김 참판의 등을 움켜잡았다.

땀범벅이 된 부인이 옷매무새를 고치고 "못 말리는 대감!"하고 눈을 흘기며 싸 놓았던 보따리를 풀더라는 것이다.

원만함이 좋으니라

한 노인이 젊어서부터 성격이 부드러워 매사에 원만함을 인격의 중심으로 삼았다. 그래서 사람들과 다투려 하지 않아 칭송을 받았으며, 늙어 백수가 되도록 한 번도 시비를 해본 적이 없었다.

이 노인에게 갑자기 한 사람이 나타나 이렇게 말했다.

"어르신! 오늘 아침에 남산이 붕괴되어 모두 무너졌습니다요."

"아, 남산은 몇 백 년 묵은 산이라 바람과 비에 시달려 무너질 수도 있으니, 그게 괴이한 일은 아니지요."

이 대화를 옆에서 듣고 있던 다른 한 사람이 물었다.

"영감님! 어찌 그런 일이 있을 수 있단 말입니까? 아무리 오래 묵었다 해도 산이 어찌 무너지겠어요?"

"자네의 말도 옳구먼. 남산은 위가 뾰족하고 아래가 넓으며 바위와 돌로 단단히 뭉쳐 있으니, 바람과 비에 시달렸다 하더라도 쉽게 무너질 염려는 없을 걸세."

이렇게 얘기하고 있는 동안에 또 한 사람이 와서 말했다.

"영감님! 조금 전에 참으로 괴이한 이야기를 들었습니다."

"아니, 무슨 괴이한 이야기를 들었단 말인가?"

"예, 들어보십시오. 소가 말입니다. 그 큰 몸집인 소가 쥐구멍으로 들어갔답니다. 그것 참 괴이한 일이 아니옵니까?"

"어, 자네가 들은 얘기도 그렇게 괴이한 일은 아닐세. 소의 성품이 워낙 우직해서 비록 쥐구멍이라 해도 밀어붙여 들어갔을 수 있으니 괴이하다 할 수가 없지."

그러자 옆에 있던 한 사람이 언성을 높였다.

"어떻게 그럴 수가 있습니까? 비록 소의 성품이 우직하다 해도, 어찌 그 작은 쥐구멍으로 들어간단 말입니까?"

"자네 말도 역시 맞구먼 그려. 소는 머리에 두 뿔이 떡 벌어져 있으니, 그 뿔에 걸려 작은 굴 속으로는 못 들어갈 걸세."

이와 같이 잠깐 사이에 노인은 여러 사람의 말을 모두 옳다고 하니, 듣고 있던 사람들이 이구동성으로 말했다.

"노인장은 어찌 이렇게도 줏대 없는 대답을 하십니까? 말도 안 되는 소리를 모두 옳다고 하니 어찌된 영문입니까?"

그러자 노인은 천천히 입을 열었다.

"이것은 내가 늙도록 몸을 잘 보존하고 있는 비결이니 그대들은 비웃지 마시구려. 내 이런 성품은 아마도 성질이 급해 잘 싸우는 사람에게 경계가 될 것이로세."

이 말에 모두가 일리가 있다면서 승복하였다 한다.

이주국의 배짱

조선시대 영조 때 한양에 이주국라는 한량이 활보하고 있었는데, 무과에 급제했지만 권신에게 미움을 사서 보직을 못 얻어 속만 끓이고 있는 신세였다.

하루는 삼청동 뒷산에서 심심풀이 삼아 활을 쏘며 소일하고 있는데, 때마침 장끼 한 마리가 인기척에 놀라서 숲 사이로 날아가기에 황급히 겨냥해 쏘았더니 정통으로 맞고 대궐 같은 큰 저택 뜰안으로 떨어졌다.

곧장 산에서 내려와 그 집 솟을대문 앞에서 하인을 불러 꿩을 내놓으라고 호통을 쳤다. 하인은 대감의 세력만 믿고 그런 일이 없다느니, 있어도 내줄 수 없다느니 시비가 붙어 언성이 높아지게 되었다.

이런 소란에 그 댁 청지기가 쫓아나와서, 대감마님께서 무슨 일 때문인지는 모르나 들어와서 얘기하라고 하는 것이었다.

사랑 마당에 들어서서 곧장 층계 위로 올라 군례를 올리니 영창을 열고 내다보던 노 대감은 우선 이국주의 장부다운 기상에 호감이 가서 하인들을 꾸짖었다.

"남의 꿩이 집안에 들어왔으면 선선히 내어줄 것이지, 왜 일을 벌이느냐?"

하고 야단을 치니 그제서야 하인들이 숨겨 놓았던 꿩을 내어온 것을 보니 화살이 장끼의 목을 꿰뚫고 있었다.

"자네 활솜씨가 대단하네그려! 내 마침 심심하게 앉아 있던 중이니 들어와 얘기나 좀 하세. 그리고 출출할 테니 술이라도 한 잔하고…."

"그러시다면 이 꿩을 안줏감으로 드리겠습니다."

이리하여 주인과 마주 앉게 되었는데, 이 분이 다름 아닌 홍봉한이니, 당시 세자의 장인으로 권세를 한 손에 쥐고 있는 사람이었다.

홍 대감이 허우대가 훤칠한 청년 이주국과 마주 앉아 얘기해 보니 학식과 기개가 보통이 아니어서 시간 가는 줄 모르고 있는데 부엌에서 장끼볶음이 안주로 술상이 나왔다. 잔을 주거니 받거니 웃음꽃을 피워 가며 얘기를 나누었다.

홍 대감은 지필묵을 갖고 와 동생인 이조판서 홍인한에게 이주국에게 벼슬을 주라는 편지를 써서 하인을 시켜 당장 갖다주라 이르고 다시 술잔이 오갔다. 술 한 병을 마시고 나자 심부름 갔던 하인이 답장을 들고 왔다. 이번엔 보직을 줄 수 없으니 다음에 보겠다는 내용이었다.

그것을 본 이주국은 다짜고짜 홍 대감에게

"꿩 값을 주십쇼. 제 꿩은 산 것이었으니 예사 꿩 값 몇 곱을 주셔야 합니다."

이 말을 들은 홍 대감은 부끄러워 이주국에게 돈을 던져 주었다. 그런데 이튿날 기별지에는 그의 보직이 발표되었다. 그 길로 번듯하게 군복을 갖춰 입고 제일 먼저 찾아간 곳은 홍봉한 대감댁이었다.

“덕분에 한 자리했습니다. 어제 오죽이나 역정이 나셨겠습니까? 그 길로 그만두라는 쪽지를 보내셨을 것이고, 이조판서께서는 또 홍 대감의 노여움이 대단하신 것으로 여겨 즉시 한 자리 배정하신 겁죠. 그저 죄송합니다.”

이 말을 들은 홍 대감은 이주국의 배짱에 놀라며 껄껄 웃었다.

지나친 축약

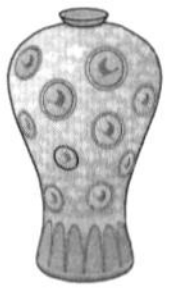

옛날 호조(戶曹)에 한 서리가 있었는데, 그의 문장력은 정말로 한심한 수준이었다. 여러 가지 사건 보고서를 작성해 상관에게 올리는 것을 보면, 장황하게 단어만 늘어놓고 도무지 무슨 뜻인지 모르게 쓰곤 했다.

보다 못한 상관이 하루는 서리를 불러 꾸짖었다.

“자네가 쓰는 보고서는 도무지 무슨 말인지 알 수가 없으니, 지금부터는 요점만 들어 간략하게 작성하도록 하라.”

이 말을 들은 서리는 명령대로 시행하겠다면서 물러났다. 그리하여 다음날 서리가 상관에게 보고서를 올렸는데,

‘이판동고송(吏判東高送)’

이라고 달랑 다섯 자만 적혀 있었다.

상관이 아무리 머리를 짜내어 연구해 봐도 그 뜻을 모르겠기에, 주위 사람들에게 물었지만 아는 사람이 없었다. 그래서 할 수 없이 보고서를 작성한 당사자 서리를 불러 물어보자, 그의 설명은 이러했다.

“이는 ‘금일 이조판서(吏曹判書) 대감께서 동대문(東大門) 밖에서 고성군수(高城郡守)를 전송(餞送)했음’ 이란 뜻으로 쓴 것이옵니다. 지난

번 상관어른께서 보고서를 간략하게 쓰라고 지시하시기에 분부 받들어 이렇게 작성했사옵니다."

이에 상관은 크게 웃었고, 주위에서 듣고 있던 사람들도 모두 한바탕 웃음을 터뜨렸다.

빨래와 날씨

두 새댁이 얘기를 나누고 있었다.

"어휴, 난 왜 빨래만 하면 비가 오지?"

"그래요? 난 비가 오다가도 빨래만 널면 화창해지던데."

"무슨 비결이 있나 보죠?"

"사실, 그 이 거시기가 왼쪽으로 있으면 화창하고, 오른쪽으로 있으면 비가 오더라구요. 기막히죠?"

"그럼 가운데에 서 있으면 어떻게 해요?"

"그럴 땐 빨래를 왜 해요?"

가짜 의원 포식하다

한양에 사는 한 선비가 호남 지역을 지나다가 어떤 마을을 보니 기와집이 즐비하기에 날이 저물어 어느 집으로 들어갔다. 그 집은 시골의 큰 부잣집이었다.

주인을 보아하니 나이 사오십 세쯤된 듯한데, 풍채가 넉넉하고 집안 살림 또한 매우 화려했다. 게다가 손님에게도 좋은 술과 맛있는 안주로 대접하는 것이었다.

이에 선비가 식사를 하면서 살펴보니, 그 집에 등이 굽어 곱사등이가 된 아이가 눈에 띄었다. 선비는 필시 이 집의 아들이려니 하고 묻자, 곧 주인의 외동아들로 등이 굽기 시작한 지 5,6년이 지났으며, 온갖 약을 써도 낫지 않아 큰 걱정이라고 했다.

그러자 선비는 슬그머니 장난이 치고 싶어 말을 꺼냈다.

"내 일찍이 의술을 공부하여 이런 병을 고칠 수 있는 신술을 지니고 있습니다. 의술은 병을 고치는 날짜가 매우 중요한 지라, 수일 머문 후에 자세한 처방을 내드리겠습니다."

이 말을 들은 주인은 크게 기뻐하여 만약 병을 고쳐준다면 큰 포상을 하겠다고 하면서, 그 날부터 진수성찬으로 대접을 하는 것이었다. 그래서 선비는 연일 포식을 하고는 사흘째되는 날 이렇게 처방을 내려 주었다.

"이 아이의 병을 보아하니 이미 고질병이 되었습니다. 따라서 신령스러운 비방이 아니고서는 고칠 수가 없겠습니다. 그러하니 황토에 잣나무 씨를 싸서 먹이고 하루가 지난 다음, 깨끗한 냉수에 예리한 도끼날을 씻어서 그 물을 마시게 하면 이 병은 곧 나을 것입니다."

그러자 주인은 이렇게 물었다.

"이전에 많은 의원들에게 처방을 받아보았습니다만, 이렇게 이상한 처방은 처음입니다. 어떤 연유로 그렇게 내리신 것인지 알려주실 수는 없겠는지요?"

"아, 별로 어려운 처방은 아닙니다. 잣나무를 보면 항상 곧게 자라지 않습니까? 그래서 지금 씨를 흙으로 싸서 뱃속에 심게 되면, 곧 그 나무가 자라 아이의 굽은 등을 바르게 할 것은 당연한 이치가 아니겠습니까?"

이에 주인은 도끼 씻은 물이 어떻게 곱사등을 고치는 데 도움이 되는지 이해할 수 없어 또 물었다.

"그렇다면 도끼 씻은 물은 왜 마셔야 합니까?"

"아, 그것은 말입니다. 잣나무가 자라는 동안 곁가지가 나게 된답니다. 그래서 계속 도끼로 그 가지를 잘라 주어야 잣나무가 곧게 자라기 때문이지요."

"그렇군요. 한 번 시험을 해보겠습니다."

주인은 선비의 말에 믿음이 가지 않았지만, 그 처방대로 해보겠다면서 역시 좋은 음식을 마련해 잘 대접했다. 이튿날 선비는 주인에게 작별을 고하고 떠나갔다.

그 뒤 1년쯤 지나 선비는 다시 어떤 일로 그 마을을 지나게 되자, 호기심에 그 집 앞으로 가서 동정을 살폈다. 그랬더니 주인이 내다보고는 크게 기뻐하면서,

“내 언젠가는 의원께서 이 곳을 지나칠 줄 알고 밖을 내다보면서 기다렸답니다. 어서 들어가십시다.”

하며 손을 잡아끌어 집안으로 데리고 들어가는 것이었다.

선비가 의아해 하며 따라 들어가 아이를 보니 굽었던 등은 완전히 펴진 채 키가 자라 늠름한 젊은이의 모습이었다.

곧 주인은 깊이 감사를 하면서 값진 음식을 장만해 대접하고는 떠날 때 많은 돈과 비단을 말에 실어 보내주었다. 선비는 그 재물로 한평생 풍족하게 잘 살았다고 한다.

목숨을 나누는 친구

점잖은 선비 박 진사가 만년에 늦게 본 외아들 박술은 머리는 총명하나 못된 친구들과 어울려 노는데 정신이 팔려 공부는 뒷전이었다. 어릴 땐 닭서리, 수박서리로 동네의 골칫거리더니 열댓 살이 되자 곡간에서 쌀을 퍼내 팔아서 색주집을 들락거리기 시작했다.

어느 날 박 진사는 아들을 불러 앉혀놓고 타일렀다.

"너는 어찌하여 의롭지 못한 친구들과 어울려 말썽만 피우고 다니느냐."

박 진사의 말이 끝나기도 전에

"아버님, 유비 · 관우 · 장비가 도원결의를 맺은 것처럼 우리도 의형제를 맺어 목숨을 바쳐 서로 돕기로 한 좋은 친구들입니다."

하는 것이 아닌가.

그러던 어느 날 밤, 곤하게 자고 있는 박술의 방에 박 진사가 살며시 들어왔다.

"아버님 이 밤중에 어인 일이십니까?"

"쉿! 초저녁에 길 가던 선비가 하룻밤 묵어가기를 청해 우리 사랑방에 들어온 건 너도 봤지?"

"네."

"그 선비와 맹자를 논하다가 언쟁이 붙어 목침을 던졌더니 그만 목침을 맞고 그 선비가 죽었지 뭐냐."

"정말 주,주,죽었단 말입니까?"

청천벽력 같은 박 진사의 고백에 사랑방으로 가 본 박술은 이불을 덮어 씌워놓은 선비의 시체를 보고 얼어붙어 버렸다. 부자는 하인들 몰래 거적으로 시체를 말아서 박술이 그걸 짊어지고 뒷문으로 빠져나갔다.

"아버님 걱정 마세요. 봉출이네 헛간에 숨겨 뒀다가 비 오는 날 친구들과 산에 묻어버릴게요."

봉출이네 집 앞에서 박술이 살짝 봉출이를 불러내 자초지종을 얘기했더니 목숨을 나눌 의형제라던 그는,

"야! 너는 물귀신이냐, 살인사건에 왜 나를 끌어넣으려 해."

하고 문을 쾅 닫고 들어가 버렸다.

다시 발길을 돌려 만석이한테 찾아갔지만, 그도 마찬가지였다.

"썩 꺼져 임마. 나보고 시체 유기를 하라고!"

굳게 닫힌 만석이네 대문 앞에서 박술은 분노의 눈물을 떨구었다.

박 진사가 침묵을 깨며 입을 열었다.

"할 수 없다. 내 친구 집으로 가 보자."

박 진사가 앞서고 시체를 짊어진 박술이 뒤따라 솔개골 박 진사의 친구인 이 초시 집으로 갔다.

"이 밤중에 어인 일인가?"

이 초시가 놀라서 물었다. 박 진사는 나그네 선비를 살인하게 된 경위를 설명했다. 그러자 이 초시는 자기 일처럼

"이 사람아! 얼마나 놀랐겠나. 일단 우리 집 거름더미 속에 묻어뒀다가 다음 일을 궁리해 보세."

이 초시가 삽을 들고 와 거름더미를 파려고 할 때, 박 진사 왈

"선비님 이제 그만 일어나시지요."

거적에 쌓인 시체(?)가 일어났다.

이 초시가 술상을 마련해 오며 박 진사에게

"야, 이 사람아. 사람을 이렇게 속이는 법이 어디 있나."

"미안하이."

그러자 나그네 선비가 말했다.

"두 분의 우정이 부럽기만 합니다."

세 사람은 껄껄 웃으며 날이 새는 줄도 모른 채 술잔을 나누고 뒷전에 앉은 박술은 쏟아지는 눈물을 주체할 수 없었다.

이튿날부터 박술은 친구들과 인연을 끊고 이를 악물고 공부해 3년 후에 과거에 급제를 했다.

복순이의 천기예보

어느 날, 이른 아침. 열두 살 복순이는 동네 골목길을 가다가 타작 준비로 부산한 이웃집에 들어가

"아저씨, 오늘 타작하지 마세요. 비가 올 거예요."

하고 말하였다.

이에 이웃 아저씨는 눈을 왕방울만하게 뜨고

"이 가뭄에 무슨 비? 그런데 너는 옥황상제 말씀이라도 들었냐?"

하고 그 말을 무시하였다.

그런데 정오가 되자 갑자기 먹구름이 몰려오더니 소나기를 퍼붓기 시작한 것이다. 타작하던 마당은 아수라장이 되었다. 나락 이삭이 둥둥 떠내려가 골목길에 나락더미를 이뤘다.

소나기가 그치고 나자 넋을 잃은 아저씨는 주저앉아 벌컥벌컥 막걸리 잔을 비우며 복순이 말을 한 귀로 흘려버린 후회보다 복순이가 어떻게 천기를 귀신처럼 알아맞혔는지 궁금해서 죽을 지경이었다.

그 일이 있은 후 복순이가 날씨를 기가 막히게 맞춘다는 소문이 온 동네에 퍼졌다.

이런 소문을 들은 윗마을 천석꾼 수전노 오 첨지 내외가 마주앉아 기발한 궁리를 짜냈는데 찢어지게 가난한 소금장수 외동딸 복순이를 며느리로 데려오기로 한 것이다. 그들의 꿍꿍이속은 며느리의 천기 신통력을 돈을 받고 팔자는 것이었다.

이렇게 하여 부자 오 첨지네 며느리가 된 복순이는 꾀죄죄한 치마저고리 대신 번쩍이는 비단옷을 입고 금비녀를 꽂았다.

어느 날 장을 돌며 창과 춤판을 벌여 약을 파는 패거리 두목이 오 첨지네 집을 찾아왔다.

"첨지 어른, 며느님께 뭐 좀 여쭤볼 일이…."

오 첨지는 단호하게 말을 막았다.

"공짜는 안 되네, 서른 냥 선불이네."

그런데 그날 저녁 오 첨지네 집은 난리가 났다.

비를 흠뻑 뒤집어쓰고 약장수판이 엉망이 되자, 약장수 패거리들이 손해배상을 요구하고 나선 것이다.

날씨 예보값 서른 냥과 손해 배상액 백 냥을 물어준 오 첨지는 화가 머리끝까지 치밀었지만 '한 번쯤 못 맞힐 수도 있겠지.' 생각하며 꾹 참았다. 문제는 그 이후로도 복순이의 날씨 예보는 계속 빗나갔다.

말할 것도 없이 복순이는 입은 비단옷까지 빼앗기고 오 첨지네 집에서 쫓겨났다.

그런데 홀아비 소금장수 친정집으로 온 복순이는 또다시 그날의 날씨를 정확히 맞히기 시작했다.

소금장수 아버지가 소금장수를 치우고 날씨 예보 값을 받아내면서 살림은 불어나 번듯한 기와집에 복순이는 비단 치마저고리를 입고 손님을 맞았다. 그렇다면 복순이의 이런 신통방통한 재주는 어디에서 나오는 것일까?

그 답은 복순이가 입고 있는 치마 속 고쟁이에 있었다. 복순이는 열두 살 때 아버지가 손수 소금자루로 지어준 걸 입었는데, 어린 처녀의 예민한 촉감이 소금에 절은 고쟁이에서 감지되었던 것이다. 비가 오려고 하면 소금자루 고쟁이가 눅눅해졌던 것이다.

가가호호

어떤 부부가 대낮에 그게 하고 싶어 안달이 났다.

그런데 어린 아들 때문에 좀체 기회가 나지 않았다. 마침내 참다 못한 어머니가 말했다.

"얘, 넌 왜 매일 집에만 있니? 옆집 아줌마가 널 보고 싶다 하던데, 좀 갔다오면 안 되니?"

"응 알았어, 엄마."

아이는 어머니가 시키는 대로 옆집으로 갔다. 그때서야 부부는 마음 놓고 낮일을 벌일 수 있었다.

그런데 한참을 하고 있는데, 어느 틈에 놀러나간 아이가 돌아와 자신들이 하는 행위를 빤히 바라보고 있는 것이 아닌가.

기겁을 한 어머니가,

"아니, 왜 벌써 왔어?"

하자, 아이가 하는 말

"가래요. 옆집에서도 똑같은 거 하고 있던데요. 뭘!"

주지란 짐승이 무엇인고

어느 산중에 꽤나 잘 사는 노인이 있었는데, 워낙 깊은 산골이라 아침 저녁으로 집 안팎을 두루 살피던 중, 하루 저녁엔 외양간을 살피며 하인에게 이르되

“이렇게 깊은 산골의 컴컴한 밤엔 호랑이와 주지가 크게 두려운 법이니 외양간을 각별히 잘 단속하여라.”

하고 경계삼아 말했는데. 여기서 주지라는 짐승은 실제 있는 짐승은 아니고 소도둑을 조심하라는 비유의 말이었다.

이때 한 마리의 큰 호랑이가 외양간 밖에 꾸부리고 앉아 있다가 주인과 머슴의 대화를 엿듣고는 스스로 생각하기를

“호랑이는 나지만, 그놈의 주지라는 것은 어떠한 물건인고?……”

하고 궁금해 하였지만, 깊은 밤중에 호랑이는 외양간에 침입하여 소와 말을 물어 마음껏 포식하고는 홀로 서 있을 때, 그때 마침 도둑놈 하나가 말을 훔치려고 외양간에 들어가 본즉 큼직한 말 한 필이 있는지라, 목에 고삐를 매고는 곧장 잡아타고 쏜살같이 도주하였다.

호랑이는 등 위에 타고 앉은 것이 반드시 주지라는 괴물이라 지레짐

작하고 겁이 나서 힘이 풀려 주지가 모는 대로 달려 숲을 뚫고 골짜기를 넘어 비호와 같이 달아났다.

이때 도둑은 속으로 생각하기를

"기가 막힌 천리마를 얻었구나."

하고 의기양양하게 고삐를 낚아채며 달렸다. 얼마쯤 달리다가보니 먼동이 훤히 터왔다.

이때 도둑은 말이 달리기를 잘 달리나 키가 어째 좀 작다 생각하며 내려다보니, 이것은 말이 아니고 누렇고 검은 얼룩배기 여산대호였다.

그만 도둑놈은 혼비백산하여 어쩔 줄을 몰랐는데, 옆을 바라보니 늙은 고목의 가운데 구멍이 보였으므로 도둑은 황급히 뛰어내려서 숨어버리자 호랑이는 크게 즐거워하며 뛰어 달아나는데, 그 앞에 커다란 곰 한 마리가 나타났다.

곰은 호랑이의 목 위에 고삐가 감긴 것을 보더니 호랑이를 향하여 물었다.

"이게 웬 일입니까?"

"말마시오. 주지란 놈을 만나 밤새도록 죽을 뻔하였는데 천만다행으로 주지란 놈이 나무 구멍으로 들어갔으므로, 이제 겨우 한 목숨을 건졌소."

하고 대답하니 곰이란 놈이 펄쩍 뛰며

"이보시오. 우리가 당신과 더불어 산중 제왕 소리를 듣는 터에 주지란 다 무슨 말이요. 내 마땅히 가서 잡아 없애리다."

하고 늙은 나무를 쳐다보며 홀로 중얼거리기를

"내 마땅히 요 조그만 추물을 발톱과 이빨의 신세를 지지 않고서도 그로 하여금 숨통이 막혀 지쳐 죽게 하리라."
하고 곧 엉덩이로 고목의 구멍을 막고 걸터 앉으매, 도둑이 가만히 살펴 본즉 곰의 물건이 대롱대롱 오뚝하니 달려 있는지라, 도둑은 급히 허리 띠를 끌러 곰의 양물을 옭아 힘껏 잡아당기니 곰의 표효하는 소리가 지축을 움직이는지라, 호랑이가 그 소리를 듣고

"거봐 내 뭐랬어? 주지라고 했잖아. 주지 거 무서운 놈일세!"
하고 걸음아 날 살려라 하고는 뒤도 돌아보지 않고 내닫거늘 때마침 나물 캐던 여인이 알몸으로 개울가에서 목욕하고 있다가 큰 호랑이가 달려오는 것을 보고, 그만 놀라서 숲속으로 뛰어들어 엎드려 있었다.

호랑이가 자세히 보니 여인의 옥문이 옴폭하게 드러났는데, 시커먼 음모가 한없이 많을 뿐만 아니라 마침 월경중이어서 시뻘건 피가 흐르는지라, 호랑이는 은근히

"바로 저놈이 주지란 놈이구나. 아까 곰을 잡아먹은 게 분명하다. 그러기에 저렇게 곰의 털이 묻어 있고 또 피 흔적이 낭자하지…… 아쿠 무서워라."
하고 죽어라 달려 도망하였다.

새색시 길들이기

법 없이도 살아갈 착한 선비 오 서방이 장가를 들었다. 그런데 그의 아내는 양반 가문에 오백 석 부잣집의 고명딸이라 언행이 기고만장해 첫날밤부터 얌전한 오 서방을 깔아뭉갰다.

신랑이 신부의 옷고름을 푸는 게 아니라 신부가 신랑의 바지 끈을 푸는 기가 막힌 일이 벌어진 것이다.

새색시의 오만방자한 행실은 신붓집 신행을 마치고 오 서방이 집에 오는 첫날부터 나타나기 시작했다. 마당에 첫발을 디디자마자 지붕을 쳐다보며

"이그, 초가삼간이라더니 이 집이 그 집이네."

하고 오 서방의 오장육부를 북북 긁어놓더니 방에 들어와서는 냄새가 난다고 향을 피우라며 소란을 떨었다.

한평생 남과 말다툼 한 번 해본 적 없고 목소리 한 번 높여 본 적 없는 오 서방은 빙긋 미소를 머금고 새색시가 하자는 대로 해주었다.

세월이 지나면 나아지겠지 싶어 오 서방은 싫은 소리 한마디 하지 않았지만, 새색시는 날이 갈수록 도를 더해 가기만 했다.

어느 날, 참다못한 오 서방이 새색시를 앉혀놓고 타일렀다.

"여보, 우리도 정답게 오순도순 살아봅시다."

오 서방의 말이 끝나기도 전에 새색시는

"오손도손할 거리가 있어야 오순도순하지. 이놈의 집에 시집 와 호강은 고사하고 고생이나 안 했으면 좋겠구만."

하고 악다구니를 퍼부어 댔다.

하루는 오 서방이 장에 갔다 오는데 강 건너 사는 어릴 적 서당 친구들을 만나 술 한 잔을 마시고 새색시 구워 주려고 돼지고기 한 근을 사서 허리춤에 꿰차고 집으로 돌아오자, 새색시가 기다렸다는 듯 앙탈을 부리며 머리에 이고 있던 물독을 오 서방에게 내던졌다.

마침내 참다못한 오 서방은 새색시의 귀싸대기를 후려치자, 여자는 그 자리에 주저앉으며 전에 보지 못한 오 서방의 거친 행동에 벌어진 입을 다물지 못했다.

"내 오늘 이놈의 마누라 버르장머리를 고쳐놓겠다."

하고 오 서방이 새색시의 머리채를 잡아끌자 악다구니가 터져 나왔다.

"그래, 죽여라 죽여! 이 병신 같은 놈아."

오 서방이 밧줄로 새색시의 두 팔과 두 발을 묶어 대들보에 대롱대롱 매달아도 새색시의 악담은 그칠 줄을 몰랐다.

그러자 오 서방은 처마 밑에서 화덕을 갖다 놓고 숯불을 피우고 숫돌에 쓱쓱 부엌칼을 갈았다.

그리고 새색시 치마를 걷어 올리고 고쟁이를 벌려 드러난 희멀건 엉덩이에 칼등을 대고 살을 베는 척 내리긋고 미리 준비한 찬 물수건을 엉덩이에 철썩 댔다가 뗐다.

"이년 엉덩이 고기 맛있겠네."

그러자 앙탈을 부리던 새색시가 사색이 되어

"사, 사, 사람 살려."

하고 외쳐 보았지만, 오 서방은 들은 체도 않고 몰래 허리춤의 돼지고기를 꺼내 석쇠 위에 올려 구웠다. 지글지글 자신의 엉덩이 살 굽는 연기가 피어오르자 새색시는 오줌을 싸면서 기절하고 말았다.

그 일이 있은 후로 새색시는 고양이 앞의 쥐가 되어 오 서방을 하늘같이 모셨다고 한다.

그 아버지에 그 아들

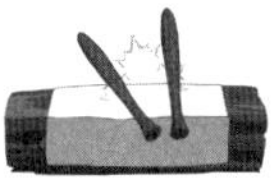

관리 중에 청렴하기로 소문이 난 정갑손은 관직에 몸을 담아오면서 어찌나 결백한 지 사람들은 그를 대쪽대감이라 불렀다. 사적으로는 다정다감하고 겸손하며 친절하지만 공적인 일에는 서릿발처럼 엄격해 인정이 끼어드는 법이 없었다. 부하들은 언제나 경계의 끈을 놓지 않았다.

"쌀 한 톨이라도 나라 재산을 축 내는 자는 목을 쳐 벌하리라."

어떤 때는 멋모르는 관속이 뇌물이라 할 것도 없는, 집에서 만든 곶감을 싸 가지고 인사차 와도

"네 이놈, 나를 어떻게 보고 이런 짓을 하는 게야!"

하며 호통을 쳐서 돌려보냈다.

정갑손은 조상 대대로 물려받은 초가집에서 정갈하게 살며 평생을 무명 이불에 부들자리를 깔았으며 비단이불 한 번 덮어보지 않았다.

한편 그 아버지에 그 아들이라고 정갑손의 아들 정오도 어리지만 매사에 반듯했다. 글도 빼어나 훈장님의 사랑을 독차지했고, 또래 친구들이 「사자소학」을 공부할 때 정오는 벌써 「사서」를 읽기 시작했다.

효성도 지극해 서당 갔다 산길을 걸어오며 산딸기를 따면 다른 아이

들은 제 입에 넣기 바쁜데 정오는 집으로 갖고 와 아버지께 드렸다.

몇 년 후, 정갑손은 함길도 관찰사로 부임하게 됐고 온 식구들이 그곳으로 이사를 갔다. 그 사이 정오는 열일곱 헌헌장부가 되어 삼경까지 통달했다. 한편 정갑손이 나라의 부름을 받아 한양에 가서 한 달간 맡은 일을 공정하게 처리하고 다시 함길도로 돌아와 본즉 결재서류가 산더미처럼 쌓여 있었다. 그는 밤을 새우며 결재하다가 향시 합격자 명단을 보게 되었다(향시는 관찰부에서 치르는 지방과거로 합격하면 초시나 생원이 되어 본고사인 한양의 과거를 볼 자격이 부여되었던 것이다.).

함길도 향시 장원에 아들 정오의 이름이 올라와 있었다.

그는 이방을 불러 호통을 쳤다.

"당장 정오의 장원을 취소시키렸다."

이튿날 아침, 향시 출제 채점위원인 사관들이 몰려왔다.

"정오의 학문은 당장 한양 과거에 가도 장원이 틀림없소이다."

"그것은 우리를 모독하는 것이외다."

나이 지긋한 사관들이 항의하자, 정갑손은 한술 더 떴다.

"정오의 장원을 취소하는 게 아니라 향시 합격을 취소하는 겁니다."

사관들은 모두 사표를 던졌지만 정갑손은 흔들리지 않았다.

"내가 관찰사로 있는 한 정오는 합격시킬 수 없소이다."

이튿날 아침, 정오는 밝은 표정으로 아버지 정갑손에게 큰절을 올리고 경상도 그의 외가로 내려갔다.

이듬해 그는 경상도에서 향시 장원을 하고 한양으로 올라가 과거에도 장원을 해서 어사화를 쓰고 말에 올라 함길도로 돌아왔다.

내 눈을 요강 속에 넣어주시오

어느 부인이 무료한 나머지 바람을 쏘이러 집 앞에 나와 행길쪽을 바라보고 있었다.

그때 그 앞을 지나가던 사내가 부인을 무례하게 훑어보았으므로 여자는 발끈 화를 내며 힐책하였다.

"왜 아녀자를 그런 눈으로 자꾸 훑어보는 거예요!"

그래도 사내는 여전히 탐욕스런 눈길을 거두지 않았다.

이에 화가 치밀어 오른 부인이 앙칼지게 소리쳤다.

"썩 꺼지지 못해! 네 녀석의 눈을 도려내기 전에!"

오히려 사내는 입을 헤벌리고 능글맞게 대꾸했다.

"듣던 중 고마운 말씀입니다. 만일, 제 눈을 도려내시면 부디 부인의 요강 속에 넣어주십시오."

반반합니다의 의미는?

한 가난한 백성이 암말 한 마리를 가지고 있었는데, 워낙 가난하여 키우기 곤란한 지라 이웃 절간의 중에게 맡겨 키우게 하였다.

그 스님은 정력이 넘쳐 그것에 주리던 터라 틈을 엿보아 음사를 행하여 나날이 빠지는 날이 없었다. 그러다 스님은 말에게서 비로소 인간의 맛을 느끼게 되었다.

이때 한 사마승 아이가 이따금 스님이 하는 짓을 보고는 크게 괘씸하게 여길 뿐만 아니라 자기도 해보려 하였으나 제대로 되지 않아, 스승이 멀리 출타한 틈에 쇠붙이를 불에 달구어 말의 음부를 지져버렸다. 중이 돌아와 또 한번 그 일을 하려고 하는데 말은 아까 모양으로 다시 불로 지질까봐 껑충 뛰면서 중의 허리를 차 버리니, 땅에 엎어지면서 웃으며 말하되,

"요년이 내가 그 동안 잠시 밖에 다녀왔다고 질투하느냐."

하고 꾸짖으며 다시금 접근하는데, 이번엔 더욱 높이 뛰면서 스님의 어깨뼈를 후려차서 뼈가 부러졌다. 그러자 아직도 정신을 못 차린 스님은

"요년이 왜 이렇게 사나워졌노?"

하며 자세히 음부를 살펴보니 불로 지진 상처가 너무도 심한지라, 스님이 혀를 빼물며 끌고 그 말의 주인집에 가서 나무에 매어 놓고 몰래 돌아오려고 하였겠다.

이때 주인의 아들이 마침 이를 발견하고 그 아비에게

"지금 스님께서 말을 몰고 돌아오셨습니다."

하고 일러바치니 비록 가난한 백성일망정 음식을 장만하여 문밖에 나가 스님을 맞이하려고 할 때, 스님은 일이 탄로된 줄로 지레짐작하고 손에 삿갓을 든 채 벌벌 떨며

"당신네 말의 음문이 본시 반반합니다. 본시 반반합니다."

하였다 한다.

(반반은 불에 데어서 번들번들해진 형용의 사투리)

벗겨졌으면 윗길이지요

무릇 남자의 양물이 훌렁 까진 것이 있기도 하고, 머리가 감추어진 우멍거지가 있다. 그러므로 사람마다 모양이 각각이다.

어느 날 강원 감사가 새로 부임하는데, 여러 기생들이 교방에 모여서 서로 지껄이기를

"이번 감사 사또의 양물이 벗겨졌겠느냐? 아님 우멍거지겠느냐? 그 어느 쪽인지 알 수가 없구나."

하고 떠들 때, 그들 중에 이미 사또께 수청 들기로 점지된 기생이 웃으면서 말하기를

"벗겨졌거나 벗겨지니 아니하였음은 내가 먼저 알 수 있을게 아니냐?"

이 말을 노비가 훔쳐 듣고 대답해 가로되

"탈과 갑을 아는 데는 내가 아니고 누구랴?"

하고 나서니 기생들이 손뼉을 치며 말하기를

"망령이로다. 너의 행실이여! 먼저 알 따름이니 후에 또한 어찌 알리오."

이때 관노 한 놈이 나서면서 기생들에게

"내가 만일 그 사실(벗겨지고, 우멍거지)을 먼저 아는 경우에는 그대들은 어찌할 것이오!"
하고 말하니 기생들이 이구동성으로 말했다.

"그렇게만 한다면 우리들이 사또를 맞는 잔치에서 그대에게 후한 상금을 드리리다."

이 말에 관노가 기뻐하며 말을 달려 두 갈림길이 있는 곳에 당도하여, 새로 부임하는 감사를 기다리고 있었다. 이윽고 감사 일행이 당도하자. 앞으로 나아가 공손히 예를 올려 말하기를

"이 고장 풍속이 있어 예로부터 전해 옵니다. 여기 길이 두 갈래로 갈려 있사온 바 사또께서 이에 당도하여 양물이 벗겨지셨으면 윗길로 가셔야 하옵고, 그것이 우멍거지시면 아랫길로 가셔야 하실 줄 압니다. 만일 이를 어기시면 성황신이 대노하여 성황당 안팎의 사령 관노들은 말도 듣지 않고 불충할지며, 뿐만 아니라 온갖 이속들이 영민치 못하여 멍텅구리가 되어버립니다. 소인이 미리 아뢰옵기는 사또를 위한 일편 충심이오니 원컨대 사또께옵서 판단하시옵소서."

이 말을 듣고 감사는 어이가 없어 말고삐를 붙잡고 한참 동안 머뭇거리고 있더니 눈을 지그시 감고 일부러 크게 노하여 소리치는데

"그게 대체 무슨 돼먹지 못한 풍속이란 말이야?"
하고 한 번 꾸짖은 다음 그래도 안 되었든지

"윗길로 가는 것이 옳으니라."
하였다. 그리고 스스로 말 위에서 중얼거리기를

"무릇 사람의 양물은 비록 형제라도 볼 수 없는 것이며, 붕우 사이라

도 이를 서로 숨기는 바이나, 이제 저 조그만 관노 놈까지 아는 바 되었고, 온 고을이 다 알게 되었으니, 내 이제 이를 속일 길이 없으나 내 또한 이와 같은 수법으로써 내가 받은 부끄러움을 씻으리라."

하고 벼르더니 부임 이튿날 아침에 영을 내려 가로되

"너희들은 듣거라! 오늘 나를 보러 들어오는 자 마땅히 그것이 벗겨진 자는 섬돌 위에 오를 지며, 우멍거지인 자는 뜰 아래에 있어야 한다."

이에 그 품계를 따라 혹은 섬돌 위를 밟고 한 발은 뜰 아래에 놓았거늘 감사가

"넌 웬일이냐?"

하고 물으니

"소인의 물건은 불탈불갑이온데 세상에서 이르기를 자라자지라 하옵기에, 그 어느 곳을 좇아야 할지 알지 못하여 이와 같은 형상을 지었습니다."

하고 그 사연을 말하니 감사가 웃으면서

"이제 그만두고 모두 물러가렸다."

하고 인심 쓰듯 말하더라.

평양 기생 모란의 유혹

평양에 모란이란 기생이 있었는데, 용모가 아름답고 재능 또한 뛰어나서 한양으로 뽑혀 오게 되었다.

이때 시골에서 지인(知印: 자잘한 일을 하는 아전) 자리를 하나 얻어 상경한 이 씨 성을 가진 선비가 있는데 돈이 많았다.

선비는 처갓집이 돈 많은 부잣집이라 상경할 때 장인 장모가 사위의 객지 생활을 걱정해 많은 재물을 챙겨 주었다. 그리하여 한양 도성 안에 숙소를 정했는데, 공교롭게도 기생 모란의 집과 이웃해 있었다.

한편 모란은 선비가 이웃에 숙소를 정하는 동안 유심이 살피니, 짐이 많고 재물도 꽤나 있는 것처럼 보였다. 그러자 모란은,

'마침 잘 됐구나. 내 재물 많은 선비를 만나려고 애쓰던 참이었는데, 바로 이웃에서 봉을 만나게 되었으니 정말 행운이로다.'

라고 생각하며 본격적으로 접근해 보려고 계책을 꾸몄다.

하루는 모란이 이 씨가 머물고 있는 집안으로 슬며시 들어갔다. 그리고는 이리저리 둘러보다가 깜짝 놀라는 척하며 말을 건넸다.

"어머나, 나는 아는 사람 집인 줄 알고 들어왔더니 아니로구먼요. 존

귀하신 선비가 계시는 줄도 모르고 이렇게 들어와 죄송하옵니다. 무례한 행동을 용서하소서."

이러고는 허리를 굽혀 인사를 한 뒤 획 돌아서서 나갔다.

이때 그 아름다운 모습을 본 이 씨는 그만 정신을 잃고 밤잠도 설친 채, 그저 다시 한 번 보기를 고대하고 있었다.

그렇게 며칠이 지난 뒤 이 씨가 저녁밥을 먹고 혼자 무료하게 앉아 있는데, 기회를 엿보던 모란이 좋은 술과 맛있는 안주를 마련하여 가지고 찾아왔다.

그리고는 술상을 차려 선비 이 씨 앞에 내놓으며 말하는 것이었다.

"아직 어린 나이에 고향집을 떠나 이렇게 홀로 계시니 얼마나 적적하신지요? 소녀도 남편이 멀리 군역으로 떠나가서 해가 바뀌어도 돌아오지 않으니, 매우 외로운 나날을 보내고 있답니다. 속담에도 과부 사정은 홀아비가 안다고 하지 않사옵니까? 그러니 허물하여 꾸짖지 마시고, 소녀가 가져온 이 술이나 한 잔 드시면서 객지의 무료함을 달래 보시기 바랍니다."

이렇게 모란이 부드러운 말로 위로하니, 이 씨는 봄바람에 눈 녹듯 그대로 긴장이 풀려 버렸다.

이에 모란은 계속 술을 부어 권하면서 교태 어린 말로 그의 마음을 사로잡으니, 이 씨는 마침내 취하면서 여인의 가는 허리를 힘껏 끌어안았다.

그리고는 정념을 억제하지 못하고 여자의 옷을 벗긴 다음 함께 누운 뒤, 꿈속 같은 시간을 허우적거렸다.

그렇게 황홀한 밤을 보낸 이 씨는 모란의 제의에 따라 이튿날 당장 그녀의 집으로 들어갔고, 시골에서 장인 장모가 정성껏 마련해준 재물도 모두 옮겨갔다.

이 씨가 모란의 집에 사는 동안, 그녀는 아침마다 여종을 불러 이렇게 당부하는 것이었다.

"얘야, 서방님 음식을 아주 정갈하고 풍성하게 잘 차리되, 서방님이 즐겨 드시는 것으로 마련해야 한다."

그러자 이 씨는 진정 객지에서 좋은 짝을 만났다고 생각하며 시골에서 가져온 재물 궤의 열쇠를 모두 모란에게 맡긴 채 세상 가는 줄 모르고 향락에 젖어 살았다.

하루는 갑자기 모란의 얼굴이 슬퍼 보였다. 이에 이 씨는 걱정스러운 표정으로 위로하며 물었다.

"왜 그러는 거요? 우리 사이의 정의가 점점 소원해져서 그러시오? 아니면 의식이 부족해 그런 거요? 어서 말을 해보시오."

"서방님, 아무 관원은 내 친구를 사랑하여 같이 살고 있사온데, 금비녀와 녹색 비단옷을 사주었답니다. 그 관원이야말로 진정한 장부라 할 수 있을 것입니다."

"아, 그런 것이라면 어렵지 않소. 내 얼마든지 들어줄 수 있다오. 걱정하지 말고 무엇이든 말만 하구려."

"하지만 서방님. 내가 서방님과 동거하고 있는 탓에 재물은 점점 말라가는데, 어찌 사 달라는 말을 할 수 있겠는지요?"

"무슨 소리? 어서 말해 보시오, 내 다 사줄 것이니."

이 씨는 모란의 걱정에 화를 내면서, 친구가 선물로 받았다는 물품보다 더 많은 것을 사주었다.

그리고 며칠이 지났다. 하루는 비단 장수가 와서 구름무늬가 있는 고운 비단을 사라고 했다. 이에 이 씨는 역시 남은 재물을 모두 털어 그 비단을 사주려고 하니, 모란은

"서방님 좋은 비단이오나 낭탁이 모두 비어가는데, 살아갈 걱정을 하셔야 하지 않겠는지요?"

라고 말하며, 거짓으로 말리는 체 하는 것이었다. 이에 이 씨는 큰소리로 꾸짖으며 있는 돈을 다 털어주면서 말했다.

"아무 걱정 없으니 염려하지 말구려."

이 씨가 가져온 돈이 모두 바닥난 그날 밤 밖에 나갔다가 돌아오니, 모란은 여종을 데리고 값진 물건을 모두 챙겨 어디론가 자취를 감추어 버렸다.

이 씨는 등불을 밝히고, 혹시나 돌아올까 하여 밤새도록 뜬눈으로 기다렸으나, 모란은 날이 새고 해가 중천에 떴는데도 전혀 나타날 기미를 보이지 않았다.

이에 아침밥이나 지어 먹을 생각으로 자신이 가져온 궤를 열어보니 돈 한 푼 들어 있지 않았고, 집안에는 쌀 한 톨 남은 것이 없었다.

그러자 이 씨는 너무 분하고 억울해 탄식을 하면서 스스로 목숨을 끊으려 하는데, 이웃집 노파가 그 탄식 소리를 듣고 찾아왔다.

"선비는 모르고 있었소? 이런 것이 다 기생들의 상투적인 수단이지요. 아침마다 여종에게 음식을 잘 마련하라고 시킨 것은 선비의 재산을

몰래 빼내려는 수작이었고, 다른 기생에게 관원이 값진 물건을 사주었다고 한 것은 선비에게 경쟁심을 불어넣어 사주도록 한 것이었으며, 마지막에 비단 장수가 찾아온 것 역시 서로 짜고 꾸며 선비의 재물을 모두 빼앗으려는 수작이었답니다. 한데 그런 걸 몰랐다니 참으로 가엾구려."

이웃집 노파의 말을 들은 이 씨는 주먹으로 땅을 치면서,

"내 그 요귀를 보기만 하면 몽둥이로 때려 죽일 것이오. 그런 다음 거꾸로 세워 옷을 홀랑 벗겨 버리리다."

라고 말하며 집을 나섰다.

그리하여 교방(敎坊) 근처로 가서 길가에 숨어 지나가는 기녀들을 살펴보고 있으니, 마침 모란이 다른 기생 십여 명과 함께 떠들며 웃으면서 나오는 것이 보였다.

이를 본 이 씨는 속이 뒤집히고 끓어오르는 울분을 참을 수 없어, 곧 몽둥이를 들고 뛰어나가면서 큰소리로 외쳤다.

"이 요귀, 이 요귀야! 게 섰거라! 네 비록 창기 노릇을 하지만, 어찌 그런 짓을 할 수 있단 말이냐? 속히 내가 사준 금비녀와 비단을 내놓아라! 그렇지 않으면 때려죽이겠다."

그러자 이 씨를 본 모란은 손뼉을 치고 크게 웃으면서, 옆에 있는 여러 기생들을 돌아보며 말했다.

"애들아! 저 어리석은 바보 녀석 좀 보려무나. 세상천지 어디에 기생과 놀면서 준 재물을 돌려 달라는 바보 멍청이가 있다더냐? 너희들은 저런 어리석은 사내를 본 적이 있느냐?"

"뭐라고? 호호호! 세상에 그런 바보도 다 있다니? 어디, 얼굴이나 좀

보자꾸나. 어떻게 생겼기에 그런 멍청한 소릴하는지."

이러면서 여러 기생들이 큰소리로 웃으며 몰려들어, 그의 얼굴을 들여다보는 것이었다.

이에 이 씨는 부끄러워 더 이상 아무 말도 못하고 손으로 얼굴을 가린 채 고개를 돌리고 사람들이 많은 곳으로 달려가 숨었다.

그 뒤로 이 씨는 의지할 데 없는 신세가 되어 지인의 자리에서도 쫓겨난 채 걸인이 되고 말았다. 이에 몇 집을 돌면서 밥을 얻어먹다가 한양에서는 더 이상 걸인 행세를 하며 살 수가 없으니 고향으로 내려가기로 마음먹었다.

곧 그는 밥을 빌어먹으면서 걸어서 여러 날 만에 시골 처갓집에 도착했다. 걸인이 되어 돌아온 사위를 보자, 장인 장모는 집에 발도 들여 놓지 못하게 하면서 대문을 닫아 걸고 내쫓는 것이었다.

부모마저 일찍 세상을 떠나 어디에도 의지할 곳 없는 이 씨는, 마침내 이집 저집 돌아다니며 문전걸식을 하는 완전한 거지가 되었다.

이에 그를 아는 사람들은 손가락질을 하며 비웃어 세상의 웃음거리가 되고 말았다.

금부처

눈발이 펄펄 휘날리는 경상도 안동 땅에 꾀죄죄한 낯선 선비 한 사람이 허름한 괴나리봇짐을 메고 나타나 천석꾼 부자 조 참봉 댁을 찾아갔다.

조 참봉에게 공손히 인사를 올린 젊은 선비는 목이 멘 소리로 하소연을 늘어놓는다.

"소인은 용천에 사는 허정이라 하옵니다. 연로하신 아버님께서 아무 이유도 없이 관가에 끌려가시더니 말도 안 되는 이런저런 죄목을 덮어쓰고 옥에 갇히고 말았습니다. 엄동설한에 옥중에 계신 아버님 생각을 하면…"

효자 선비는 설움에 복받쳐 말을 잇지 못하고 어깨를 들썩이며 닭똥 같은 눈물만 흘렸다. 잠시 후 눈물을 닦은 선비는 하던 말을 이어갔다.

"이방이 찾아와서 오백 냥만 내면 풀어주겠다는 귀띔을 주건만 그 거금을 마련할 길이 없어서…"

젊은 선비는 가지고 온 보따리를 풀었다.

높이가 한 자쯤 되는 휘황찬란한 금부처가 모습을 드러냈다.

"저의 25대 선조께서 고려 법흥왕으로부터 하사받은 이 금부처는 저의 집의 가보이며 가문의 자랑으로 고이 간직하고 있었습니다. 부끄러운 일입니다만, 이걸 담보로 오백 냥만 빌려주시면 정월 그믐까지 이자 백 냥을 붙여 꼭 갚겠습니다."

젊은 선비는 조 참봉이 선뜻 내놓은 오백 냥을 안고 눈밭 속으로 사라졌다.

그날부터 조 참봉은 친구며 동네 사람을 닥치는 대로 불러 금부처를 자랑하는 게 하루 일이 되었다.

"그 가난한 선비가 두 달 만에 무슨 수로 육백 냥을 구할까. 이 금부처는 모르긴 몰라도 9할은 자네 것이 되었네."

금부처를 보고 감탄한 친구의 말에 조 참봉은 껄껄 웃었다.

어느 날 서당에서 돌아온 손자 녀석이 조 참봉의 간을 떨어뜨렸다.

"할아버지, 고려왕조에서는 법흥왕이 없었습니다. 그리고 이 금부처는 순금덩어리가 아니고 납덩어리에 금을 도금한 거예요. 이걸 보세요."

마침내 조 참봉은 집사를 옹천 땅으로 보내 허정을 찾아 데려오라 했지만 헛걸음이 되었다. 사기꾼이 자기 사는 곳을 곧이곧대로 얘기했을 리 만무하다.

조 참봉은 식음을 전폐하고 자리에 드러눕게 되었다. 그러자 손자 녀석이 들어와서 한다는 말이

"할아버지, 걱정하실 것 없어요. 금부처가 가짜라는 걸 입밖에 내지 마세요."

새벽녘에 손자 녀석이 밧줄로 제 할아버지를 포박하고 자신도 포박한 후 조 참봉이 고래고래 고함을 질렀다. 하인들이 몰려왔다.

"네 이놈들 간밤에 도둑이 들어온 것도 모르느냐"

안동 부자 조 참봉이 담보로 잡아둔 금부처를 도둑맞았다는 소문은 꼬리에 꼬리를 물고 천리만리 퍼져 나갔다.

한 몫 잡아 풍기에서 첩살림을 차려놓고 빈들거리던 사기꾼 귀에도 그 소문은 들어갔다.

'잡고 있던 담보물건을 잃어버렸다. 이건 부르는 게 값이렷다! 5천 냥, 아니야 만 냥은 받아내야지.'

사기꾼은 육백 냥을 만들어 정월 그믐이 되기도 전에 안동 땅으로 조 참봉을 찾아갔다. 소문대로 조 참봉은 드러누워 있었다.

"여기 이자 백 냥을 붙여서 육백 냥을 갖고 왔습니다. 제 금부처를 돌려주시지요."

조 참봉이 다 죽어가는 목소리로

"이 일을 어떡하면 좋겠습니까. 그만 도둑을 맞고 말았습니다."

이 말에 젊은 선비가 방방 뛰었다.

"뭐라구? 당장 사또 앞으로 가자구!"

그러자 조 참봉이 벌떡 자리에 일어나

"여봐라, 이 선비가 사또 앞으로 가자신다. 그 가짜 금부처를 갖고 오너라."

하인들이 우르르 몰려와 사기꾼을 포박했다.

계란 위에 계란 세우는 법

옛날에 명성이 높은 재상이 있었는데, 임금의 잘못을 강력히 주장하다가 심기를 거슬려서 멀리 떨어진 섬으로 귀양을 가게 되었다.

그리하여 재상이 떠나는 날 부인이 따라 나오며 소매를 붙잡고 울부짖는 것이었다.

"여보 영감! 지금 이렇게 가시면 언제쯤 풀려나 돌아올 수 있겠는지요? 얼마나 많이 기다려야 합니까?"

"부인! 울지 말구려. 내 돌아올 날을 기다리지 않는 것이 좋을 거요. 계란 위에 계란이 세워진다면 돌아올 수 있을라나."

"영감! 계란 위에 계란을 어떻게 세워요?

부인은 그 자리에 주저앉아 울었고, 재상은 말을 타고 길을 떠났다.

그 뒤로 부인은 날마다 상 위에 계란 두 개를 올려놓고 공손히 절을 하면서,

'제발 계란 위에 계란이 올라서게 해주십시오.'

라고 빈 다음, 그 앞에 꿇어앉아 조심스럽게 계산을 세워보는 것이 하루의 일과였다. 그러나 계란은 번번이 옆으로 미끄러져 떨어졌다.

부인은 이렇게 하루도 쉬지 않고 밤낮으로 해보았지만, 한 번도 계란은 세워지지 않았다. 그렇게 일 년, 이 년이 지나자, 부인은 외딴 곳에서 고생하는 남편이 너무 걱정되어 가슴이 아파 울면서 애걸하듯 매달렸지만, 계란은 무정하기만 했다.

이 무렵 임금이 밤에 종종 미복 차림으로 거리를 돌며 백성들의 여론을 청취하곤 했는데, 마침 재상 부인이 계란 위에 계란을 세우려 애쓰면서 통곡하는 소리를 듣게 되었다. 한데 그 모습이 너무나 가엾고 통곡 소리 또한 너무 슬프게 들렸다.

이튿날 아침, 임금은 내시를 시켜 그 부인 집을 찾아가 무슨 곡절인지 알아보라고 했다. 이에 궐밖으로 나갔다가 돌아온 내시는 부인에게서 들은 이야기를 그대로 아뢰었다.

"계란 위에 계란이라…, 그 부인의 정성이 가상스럽구나."

임금은 부인의 정성에 감탄하여, 그 남편을 석방시켜 주었다. 이에 서울로 돌아온 재상은 먼저 임금 앞에 엎드려 성은에 감사드리는 인사를 올렸다.

"전하! 신의 죄를 사하여 주시니 성은이 망극하옵나이다."

"음, 한데 경이 이렇게 풀려나게 된 연유를 알고 있는가?"

"전하! 신 그저 성은에 감사드리옵고 망극할 따름이옵나이다."

"아니라네, 그건 계란 위에다 계란을 올려 세웠기 때문이라네."

그러나 재상은 그것이 무엇을 뜻하는지 알지 못하고, 그저 '성은이 망극하옵나이다.'라는 말만 연속으로 아뢰면서 눈물을 줄줄 흘리더라.

두고 온 조끼

황 첨지네 집에서 5년이나 머슴 살다 새경으로 밭이 딸린 산을 얻어 나온 노총각 억쇠는 산비탈에 초가삼간 집을 짓고 밤이나 낮이나 화전을 일구어 이제 살림이 토실하게 되었다.

눈발이 휘날리는 어느 겨울날 오후, 군불을 잔뜩 지펴 뜨뜻한 방에 혼자 드러누워 있으니 색시 얻을 생각만 떠올랐다. 그때

"억쇠 있는가?"

귀에 익은 소리에 문을 여니 황 첨지 안방마님이 보따리 하나를 머리에 이고 마당에 들어서는 게 아닌가. 억쇠는 맨발로 펄쩍 뛰어내려 머리에 인 보따리를 받아들었다.

"그저께 김장하며 자네 몫도 조금 담갔네."

억쇠는 고맙다는 말도 못하고 우두커니 선 채 그만 눈물이 핑 돌았다.

"자네, 살림을 어떻게 하나 어디 한 번 보세."

마님은 부엌에 들어가 억쇠가 만류해도 들은 체 만 체 흩어진 그릇을 씻고 솥을 닦았다.

방에 들어온 마님은 억쇠를 흘겨보더니

"김치 항아리를 이고 개울을 건너다 발이 삐끗하더니 발목이 시려오네, 자네가 좀 주물러주게."

버선을 벗어 던진 마님의 종아리를 본 억세는 고개를 돌리고 발목을 주무르는데

"무릎도 좀…"

마님이 고쟁이를 걷어 올리자 희멀건 허벅지가 들어났다. 억쇠의 하초는 빳빳해지고 마님의 숨소리가 가빠지는 듯 마침내 마님이 억쇠의 몸을 껴안고 자빠졌다.

마흔이 갓 넘은 마님의 농익은 몸은 불덩어리가 되었다. 노총각 억쇠의 바위 같은 몸이 꿈틀거릴 때마다 마님은 숨이 넘어갈 듯 자지러졌다. 뒤돌아 꿇어앉아 바지춤을 올리며 억쇠는 모기소리만하게

"마님, 죽을 죄를 지었습니다."

마님은 십년 묵은 체증이 가라앉은 듯 날아갈 듯한 목소리로

"자네는 내게 적선을 한 게야. 자네도 알다시피 바깥양반이란 게 허구한 날 젊은 첩년 치마폭에 싸여서 한 달에 한 번도 집에 들어오는 법이 없네."

마님과 억쇠는 또 한 번 불타올랐다. 봇물이 터지듯이 황 첨지 안방마님은 툭하면 떡을 싸 들고, 호박죽을 들고, 쇠고기를 들고 억쇠네 집으로 왔다.

어느 날, 억쇠 품에 안긴 마님이

"나 이제 고개 넘고 개울 건너 이곳까지 못 오겠네. 날이 어두워지면 자네가 우리 집에 오게."

대담하게도 안방마님은 억쇠를 안방까지 끌어들였다.

삼경이 가까워올 무렵 안방에서 한참 일을 치르고 있을 때 난데없이 집에 오는 길을 잊은 듯하던 황 첨지가 대문을 두드렸다.

"문 열어라!"

억쇠는 바지만 걸쳐 입고 옷을 옆구리에 찬 채 봉창을 타고 빠져나와 뒷담을 넘어 사라졌다.

그런데 너무 급한 나머지 집에 와서 보니 조끼를 두고 온 것이 아닌가. 황 첨지가 저잣거리 껄렁패를 데리고 곧장 덮쳐올 것 같아 문을 잠그고 도망쳤다.

나루터 주막집으로, 머슴 친구 문간방으로, 객줏집으로, 봉놋방으로 동가식서가숙하던 어느 날 술에 취해 곰곰이 생각하니 집에도 못 들어가고 계속 도망 다니는 신세가 처량하고 한편으로는 황 첨지를 배신한 자신이 죽일 놈이었다.

황 첨지는 오입쟁이지만 통 크고 인정 많아 5년 동안 머슴 살 때 모진 소리 한번 듣지 않았었다.

이튿날 황 첨지네 조부 제삿날이라 황 첨지가 본가에 머무르는 것을 알고 억쇠가 찾아갔다. 황 첨지에게 잘못을 빌고 죽든지 살든지 운명에 맡기기로 했다. 술잔을 들다 말고 황 첨지가

"억쇠 왔냐."

억쇠가 꿇어앉아 죽을 죄를 지었다고 말하려는데 옆에 앉은 마님이 가로챘다.

"어제도 억쇠가 영감을 만나 긴히 의논하러 왔다가 그만 헛걸음하고

갔지요."

억쇠는 눈만 크게 뜨고 있는데, 안방마님이 대신 고백을 하는 게 아닌가.

"억쇠가 글쎄 부잣집 안방마님과 안방에서 정을 통하다 갑자기 바깥양반이 들어와 뒷문으로 도망을 쳤는데 집에 가서 보니 조끼를 두고 갔다지 뭡니까."

이어진 안방마님의 말솜씨가 절묘하다.

"그래서 제가 그랬지요. 샛서방을 안방까지 끌어들이는 여자라면 어련히 그 조끼를 처리했을 거라고 말해 주었지요."

그러자 황 첨지가 껄껄 웃으며 말했다.

"그럼 그럼, 걱정할 것 없어."

할머니의 비애

할아버지에게 잘 보이기 위해 할머니가 잠자리에서 야한 속옷을 입었다.

그 다음 날, 할머니가 물었다.

“영감, 어제 저 어땠어요?”

그러자 할아버지는 아무런 일이 없었다는 듯 시큰둥한 표정이었다. 할머니는 그런 할아버지가 몹시 서운했으나 내색은 않고 또 다시 야한 검정색 속옷을 입었다.

그 다음날, 또 다시 물었더니 할아버지는 똑같은 반응을 보일 뿐이었다.

그래서 애가 탄 할머니는 이번 잠자리에서는 잠옷을 완전히 다 벗어 버렸다. 그리고 그 다음날 다시 물어보았다.

“영감, 어제 제 속옷 어땠어요?”

그러자 할아버지가 드디어 입을 열었다.

“아, 그 살색 속옷! 거 웬만하면 다려 입지 그래. 쭈글쭈글해서 영 보기가 싫더군. 험험.”

어느 기생의 안목

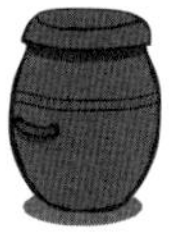

서울에 유 씨 성을 가진 한 선비가 있었다.

일찍이 선비는 글을 읽어 문장이 뛰어났지만, 과거를 볼 때마다 낙방하여 나의 쉰에 이르도록 급제를 하지 못했다. 그리하여 고심하다가 쉰 살이 넘어 겨우 급제를 하자, 그 뒤로 승승장구하여 마침내 재상의 반열에까지 오르는 영광을 안았다.

이렇게 유 씨 선비는 뒤늦게 급제를 하다보니, 그 동안에 여러 가지 어려움을 겪어야 했다. 나이 마흔이 되었을 무렵 딸이 이미 장성하여 시집을 보내야 했는데, 집이 워낙 가난하니 출가 비용을 마련할 길이 없었다.

이에 유 씨는 생각다 못해 딸의 혼수 비용을 빌리기로 하고, 이 사람 저 사람을 떠올리다가 다소 면식 있는 사람이 전라도 감사로 부임해 있다는 소문을 듣고, 그를 찾아가서 한 번 부탁해 보기로 마음을 먹었다.

곧 선비는 부인이 애써 마련해준 돈으로 말과 종을 빌려 타고서, 허름한 차림으로 전주로 향했다. 그리하여 겨우 감영에 도착하니, 어쩐지 주위가 한산하고 썰렁한 느낌이 들었다.

선비는 이상하게 여기면서 성문을 지키는 군졸에게 묻자, 그 사람은 며칠 전에 임기가 끝나 서울로 올라가고, 지금 새 감사가 부임해 내려오고 있는 중이라고 했다.

'그것 참, 난처하게 되었구먼. 겨우 여기까지 오기는 했지만 돌아갈 여비가 없으니, 이를 어쩌면 좋을꼬?'

이러면서 한탄하고 있는데, 마침 나이 어린 기생 하나가 지켜보고 있다가 앞으로 나와 인사를 올리는 것이었다. 유 씨 선비는 전주에 처음 왔을 뿐만 아니라, 별다른 출입도 없이 독서만 해왔으니 아는 기생이 있을 리 없었다. 그런데 뜻밖에 기생으로부터 인사를 받고나자 이상하여 물었다.

"너는 일찍이 나를 본 적이 있느냐? 어찌 나를 알아보고 인사를 하느냐? 나는 전혀 기억이 없는데."

"예, 선비어른! 양반을 보고 인사를 올리는 것은 기생의 본분에 속하는 일이옵니다. 알고 모르고는 상관이 없는 일이옵니다."

"음, 그렇다면 고마운 일이구나. 네 이름이 무엇이냐?"

"예, 소녀의 이름은 홍옥(紅玉)이라 하옵니다."

이렇게 이름을 밝힌 기생은 한참 동안 살펴보다가 물었다.

"어르신의 행차를 뵈니, 아마도 서울로 올라가신 사또나리를 뵙고 무엇인가 부탁을 드리러 오신 것 같사옵니다. 무슨 일이 있어 오셨는지 소녀가 들으면 안 될 일인지요?"

그러자 유 씨 선비는 이 기생이 예사로 보이질 않아, 자신이 내려오게 된 연유를 소상히 일러주었다. 그리고는 기생을 쳐다보며,

"가난한 선비의 집안 사정을 주책없이 털어놓아 부끄럽구나."
라고 말하면서 얼굴을 붉히고 웃었다.

이에 기생은 그의 오라비 청동(靑銅)을 부르자, 한 남자가 달려왔다. 곧 기생은 그의 오라비에게 일렀다.

"오라버니, 여기 선비 양반이 빌려 타고 온 말과 종에게 후환 노자를 주어 서울로 먼저 돌려보내주세요."

이리하여 종과 말을 먼저 올려보낸 뒤 선비를 자기 집으로 안내하였다. 그리고는 유 씨 선비에게 잘 차린 저녁 식사를 대접하고는 그날 밤 함께 동침했다.

이튿날, 기생은 다른 말과 종을 마련하여 유 씨를 태워 보내면서, 딸의 혼수 비용에 쓰라고 1백 냥의 돈을 주는 것이었다. 그리고는 선비에게 말했다.

"소녀에게 시 한 구절 지어 주시어, 뒷날 알아볼 수 있는 증표로 삼게 해주소서. 소녀 오래도록 간직하고 있겠사옵니다."

이에 유 씨는 기생의 비단 치마폭에 다음과 같이 적었다.

청동인 방자가 들불을 밝힌 밤은(靑銅房子挑橙夜)
아름다운 미인 홍옥이 술을 권하는 때로다(紅玉佳人勸酒時)

그리고는 아무런 연유없이 많은 돈을 받아가기 쑥스러워 망설였으나, 우선 급한 딸의 혼사 문제가 걸려 있는지라 어쩔 수 없이 잘 받아 간수했다.

떠나기에 앞서 선비는 작별 인사를 하면서, 아무리 생각해도 기생이 생전 처음 보는 자신을 이렇게 환대하고 많은 돈까지 주는 까닭을 알 수가 없어 물어보았다.

"내 한 가지 묻겠는데, 기생이 남자를 취하는 경우를 보면 대체로 세 가지 기준에 따르는 것으로 알고 있네. 그 첫째는 집이 부자라서 돈이 많은 남자, 둘째는 나이 젊고 잘 생긴 남자, 그리고 셋째는 지위가 높고 명성을 날리는 남자가 아니겠나. 하지만 내게는 이 세 가지 중 하나도 갖춰진 것이 없는데, 너같이 아름답고 예쁜 기생이 이 늙고 보잘 것 없는 사람에게 이리도 환대해주는 까닭이 무엇인지 내 알 수가 없어 궁금하구나. 그 까닭을 설명해 줄 수 있겠느냐?"

이 말에 기생은 머리를 숙이고 웃으면서 대답했다.

"선비어른, 기생이 사람을 취하는 것은 반드시 정해진 규정에 따라 선택하는 것이 아니랍니다. 모두 자기 주관에 의한 것이오니, 너무 괴이하게 여기지 마시옵소서."

이렇게 작별하고 집으로 돌아온 유 씨 선비는 기생이 준 돈으로 딸의 혼사를 무사히 치렀다. 그리고 2년 후에 유 씨는 과거를 보아 급제를 했고, 몇몇 관직을 거쳐 전라도 감사로 특별히 발탁되어 임지로 나가게 되었다.

유 씨가 전주 감영으로 부임해 가니, 마침 대여섯 명의 기생들이 나와 맞이하는데 그 속에 홍옥도 섞여 있는 것이었다. 곧 감사는 홍옥을 따로 불러 옛날이 이야기를 하면서 고마움을 표시한 뒤, 또다시 이렇게 물었다.

"너는 아마도 사람을 알아보는 특수한 재능이 있는 것 같구나. 어떻게 내가 오늘날처럼 출세할 것을 미리 알았단 말이냐?"

"사또, 아니올시다. 소인이 무슨 안목이 있어서가 아니옵고, 어쩌다가 유연히 그리된 것이옵니다."

이리하여 감사는 지난날 그 어려웠던 시기에 잘 대접해 주던 생각을 하면서, 홍옥에게 많은 열정을 쏟아 정을 나누었다.

이렇게 부임하고 한 달쯤 지난 뒤, 유 감사는 휘하의 관장들에게 통첩하여 잔치를 베풀 테니 참석해 달라고 했다.

그리하여 정한 날짜에 인근 고을 관장들이 다 모여 잔치가 한창 무르익었을 때, 감사는 특별히 알릴 일이 있다면서 경청하라고 했다. 그리고는 기생 홍옥을 불러 옆에 앉혀 놓고, 옛날에 있었던 이야기를 들려주었다.

"내 오늘 이 잔치를 열게 된 것은, 지난날 입은 은혜에 보답하기 위해서라오. 여기 옆에 앉아 있는 기생 홍옥이 바로 지난날 내게 은혜를 베풀어준 사람이외다."

이렇게 말하면서 당시의 상황을 좀 더 자세히 설명했다. 이어서 감사는 돈 1천 냥을 꺼내 홍옥에게 상금으로 내려주는 것이었다. 이 이야기를 들은 여러 관장들은 기생 홍옥의 사람을 알아보는 감식력에 감탄을 금치 못하고 경의를 표하면서, 또한 제각기 돈을 내어 홍옥에게 주었다.

이에 유 감사는 홍옥에게 물었다.

"너는 앞으로도 계속 기생으로 살고 싶으냐? 아니면 나의 부실이 되어 한평생 내 곁에 살고 싶으냐? 그 밖의 다른 소원이 있으면 말해 보겠느냐. 내 다 들어주겠노라."

그러자 홍옥은 차분하게 대답했다.

"소녀는 본래 기생이 되길 원하지 않았사옵니다. 그러니 더 이상 기생으로 살기는 싫사오며, 또한 소실이 되는 것도 내키지 않사옵니다. 소녀의 본 남편이 농사를 짓는 농부이오니, 허락해 주신다면 남편을 따라 가서 농사를 지으며 농촌에서 일생을 마치는 것이 간절한 소원이옵나이다."

감사는 홍옥의 말을 듣고 소원대로 하라고 허락해 주었다. 그리하여 기생 홍옥은 그 남편과 함께 다른 지역으로 가서 농사를 지으며 일생 동안 안락하게 살았다.

말놀이 하는 종 부부

어느 고을 농가에 부부가 함께 종으로 있었다. 이들 부부는 모두 애정놀이를 밝히는 편이라, 밤마다 하루도 빠지지 않고 살을 맞대 잠자리를 했다. 또한 낮에도 부부가 함께 들로 일하러 나가 사람들이 없는 한적한 곳이면 반드시 한바탕 즐겨야 일을 할 수 있었다.

어느 해 늦은 여름이었다. 주인은 산골짜기 계단식 논에 피가 많으니, 이들 종 부부를 시켜 그 피를 모두 뽑으라고 일러놓았다. 그리고 이삼일이 지난 뒤 확인을 하자, 며칠 더 뽑아야 한다고 말하는 것이었다.

'그거 참 이상한 일이다. 아무리 피가 많기로서니, 며칠 더 뽑아야 한다는 게 믿기지 않는구나. 어디 한 번 나가서 살펴봐야겠다.'

이렇게 생각한 주인은 슬며시 논으로 나가 살펴보니, 개천 근처 큰 나무 밑에 무수한 발자국이 나 있고 반들반들하게 닳아 있는지라, 여기서 무슨 일이 있었나 하고 수상하게 여겼다.

이튿날 새벽 일찍 일어난 주인은, 먼 친척집에 다녀오겠다고 알린 뒤 집을 나섰다. 그리고는 곧장 논으로 가서 그 나무 위로 올라가 잎으로 몸을 가린 채 숨어서 지켜보았다.

이에 종 부부가 한동안 논에서 피를 뽑다가 여종이 먼저 나무 밑으로 오니, 곧이어 남편도 따라 나와서는 부부가 함께 옷을 벗는 것이었다.

이때 여종이 남편을 불러 말했다.

"여보, 우리 지금 말놀이 한 번 합시다."

이에 남편도 동의하니, 여종은 나무 등치를 붙잡고 허리를 구부려 암말 같은 모습을 취하면서 발을 굴렀다. 그러자 남편은 여종 뒤에서 옥문에 입을 대고 냄새를 맡은 뒤 말울음 소리를 내면서 고개를 들어 입술을 움직이며, 흡사 숫말이 하는 짓을 그대로 따라 하는 것이었다.

말이나 소를 보면 수놈이 암말 엉덩이 음부에 코를 대고 냄새를 맡은 뒤, 머리를 치켜들고 공중으로 향한 채 입술을 실룩거리는 모습을 볼 수 있다. 보통 그리고서 숫말이 교미를 하려고 암말 위에 올라타는 것이다.

그렇게 남편이 말 흉내를 내면서 입을 들어 하늘로 향하는 순간, 나뭇가지에 앉아 있는 주인을 보고는 크게 놀랐다. 이에 종이 당황해 하면서 황급히 몸을 날려 달아나니 엎드려 있던 여종은 무슨 까닭인지 몰라 발을 구르며 소리쳐 남편을 불렀다.

"애용! 여보, 하다 말고 어디로 달아나는 겁니까?"

그러자 남편은 뛰어가다가 말고 돌아보면서 외쳤다.

"여보! 나무 위를 보구려! 거기 누가 있는지 보구려!"

이에 나무 위를 쳐다본 여종 또한 놀라서 멀리 달아났다.

여기서 이 '애용'이란, 말들이 애정 놀이를 할 때 내는 소리를 흉내 낸 것이라고 한다.

줄무지 상여

초로의 선비가 40년 전 떠나온 고향의 어릴 적 서당 친구들을 만나기 위해 눈밭 속에 천 리 길을 걸어왔다.

고향이 가까워오자 새록새록 즐거웠던 기억들이 떠올랐다.

마침내 까치고개에 올라 고갯마루 회나무 아래 앉아 고향산천을 내려다보며 곰방대에 담배를 말아넣고 있을 때였다. 멀리서 곡소리가 나더니 산허리를 돌아 상여가 올라오고 있었다.

"북망산천 이제 가면 워–이 워–이, 어느 날짜 다시 올까 워–이 워–이."

적막강산을 쩌렁쩌렁 울리며 상두꾼 앞장에 서 상복을 입은 향도군이 낭랑한 목소리로 곡을 읊었다. 상여가 가까워지자 이게 보통 상여가 아니란 게 드러났다. 상여 뒤엔 상주도 따르지 않았다. 줄무지 상여인 것이다.

기생이 죽으면 줄무지 상여에 실려 묻힐 곳으로 간다. 대개 기생이란 일가친척이 없거나 있더라도 연락두절이라 장례를 치러주는 사람은 기생집에 드나들며 기생 치마끈 깨나 풀어본 한량들이다.

그들은 줄무지 상여를 회나무에서 멀지 않은 고갯마루 길가에 내려

놓고 모닥불을 피웠다.

기생의 무덤은 생전에 이 사람 저 사람과 연분을 맺었으니 죽어서도 이 사람 저 사람 쉬어가는 사람을 맞으라고 고갯마루에 무덤을 쓰는 것이 상례다.

이마의 땀을 훔친 상두꾼들이 막걸리 잔을 돌리다 말고 향도군이 막걸리 한 사발과 대구포 한 조각을 들고 회나무 아래서 담배를 피우고 있는 초로의 낯선 선비에게 왔다.

"어르신, 약주 한 사발 드시지요."

목 마르던 차에 벌컥벌컥 단숨에 막걸리를 비운 나그네 선비가

"젊은이, 잘 마셨네. 그런데 뭐 좀 물어보세. 이 고개 아래 장곡마을에 아직도 박 초시가 살고 있는가?"

상복을 입은 향도군은 눈을 크게 뜨고 놀라며 대답했다.

"저희 아버님이십니다. 어르신께서는…?"

"자네 아버지 서당친구라네."

'팔척장신에 이목구비가 수려한 헌헌장부, 한편 친구 아들이 줄무지 상여의 향도군이라…'

나그네는 쩝쩝 입맛을 다시며 집까지 모시겠다는 친구 아들의 청을 뿌리치고 고개를 내려갔다. 어릴 적 뛰어놀던 골목길이 그대로 눈에 들어와 곧장 박 초시 집으로 들어갔다.

신발도 신지 않은 채 마당으로 뛰어내려와 두 손을 움켜잡은 불알친구와 사랑방에 앉아 술상을 마주하고 얘기꽃을 피웠다. 술이 얼큰히 올랐을 때,

"까치고갯마루에 앉아 쉬다가 줄무지 상여를 만났네."

박 초시는 고개를 끄덕이며 말했다.

"저잣거리 상춘관 기생 추월이 요절했다는 소문이 들리더구먼,"

박 초시 말이 떨어지기 무섭게 친구가 역정을 냈다.

"다른 사람은 두건만 썼는데 자네 아들은 굴건재복에 향도군이 되어 앞장 선 걸로 봐서 호상까지 했으니 자네 체면이 뭐가 되겠나!"

불같이 화를 낼 줄 알았던 박 초시는 껄껄 웃으며

"그럼 그렇지. 자네도 알다시피 줄무지 상여는 기생아이 떼어먹은 차례대로 상여를 메는 법! 내 아들놈이 뒷줄에라도 섰다면 못난 놈이라 호통을 치겠지만! 그리고 대감댁 강아지가 죽으면 문상을 가도 대감이 죽으면 문상도 안 가는 이 각박한 세상에 보잘것없는 기생의 저승길을 보살펴준다는 건 의리있는 사나이가 아닌가."

박 초시 친구는 말문이 막혔다. 그런 박 초시 아들이 그 다음 해에 장원급제를 했다.

종에게 속은 선비

조용한 마을에 순진한 선비가 살고 있었는데, 영특한 사람에게 잘 속았다. 한편 이 선비에게는 용모가 수려하고 참한 첩이 있었는데, 하루는 그녀가 이렇게 말하는 것이었다.

"서방님, 오랫동안 친정에 가지 못해 부모님을 뵙고 싶습니다. 한 번 다녀올 수 있게 허락해 주옵소서."

이에 선비는 허락하고 싶었으나, 첩의 집이 워낙 먼 데다가 그 얼굴이 너무 예쁘니, 도중에 다른 남자와 접하는 일이 있을까 하여 선뜻 내키지 않았다. 그리하여,

'아무 일없이 잘 다녀오게 할 수 있는 묘한 방법이 없을까?'

하고 며칠 동안 깊이 고심한 끝에, 마침내 한 가지 묘안을 떠올리고 매우 기뻐했다.

'옳거니! 남녀 음사에 대해 전혀 모르는 종을 가려, 모시고 다녀오게 하면 안심할 수 있을 것이다!'

이렇게 생각한 선비는 첩에게 언제 어느 날 다녀오라고 생색을 내면서 허락했다.

한편, 선비는 집에서 일하는 종들을 모두 불러 앉혀놓고, 지금부터 한 가지 질문을 할 테니 아는 사람은 대답해 보라고 하면서,

"너희들은 여자의 옥문이라는 게 어디 있는지 아느냐?"

라고 물으니 모두들 킥킥거리며 얼굴을 돌리고 웃을 뿐, 아무도 나서서 대답하려 들지 않았다.

그 때 겉으로 보기에는 바보스럽지만, 속은 영특한 종놈 하나가 나서며 소리쳤다.

"주인어른! 그것은 두 눈썹 사이에 있는 것이지요?"

이에 선비는 매우 기뻐하면서 다른 종들을 모두 물린 뒤, 그 종만 따로 불러 단단히 일렀다.

"너는 아씨를 말에 태워 모시고 친정에 좀 다녀와야겠다. 각별히 조심하여 아무 탈없이 다녀와야 하느니라."

이튿날 종은 말고삐를 잡고 첩을 호위해 길을 나섰다. 그리하여 집에서 멀지 않은 한 냇가에 이르니 맑은 물이 흐르고 주변 경관이 매우 아름다웠다. 이에 첩은 종에게 일렀다.

"얘야, 냇가의 경치가 너무 아름다우니 여기서 잠시 말에게 물도 먹이고 쉬어가는 게 좋겠구나. 날 좀 내려다오."

이에 종은 그녀를 말에서 내려주고, 안장을 풀어 말을 쉬게 했다. 그리고 자신도 옷을 모두 벗은 채 모르는 척 물 속에 들어가 멱을 감는 것이었다.

강가에 앉아 그 모습을 보고 있던 첩은 장대하게 뻗은 그의 양물을 보니 욕정이 치솟아, 어느덧 아랫도리가 축축해지기 시작했다.

그러자 종을 보고 농담을 하는 척하며 물었다.

"얘, 네 허벅지 사이로 톡 튀어나온 그 살덩이는 무엇이냐?"

"예, 마님! 소인은 태어날 때부터 이 혹이 있어 점점 튀어나오며 커지더니, 지금은 이렇게 빳빳해졌사옵니다."

"그래? 그것 참 신기하구나. 나는 어릴 때부터 사타구니 사이가 오목하게 들어가더니 점점 깊은 굴이 생겨, 지금은 아주 움푹 파였단다. 네 그 뾰족한 살덩이 혹을 내 깊이 파인 굴속에 넣어보면 어떨지 모르겠구나. 어디 한 번 맞춰 보지 않겠느냐?"

이리하여 남녀는 냇가 으슥한 숲속으로 들어가 몸을 합쳐 방사를 즐겼다.

한편 이때, 선비는 어리석은 종에게 첩을 호송시켜 놓고도 마음이 놓이지 않아, 집 뒤편 동산에 올라 저 멀리 첩이 가는 모습을 지켜보고 있었는데, 그 둘이 함께 숲속으로 들어가더니 한참이 지났는데도 나오지 않는 것이었다.

곧 선비는 있는 힘을 다해 냇가로 달려와서는,

"너희들 거기서 무얼 하느냐? 뭘 하고 있느냔 말이다?"

라고 소리치며 씩씩거리고 다가가니, 바야흐로 한창 질펀하게 정감이 고조되었던 첩과 종은 당황하지 않을 수 없었다.

이에 종은 얼른 옷을 걸쳐 입고 주머니에서 실이 꿰어진 바늘을 꺼내 첩의 몸을 안고 더듬는 시늉을 했다.

그 때 선비가 노기 띤 얼굴로 내려다보면서 소리쳤다.

"아니, 이놈아! 지금 그게 뭣하는 짓이냐?"

그러자 종은 흐느껴 울면서 아뢰었다.

"어르신, 말이 냇물을 건너다 그만 돌멩이를 헛디뎌 옆으로 휘청거리는 바람에, 마님께서 그만 물속으로 떨어져 기절을 하셨사옵니다. 그래서 소인이 몸에 무슨 상처가 없나 하여 옷을 벗기고 온몸을 살펴봤으나 달리 상처 난 데는 없고, 다만 배꼽 아래로 한 치쯤 매우 깊게 찍어진 곳이 있었습니다. 그래서 풍독이 들까 두려워 그곳을 기우려고 지금 바늘과 실을 준비하고 있사온데, 마님께서 마침 깨어나셨습니다."

이에 선비는 길게 한숨을 쉬면서 말했다.

"정말이지, 너야말로 어리석은 사람이로다. 진정 여자 몸에 대해 아무 것도 모르는 백치로구나. 이놈아! 그 굴은 상처를 입어 찢어진 게 아니라 본래부터 나 있는 굴이니, 이제 걱정할 거 없다. 그만 일어나 떠나도록 해라."

이러면서 선비는 안심을 하고 큰기침을 하며 돌아갔다.

자리 바뀐 양근과 코끝

한 시골 마을에 나쁜 행동을 일삼는 고약한 소년이 살고 있었다.

하루는 희미한 달빛이 비치는 밤이었는데, 이 소년이 마을 어느 집의 닭을 훔치려고 옷을 모두 벗은 채 알몸으로 집을 나섰다.

그리하여 한 집에 들어가 처마를 쳐다보니 닭 둥지가 걸려 있기에, 그 밑에 돋움을 마련해 놓고 올라서서 둥지를 풀어 내리고 있었다.

한데 이 둥지는 방 창문 위에 걸려 있었는데, 잠이 오지 않아 뒤척이던 주인이 언뜻 창문을 바라보다가 어스름 달빛에 비치는 사람의 그림자를 본 것이다.

'아니, 저런! 저건 필시 도적놈이다. 닭 둥지를 떼어가려고 그러는 게 틀림없구나. 창문으로 나갈 순 없으니, 뭔가를 던져서라도 쫓아 버려야겠다.'

이렇게 생각한 주인은 윗목에 놓인 놋쇠 쟁반을 집어들고, 급히 창문을 열어 밖에 서 있는 사람을 향해 힘껏 던졌다.

한데 이 소년은 창문에서 멀찍이 떨어져 있었으므로, 놋쇠 쟁반은 소년의 코끝을 스치고 내려가 양근 끝에 충격을 가한 뒤 바닥으로 떨어졌다.

이때 소년은 몹시 아팠지만 찍소리도 못 내고 땅에 주저앉아 몸을 더듬어 보니, 피가 흐르는데 코끝과 양근 끝이 부드러운지라 조금씩 잘려 나간 것이었다.

이에 땅바닥을 다듬거려 떨어진 두 조각을 집어서는 코와 양근 끝에 얼른 붙이고 집으로 돌아왔다.

그리고는 양쪽 부위를 헝겊으로 싸맨 채 여러 날 집안에서 요양을 하니, 차츰 아물어 통증이 가셨다.

그리하여 싸맸던 헝겊을 풀고 양근을 살펴보니 뜻밖에도 뾰족한 코끝이 거기로 와서 붙어 있었다.

깜짝 놀란 소년이 다시 거울로 코끝을 비춰 보자, 엉뚱하게 양근 끝이 거기에 붙어 있는 것이었다.

캄캄한 밤에 급히 주워 붙이다 보니 이렇게 뒤바뀌어 버린 것인데, 이제는 여러 날이 지나 거의 아물어 버렸으니, 그야말로 다시 바꾸어 붙일 수도 없는 노릇이었다.

한데 이런 상태로 살아가자니 여간 불편한 게 아니었다. 향기롭거나 고약한 냄새가 나는 곳에서는 양근 끝이 크게 발동하고, 예쁜 여인을 만나거나 옥문 생각을 하면, 코끝이 크게 끄덕거리고 흔들렸기 때문이었다.

땅에 닿을 정도

옛날, 어느 마을의 나무꾼이 산에 나무를 하러 갔다. 헌데 그 나무꾼은 그게 작다고 마누라한테 매일 구박을 받고 있었다.

전날 밤에도 마누라한테 왕창 깨진 터라 홧김에 상한 기분을 풀려고 있는 힘을 다해 도끼로 나무를 찍다가 그만 도끼를 근처의 연못에 빠뜨리고 말았다.

순간, 이제 마누라한테 맞아죽었구나 하는 생각과 동시에 어려서 할머니한테 들었던 동화가 떠올랐다.

그는 도끼를 찾아 달라고 산신령에게 빌었다. 그랬더니 신기하게도 산신령이 연못에서 나타나 도끼를 찾아 주었다.

그런데 도끼를 찾아 주어도 나무꾼이 별로 좋아하는 기색을 보이지 않자, 이를 이상하게 여긴 산신령이 그 이유를 물어보았다. 나무꾼은 그게 작아 마누라한테 매일 구박 받고 산다는 얘기를 했다.

"그래? 그런 문제라면 내 해결해 주지. 원하는 크기를 말해 보아라."

"아예 땅에 닿게 해 주십시오."

"좋아, 내일 아침이면 소원이 이루어져 있을 것이다."

다음날 아침, 나무꾼은 일어나자마자 자신의 몸을 확인해 보았다. 그런데 이럴 수가!

그것은 정말 땅에 닿아 있었다. 그러나 나무꾼은 비명을 내지르며 그 자리에서 심장마비로 죽고 말았다.

그 이유는, 그것은 그대로 있고 대신 다리가 짧아졌기 때문이었다.

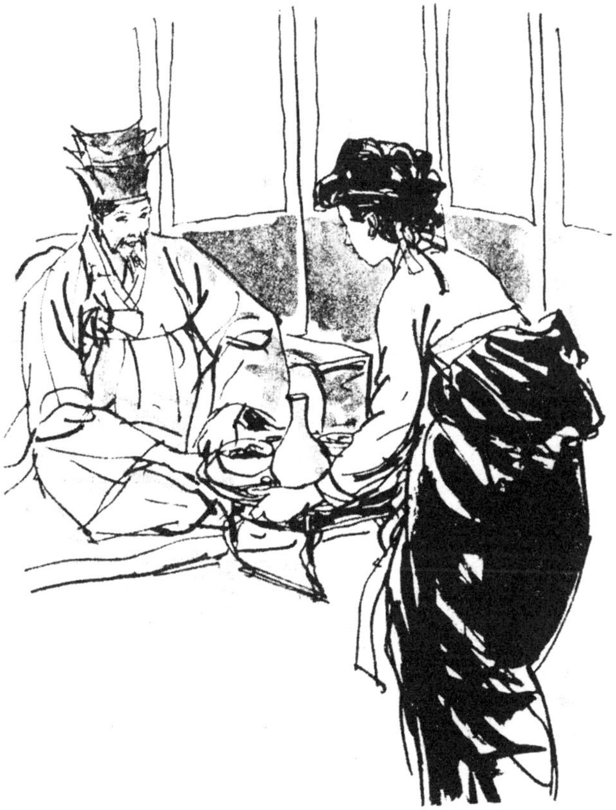

나쁜 짐승

첩첩산중 조그만 암자에서 홀로 수행하는 노스님이 탁발을 하고 산길을 돌아가다가 길섶 바위 아래 강보에 쌓인 어린 아기를 발견하여 안고 암자로 돌아왔다.

노스님은 어린 사내아이에게 사슴 젖을 먹이며 정성껏 키웠다. 아이는 무럭무럭 자라 영특함이 번쩍이기 시작했다.

노스님은 아이에게 도원이라는 이름 지어주고 수행제자로 삼아 큰스님으로 만들기로 작정을 했다.

다섯 살도 안 된 도원은 글을 깨우치더니 불경을 파고들어 노스님이 하나를 가르치면 둘을 깨우쳤다. 불경 공부하는 틈틈이 도원은 숲 속에서 산짐승들과 놀았다. 이 암자는 동네에서 30리나 떨어진 심산유곡이라 동자승 도원은 사람이라고는 노스님 밖에 몰랐다.

어느덧 열서너 살이 된 도원의 공부는 스님을 뛰어넘어 노스님을 흐뭇하게 했다.

어느 초여름, 나무를 하러 지게를 지고 도끼를 들고 개울 따라 내려가던 도원은 눈이 휘둥그레졌다. 생전 처음 보는 짐승 셋을 만난 것이다.

몸은 중하고 비슷한데 머리엔 검은 털이 길게 났고 가슴엔 봉오리 두 개가 봉긋 솟았고 사타구니에는 검은 털이 있지만 고추와 불알이 없었다. 이상한 짐승 셋이 개울에서 멱을 감다가 도원을 보자 으악! 소리를 지르더니 돌멩이를 던지기 시작했다.

돌멩이에 맞아 머리에 난 혹을 달고 암자로 도망쳐 온 도원이 노스님이게 고해 바쳤다.

"생전 처음 보는 사나운 짐승 셋을 만났습니다."

짐승 생김새를 설명하자

"이럴 수가!"

스님은 탄식을 하며 태연한 척하며 말했다.

"그만한 게 다행이다. 살아서 돌아왔으니."

노스님은 도원이 도를 닦는 데 여자는 큰 장애물이라 판단하여 그를 겁주기 시작했다.

"그 짐승들이 얼마나 무서운지 너는 모르는구나. 중을 하도 많이 잡아먹어서 중을 닮은 게야."

스님의 말에 도원은 눈을 동그랗게 뜨고 목숨을 부지하게 된 것이 부처님 덕이라 여기며 안도의 한숨을 쉬었다.

그러나 그날부터 도원은 공부를 제대로 할 수가 없었다. 책을 펴도 글은 보이지 않고 그 무섭다는 짐승(?)들만 눈앞에 아른거리고 밤에 잠을 자도 꿈속에 그 짐승들만 나타났다. 공부도 일도 모든 걸 손 놓은 채 시름에 빠진 도원을 불러 노스님은 하안거를 명했다. 가부좌를 틀고 면벽해 독경을 해보지만 머릿속엔 그 짐승들만 아른거렸다.

보름을 면벽하고 난 도원은 울면서 스님에게 말했다.

"제게 악귀가 씌었나 봅니다. 아무리 독경을 해도 제 머릿속엔 그 짐승들만 보입니다. 스님!"

그날부터 노스님은 도원의 머리를 밀지 않았다.

머리가 어느 정도 자라자 도원에게 속인들의 옷을 입혀 속세로 내보냈다. 춘하추동이 돌고 돌아 십 년이란 세월이 흘렀다.

눈이 쏟아지는 어느 날 밤, 세파에 시달린 젊은이가 암자를 찾아왔다. 암자 처마 밑에 서서 만감에 젖어 있는 젊은이를 향해 방안에서 나지막한 소리가 흘러나왔다.

"도원이 왔느냐?"

"네."

뼈만 앙상하게 남은 노스님이 도원의 머리를 밀었다.

며칠 후, 노스님은 입적하고 암자 마당에서 도원이 혼자서 조촐하게 다비식을 올렸다. 연기가 하늘 높이 올랐다.

원통해 벽만 치다

옛날 어느 해 모내기철인데도 날이 몹시 가물어 모내기를 할 수 없게 되니, 임금이 기우제를 지내기로 결정했다.

이렇게 기우제가 선포되면 각 부서에서는 재숙처를 설치하고, 실무자들은 그 곳에서 몸을 깨끗이 하는 정성을 드려야 했다.

일정 기간 동안 각 부서에서 그렇게 정성을 드린 다음, 모든 부서의 정성이 모아졌다는 결론에 이르면 기우제를 지내게 되어 있었다.

이에 임금이 모두 정성을 잘 드리고 있는 지 확인하기 위해 무감(武監)을 불러 각 부서를 순시하며 그 상황을 보고하라고 지시했다.

이때 무감이 잘못하고 있는 낭관(郎官: 각 관아의 벼슬아치)을 적발해 보고하면, 그를 엄벌에 처해지게 되어 있었다.

마침 무감이 선혜청(宣惠廳)의 재숙처에 갔을 때, 낭관이 웃옷과 버선을 벗고 친구들과 어울려 술과 고기를 즐기고 있었다. 이에 무감이 낭관에게 따졌다.

"재숙 규칙에 이렇게 하도록 되어 있습니까?"

"이봐요, 그렇다면 당신은 나를 적발하여 상부에 보고할 생각입니까?"

"그렇습니다. 내 임무가 그러하니 당연히 보고할 것입니다."

"그래요? 그렇다면 당신이 내 잘못을 보고했을 때 무슨 이익이 돌아옵니까? 내 마땅히 기우제가 끝나는 대로 쌀 30섬을 주겠소, 그러니 아무 일 없는 것으로 보고해 주시오."

이에 무감은 쌀 30섬이라는 말에 마음이 쏠렸다. 당시는 날이 가물어 쌀값이 치솟고 있을 때였다. 그래서 무감은 모두 재계를 잘 하고 있다고 보고하여 기우제가 무사히 끝났다.

그러고 나서 어느 날, 무감이 선혜청 낭관의 집을 방문하게 되었다. 앞서 그가 쌀 30섬을 주겠다고 약속하여 그 쌀을 받기 위해 간 것인데, 낭관은 무감을 보자 전혀 모르는 사람 대하듯 퉁명스럽게 묻는 것이었다.

"당신은 누군데, 우리 집에 무슨 볼일이 있어 왔습니까?"

"아, 일전에 만났던 적간 무감입니다."

"무감이라면 지금 우리 집에 무슨 일로 왔는지요?"

"전날 쌀 30섬을 하사하겠다고 약속하셨기에 온 것입니다."

"이보시오, 내가 무감에게 왜 쌀을 30섬이나 준단 말입니까?"

"아, 그러니까 선혜청 재숙 때 잘못을 보고하지 않고 덮어주면 쌀을 주신다 하지 않았습니까?"

"무슨 그런 말이 다 있습니까? 그때 내게 잘못이 있었으면 비행을 그대로 보고하면 되고, 없었으면 없다고 보고하면 되었을 일이지, 지금 우리 집에 와서 무슨 까닭으로 쌀을 찾는 거요? 그것참 괴이한 사람 다 보겠네."

이에 무감은 더 이상 아무 말도 못하고 돌아왔다. 한데 그날 밤 숙직을 하면서 생각하자, 도무지 울화가 치밀고 원통해서 견딜 수가 없어, 주먹으로 계속 벽을 쳐댔다.

그러자 얇은 흙벽이라 크게 울리면서 소리가 났는데, 때마침 임금이 미복으로 거리를 돌아다니며 민정을 살피다가 그 근방을 지나가게 되었다.

이에 크게 놀란 임금이 그 까닭을 물으니, 무감은 끝내 숨길 수가 없어 사실대로 고했다.

이튿날 임금은 선혜청 창고에서 쌀 30섬을 그 무감에게 내려주고, 낭관 앞으로 달아 놓아 갚도록 명령했다.

이어서 낭관은 재숙을 잘 하지 않은 죄를 물어 파면시키고, 또 무감에게는 임금을 속인 죄를 물어 형조의 법에 따라 벌을 내리라고 명령했다.

문 어

허 서방 선친이 운명한 지 일주기가 되어 소상 준비로 집안이 떠들썩했다. 뒤뜰에는 멍석을 깔아놓고 허 서방 숙부가 해물을 다듬는데, 허 서방의 새신부가 꼬치를 가지고 왔다가 발이 붙어버렸다.

"아따 그 문어 싱싱하네. 우리 형님 문어를 억수로 좋아하셨지."

시숙이 손질하는 문어를 내려다보며 새신부는 침을 흘렸다. 밤은 삼경인데 일을 마치고 안방으로 들어온 새신부는 몸은 피곤한데 잠이 오지 않는다.

조금 있다가 허 서방이 들어와 쪼그리고 앉아 한숨만 쉬는 새신부를 보며 말했다.

"여보, 눈을 좀 붙여야 내일 손님을 치르지. 왜 한숨만 쉬고 있어?"

날이 새면 시아버지 소상날인데 종부인 새며느리가 서방한테 코맹맹이 소리로 한다는 말이

"문어가 먹고 싶어 잠이 안 옵니다."

"문어가?"

한참 생각하던 허 서방이 되물었다.

"그게 그렇게 먹고 싶어?"

"예, 눈을 감아도 문어만 보이니……"

만상제인 허 서방은 몰래 광으로 들어가 선친의 소상 제사상에 올릴 문어 다리 하나를 잘라 안방으로 들고 왔다.

새신부는 눈을 크게 뜨고 입은 함지박만하게 벌어졌다.

문어를 썰어 양념 간장에 찍어 허 서방이 새신부의 입에 넣어주자 새신부는 청주를 따라 허 서방에게 올렸다. 날이 새면 소상인데 만상주와 종부가 제상에 올릴 제수를 먹고 마시며 희롱까지 하기 시작했다.

청주를 몇 잔 마신 허 서방이 게슴츠레한 눈으로 며칠이나 안아보지 못한 새신부를 바라보며

"상복을 입으니 더 예쁘네."

슬며시 허리를 잡아당겼다. 불덩어리가 된 만상주와 종부는 상복을 다 벗지도 않은 채 엉겨 붙었다.

소상날로부터 열 달이 지나 허 서방 새신부는 달 같은 딸을 낳았다.

예쁜 딸은 무럭무럭 자랐다. 16년의 세월이 흘러 꽃피고 새 우는 봄날 허 서방 집 마당에서는 혼례식이 웃음꽃 속에 치러졌다.

허 서방이 헌헌장부 사위를 맞아 입이 찢어졌다.

그날 밤, 신방을 차린 사랑방의 불이 꺼졌다. 얼마 후 신방에 불이 켜지고 신랑이 문을 박차고 뛰어나와 행랑에서 자고 있던 신랑집 하인을 깨워 당나귀를 타고 날이 밝지도 않은 어둠 속으로 사라지고 말았다.

신방에서는 신부의 흐느낌 소리가 허 서방네 사람들의 소란 속에 묻혀 버렸다.

이튿날부터 동네 우물가에서는 이런 소문이 돌았다.

"허 서방 딸의 젖꼭지가 문어 흡반을 빼다 꽂았다네."

기생집의 가마솥

양주 고을에 염 씨(廉氏) 성을 가진 사람이 있었다. 이 집은 원래 가난하여 집안에 값 나가는 물건이라고는 아무 것도 없었다. 이에 하루 세 끼 밥을 먹기도 쉽지 않아, 더러는 굶을 때도 있었다.

사정이 이렇다보니 그 아내의 고생이 이만저만이 아니라, 하루는 아내가 남편 앞에 앉아 이렇게 말했다.

"여보, 우리 집이 이렇게 가난한데 무슨 방도를 찾아보지 않고 이대로 가만히 있어서야 되겠습니까?"

평소 말이 없던 아내가 이렇게 말하니, 염 씨는 한동안 천장만 쳐다보고 있다가 무겁게 입을 열었다.

"내 가정을 제대로 이끌지 못해 이 어려운 지경에 이르렀으니, 당신 볼 낯이 없구려. 그런데 여보! 우리 부부가 10년만 떨어져 있으면서, 나로 하여금 집안일을 잊게 해준다면 내 좋은 수를 강구해 볼 수 있지만, 당신과 자식들 생각에 차마 결단을 내리지 못하고 세월만 보내고 있다오."

이에 아내는 남편 앞으로 다가앉으면서 이렇게 말했다.

"여보! 우리 가정이 넉넉해질 수만 있다면 10년 정도 이별하는 것이 뭐 그리 어렵겠습니까? 걱정 마시고 결행해 보소서."

그러자 염 씨는 그 이튿날 바로 처자와 이별하고 집을 나섰다. 그리고는 한양의 여러 곳을 둘러보고, 또 지방에 내려가 여러 지역의 사정을 살피면서 이렇게 생각했다.

'개성이 장사꾼의 고장으로 알려져 있으니 한 번 가봐야겠다.'

염 씨는 장사에 뜻을 두고 개성으로 들어갔다. 그리하여 이리저리 돌아다니며 살피던 끝에, 어느 커다란 상점으로 들어가서 주인과 인사를 나눈 뒤, 일을 거들면서 장사하는 방법을 배우고자 한다는 의사를 밝혔다.

그러자 주인 박 씨는 그러라고 하면서 쾌히 승낙하는 것이었다. 이 날부터 염 씨는 상점의 온갖 허드렛일을 마다하지 않고 열심히 하면서 장사하는 비법을 배웠다. 이에 주인이 염 씨를 관찰한 결과 천성이 성실하고 글공부를 하여 문장에도 능통하니 크게 신임하기에 이르렀다.

그 뒤로 주인 박 씨는 상점의 모든 일을 염 씨에게 맡기고, 자신은 새로운 물자를 취급하는 상인들 단속에 전념하니, 얼마 지나지 않아 상점의 수입이 몇 배로 오르는 것이었다. 이에 주인은 염 씨를 앉혀 놓고 이렇게 말했다.

"이 사람아! 왜 내가 진작 자네를 만나지 못했는지 모르겠네."

그리고는 염 씨를 더욱 신임하고 가족처럼 친근하게 대했다. 이러는 동안 몇 년의 세월이 흐르니, 하루는 주인 박 씨가 술상을 차려 놓고 술을 권하며 말했다.

"이보게 염 씨! 자네 때문에 우리 상점이 큰 부자가 되었네. 그리고 자네도 이제 내게서 장사하는 방법은 다 배운 것 같으니, 세상에 나가서 사람들이 어찌 사는 지 살펴 그 방법을 배워야 할 때가 된 것 같구먼. 내 지금 돈 1천 냥을 줄 테니 이것을 가지고 나가서, 자네 마음 내키는 대로 떠돌면서 내게서 배운 것을 어디 한번 시험해 보게나."

그러자 염 씨는 사양하지 않고 대답했다.

"좋습니다. 제대로 할지는 모르겠지만, 배운 것을 한 번 시험해 보도록 하겠습니다. 올바른 길을 간다면 어찌 즐거움이 따르지 않겠습니까?"

하고는 그 돈을 받아 정처 없는 여행길에 올랐다.

1천 냥의 돈을 가지고 상점을 나선 염 씨는 곧장 평양으로 가서, 한 집에 주거를 정했다. 그리고 이튿날 주인에게 물었다.

"이 곳 평양은 우리나라의 서경(西京)으로, 강산이 아름답고 풍경이 뛰어나 곳곳에 신령한 기운이 서려 있는 지역입니다. 따라서 반드시 이름난 기생도 있을 테니 일러주십시오."

"아, 명기라면 곧 평양이지요. 여기 춘색(春色)이란 기생이 있는데, 우리 평양에선 가장 널리 알려진 이름이지요."

염 씨는 주인이 가르쳐 준 길을 따라 기생 춘색의 집을 찾아갔다. 그리하여 기생과 밤낮으로 붙어 놀면서 돈을 물 쓰듯 써대니, 춘색은 온갖 아양을 떨어가며 염 씨를 받들어 섬겼다.

돈 1천 냥이란 벌려고 하면 매우 힘이 들지만, 쓰자고 작정하면 특히 기생집에서라면 바닥이 나는 데 그리 오래 걸리지 않는 재물이었다.

어느새 1천 냥의 돈을 모두 탕진한 염 씨는 기생과 작별하고, 다시 개성으로 돌아와 주인 박 씨를 만나서 말했다.

"내 색향이란 평양에 가서 남아의 호탕한 마음을 풀고자 기생 하나를 만나 노는 동안 어느새 1천 냥의 돈이 모두 바닥나고 말았으니, 실로 주인에게 부끄러울 따름이외다."

이에 주인 박 씨는 아무렇지도 않은 듯 웃으며,

"아, 그런 것이 실로 대장부의 할 일인데 왜 부끄러운 일이라고 하는가? 내 지금 또 1천 냥을 주겠으니, 가지고 가서 다시 시험해 보도록 하게."

라고 하면서 다시 1천 냥을 내주고 속히 떠나라는 것이었다.

그 돈을 받은 염 씨는 상점을 나서자마자 또다시 평양으로 향했다. 그리고 다시 춘색의 집을 찾아가니, 그녀는 반가워하면서 많은 돈을 보고 너무 좋아하는 것이었다.

염 씨는 이제 춘색과 정이 들어 밤낮으로 껴안고 전보다 더 진한 향락을 누리니, 돈이 바닥나는 속도는 지난날보다 더 빨랐다.

이에 염 씨는 다시 돈이 떨어지자 춘색의 집을 나서니, 그녀는 돈이 없어도 좋다며 계속 머물러 있으라고 붙잡는 것이었다. 그러나 염 씨는 그럴 수 없다고 뿌리치고는 개성으로 돌아왔다.

그리고는 상점 주인을 만난 염 씨는 그 돈을 다시 기생집에 모두 탕진했다고 밝히면서, 이제부터는 열심히 상점 일을 보겠다고 했다. 그러나 주인은 손을 내저으면서 말했다.

"매사는 삼세번이란 속담도 있지 않은가? 포기하지 말고 다시 시도해야 하네. 자, 여기 1천 냥이 있으니 다시 가지고 가서 무슨 일이든 시험해 보도록 하게."

이러면서 다시 돈 1천 냥을 내주는 것이었다. 이에 염 씨는 그 돈을 받아들고, 뒤도 돌아보지 않은 채 곧장 평양으로 가서 기생 춘색을 찾아갔다. 또다시 돈을 가지고 온 염 씨를 보자, 춘색은 좋아서 어쩔 줄 몰라 했다.

그리하여 지난날처럼 춘색과 함께 즐거운 시간을 보내면서 돈을 쓰니, 얼마 후 또다시 1천 냥은 바닥이 나버렸다.

"거금 3천 냥을 모두 내게 주셨으니, 아무리 바다와 같은 대장부의 마음이라도 어찌 그 속에 회한이 남지 않겠습니까?"

"그게 무슨 소리요? 내가 좋아서 즐겼는데 무슨 회한이 남는단 말이오?"

"그래도 그렇지요. 우리 집에 있는 물건들이 3천 냥은 고사하고 1천 냥에 해당하는 물건도 없습니다만, 그저 어떤 것이든 제 애정의 증표라 생각하시고 한 가지를 가져가시지요."

"그것 참 고마운 말이오. 그렇게 호의를 베푸니 내 어찌 거절하겠소. 그럼 저기 있는 저 가마솥이나 내게 주시오."

염 씨가 다른 값진 물건이 아닌 낡은 가마솥을 가져가겠다는 말에, 기생은 배를 두드리며 한참 동안 웃었다.

"낭군님께서는 물건을 고르시는 취향도 진실로 기이합니다. 우리 집에 값진 물건들도 많은데, 그런 것은 다 놔두고 못 쓰게 된 가마솥을 고르시다니, 진정 개성 사람들이 박물(博物)을 좋아한다는 말이 맞는 것 같습니다. 정 그것을 원하신다면 어찌 제가 막겠습니까? 가져 가도록 하십시오."

곧 염 씨는 가마솥을 말에 싣고 기생집을 떠났다. 그리고 개성으로 돌아와 상점 주인을 만나니, 박 씨는 반갑게 맞으며 물었다.

"이번에는 진정 무슨 물건을 사가지고 왔는가?"

"여전과 다름없이 돈을 허비했으니, 어찌 좋은 물건을 사가지고 왔다고 하겠습니까? 그저 이것밖에 가져온 것이 없답니다."

그리고 염 씨는 주인 박 씨에게 미안해 하면서 가마솥을 내려놓았다. 이에 박 씨가 그 가마솥을 살펴보더니 크게 놀라면서 칭찬했다.

"오, 기이한 사람이로다. 이런 물건을 알아보고 사오다니! 역시 재능이 뛰어나다고 했더니 그 능력을 발휘하는구먼. 이제야 자네의 박물에 대한 식견에 감복하지 않을 수 없겠네."

이처럼 크게 감탄한 주인 박 씨가 가마솥을 거듭 만지면서, 다음과 같은 내력을 설명하는 것이었다.

"이것은 왜국의 '오금부'(烏金釜: 검은 색 금으로 된 가마)라는 것인데, 임진왜란 때 왜군 장수가 가지고 왔다가 평양에서 분실했다고 들었네, 내 어릴 적부터 이 얘기를 전해 듣고 이것을 얻어 보려고 무척 애를 썼지만 백발이 다 되도록 구하지 못했거늘, 지금 자네가 이것을 알아보고 가져왔으니 어찌 기이하지 않겠는가. 정말 신기한 일이로구먼."

주인 박 씨는 이렇게 설명한 뒤 곧바로 왜관(倭館)에 알리니, 왜인들이 이 가마솥을 보고는 크게 놀라면서 값을 따지지 않고 수만 냥의 돈을 내주는 것이었다.

상점 주인은 그 돈의 절반을 염 씨에게 주면서 치하했다. 이에 염 씨는 사양하면서,

"본래 주인의 돈을 가져 가서 모두 탕진했으니, 이 돈은 주인의 돈입니다. 게다가 그 복이라는 것 역시 주인의 복인데, 제가 어찌 남의 이익으로 남은 돈을 받을 수가 있겠습니까? 그 동안의 배려만으로도 감사합니다."

라고 말하니, 주인 박 씨는 억지로 그 돈을 말에 실어 보내주는 것이었다. 그리하여 염 씨는 이 돈을 싣고 한양으로 돌아왔다.

옛집에 도착하니 아내와 아이들이 모두 기다리고 있었다. 집을 나간 지 7년 만에 돌아온 염 씨는 이 돈으로 가업을 일으켜 큰 부자가 되었다.

빗나간 화살

천석꾼 부자 고 첨지는 성질이 포악하고 재물엔 인색한 수전노라 고을 사람들의 원성이 자자해 원통함을 풀어 달라는 민원이 수없이 관가에 올라갔지만, 그의 악행은 날이 갈수록 더했다.

고 첨지는 산삼이다, 우황이다, 온갖 진귀한 것들을 구해다 사또에게 바쳐서 사또를 한통속으로 만들어 놓았기 때문이다.

어느 날 아침, 고 첨지네 말 한 마리가 없어져 집안이 발칵 뒤집혔다. 집사와 하인들이 온 고을을 뒤지며 수소문 끝에 용천다리 아래 거지 떼들이 간밤에 잡아먹어 버렸다는 것을 알아냈다.

그날 밤, 화가 치밀어 뚜껑이 열린 고 첨지가 손수 횃불을 들고 용천다리 아래로 가서 거지들의 움막집에 불을 질렀다. 불길은 하늘로 치솟고 뛰쳐나오는 거지들을 고 첨지네 하인들은 몽둥이 찜질을 했다.

집으로 돌아와 아직도 화가 덜 풀려 약주를 마시고 있는 고 첨지 앞에 안방마님이 들어와 앉으며 말했다.

"저는 한평생 영감이 하는 일에 한마디도 간여하지 않았습니다. 영감이 몇 번이나 첩살림을 차릴 때도!"

"어흠, 어흠."

입이 열 개라도 할 말이 없는 고 첨지가 천장만 쳐다보고 있는데 부인이 말했다.

"이번엔 제 말 한마디만 들어주십시오."

"뭣이오?"

"그들이 오죽 배가 고팠으면 말을 잡아먹었겠습니까? 그리고 이 엄동설한 밤중에 그들의 움막집을 태우면 그들은 모두 얼어 죽습니다. 제 소원 한 번만 들어주십시오."

천하의 인간 망종 고 첨지도 가슴 속에 한 가닥 양심이 꿈틀대기 시작했다. 순식간에 움막집을 날려버리고 강둑에서 모닥불에 모여 앉아 달달 떨고 있는 거지들을 집으로 데려오게 했다.

여자와 아이들은 찬모 방에 들여보내고 남정네 거지들은 행랑에 넣었다. 고 첨지가 행랑문을 열어젖히고 들어가자 발 디딜 틈 없이 빼곡히 앉은 거지들이 또 무슨 낭패를 당할까 모두 고개를 처박는데

"말고기 먹고 술 안 마시면 체하는 법이여."

거지들이 어리둥절 머리를 들자 술과 안주가 들어왔다.

아녀자들이 모여 있는 찬모 방엔 밥과 고깃국이 들어갔다. 그날 밤 고 첨지는 거지들에게 술을 따라주고 자신도 몇 잔 받아 마시며 가지가 된 사연들을 물어봤더니 코끝이 시큰해졌다.

"우리집에 방이 많이 있으니 겨울을 여기서 나거라. 봄이 오면 양지바른 곳에 집들을 지어줄 터이니."

행랑은 울음바다가 되었고 소식을 전해 들은 찬모 방에서도 감격의

울음이 터져 나왔다. 안방에서는 마님의 울음이 터졌다.

"영감, 정말 대인이십니다!"

눈이 펄펄 오던 날 마실 가던 고 첨지가 노스님을 만났다.

노스님이 눈을 크게 뜨고 고 첨지를 자세히 보더니

"관상이 변했소이다. 화살이 날아와 아슬아슬하게 목을 스치고 지나가리다."

이 말에 고 첨지는 빙긋 웃으며

"그럼 안 죽겠네."

어느 날 밤, 고 첨지네 행랑에서 떠들썩하게 거지들이 새끼 꼬고 짚신 만들고 가마니를 짜는데 행색이 초란한 선비 하나가 들어오더니

"고 첨지라는 못돼 먹은 인간이 온갖 악행을 다한다는데, 여기는 당한 사람이 없소이까?"

이튿날 새벽, 사또가 헐레벌떡 고 첨지를 찾아왔다.

"고 첨지! 큰일 났소. 어젯밤 암행어사가 당신 집 행랑방에서 거지 떼들에게 몰매를 맞고 주막에 누워 있소. 의원이 그러는데 크게 다치지는 않은 모양이오. 의원이 진맥을 하다가 마패를 보고 내게 알려준 거요."

얼마 후 고 첨지는 임금이 하사한 큰 상을 받았다.

"부인, 이 상은 부인의 것이오. 소인의 절을 받으시오."

부인의 말을 들은 고 첨지에게 화가 복이 되어 돌아왔다.

꿩과 오리와 뱁새 잡는 법

어느 고을에 해학[농담]을 잘 하는 사람이 있었는데, 하루는 무하군자(無河君子:아무것도 없다는 뜻)에게 물었다.

"군자께서는 꿩과 오리와 뱁새를 어떻게 잡아야 하는 지 알고 있습니까?"

"아, 그거야 별로 어렵지 않지요. 쉽게 잡는 방법이 있답니다."

이러면서 그는 다음과 같은 방법을 일러주는 것이었다. 먼저 꿩을 잡는 방법은 이러했다.

가느다란 노끈을 준비하는데, 그 길이는 마음대로 정해도 된다. 이 노끈 끝에는 콩알에 구멍을 뚫어 꿰어서는 풀리지 않게 잘 묶는다. 그리고 콩알의 겉면에는 기름을 발라 반질반질하게 만든다.

이것을 가지고 산 속으로 들어가서 노끈의 한쪽 끝은 잡고, 나머지 콩알이 달린 부분은 꿩들이 잘 숨어드는 나무뿌리 근처에 던져 놓는 것이다.

이렇게 해두면 일단 모든 준비는 끝난다. 그리고 숨어서 기다리다 보면 꿩이 와서 콩알을 집어 먹는데, 물론 노끈까지 함께 몸 속으로 들어가게 된다.

그러나 콩알의 겉면에는 기름이 묻어 있으니 몸 속에 들어가도 창자를 거치는 동안 조금도 손상되지 않은 채 그대로 대변에 섞여 나오게 된다. 그러면 노끈이 꿩의 입에서 뱃속을 지나 항문으로 꿰이게 되는데, 대변으로 나온 콩알을 다른 꿩이 또 집어먹으면, 그 꿩 역시 창자 속에 노끈이 꿰인 채 콩알은 다시 밖으로 나오는 것이다.

이런 식으로 하루가 지나면 여러 마리의 꿩이 입에서 항문으로 죽 꿰어 연결되니, 이때 노끈만 잡아당기면 줄줄이 꿰인 꿩들이 따라오게 되는 것이다.

따라서 이와 같은 방법이라면 얼마든지 매일 꿩을 잡을 수 있다는 설명이었다.

이어서 물오리를 잡는 방법은 이러했다.

먼저 사람 얼굴이 들어갈 만한 커다란 바가지를 준비한다. 이 바가지 위에 사람을 얼굴을 잘 그린 다음, 오리들이 있는 곳에 띄워 놓는다.

그러면 오리들은 처음에 사람 얼굴을 보고 놀라 경계하며 피하지만, 여러 날이 지나면 그 바가지가 사람이 아니라는 것을 알고 그냥 자연스럽게 지내게 된다.

이때 사람이 그 바가지를 머리에 쓴 채 노끈을 들고 물속에 들어가서, 바가지가 물에 떠 있는 것처럼 보이는 것이다. 그러면 오리들은 이미 훈련이 되어 있어 아무렇지 않게 여기고 접근을 해도 놀라지 않는다.

그 때 물속에서 손으로 오리 발을 잡고 밑으로 잡아당겨 노끈으로 묶어 놓으면, 다른 오리들은 그가 물자막질을 하는 것으로 알고 놀라지 않는다.

이런 식으로 하다 보면 많은 오리의 발을 노끈으로 묶을 수 있으니, 그 끈만 잡아당기면 수많은 오리들이 줄줄이 따라 나오게 된다는 설명이었다.

다음은 뱁새 잡는 방법을 설명하는데, 이러했다.

아주 더운 여름날 좁쌀로 밥을 지어 뭉쳐 가지고, 작은 칼 하나를 준비해서 두 사람이 함께 칡넝쿨이 우거진 산으로 간다.

한낮의 강한 햇볕으로 칡잎이 시들시들할 때, 한 사람은 칼을 들고 칡넝쿨 밑둥치 쪽으로 가서 숨고, 다른 한 사람은 칡잎 위에 좁쌀 밥을 조금씩 얹어 놓는다.

이러고서 반대쪽으로 가서 뱁새를 이쪽으로 몰아오면, 그들이 날아와서는 칡잎 위에 앉아 좁쌀밥을 쪼아 먹게 되는데, 이때 숨어 있던 사람이 칡넝쿨의 밑둥치 부분을 잘라 버리면, 뿌리에서 수분이 올라가지 않아 칡잎들은 금방 햇볕에 의해 오므라들게 된다.

그러면 거기 앉아 있던 새들은 모두 칡잎에 싸여 날아가지 못하고 갇혀 버리게 되는 것이다.

이때 그 위에 불을 붙이면 뱁새들이 모두 구워지니, 집어서 소금만 찍어 먹으면 된다는 설명이었다.

이러한 무하군자의 설명에 듣고 있던 사람들은 탄복을 하면서 입가에 침을 줄줄 흘리더라.

동자승에게 속은 주지

충주에 있는 한 작은 절에 주지승이 어린 동자승을 데리고 살았다. 한데 이 주지 스님이 매우 인색하여 동자승에게 세 끼 식사 외에는 아무 것도 주지 않으면서 언제나,

"절간이라 여유가 없으니 유지해 나가기가 무척 어렵구나."

라고 말하여 어려움만 일깨우는 것이었다.

한편, 절에서는 몇 마리 닭을 기르고 있었는데 주지 스님은 이 닭이 알을 낳으면 그것을 삶아 두었다가 동자승이 잠든 뒤에 혼자 먹곤 했다. 이에 동자승이 그것을 알면서도 모르는 척 주지 스님에게 물었다.

"스님. 닭이 낳은 알을 삶아서 잡수시는 것 같사온데, 그것을 무엇이라 이르는지요?"

"그건 네가 알 필요 없는 일이거늘, 다만 '무뿌리'라 하느니라."

곧 주지 스님은 삶은 계란을 '무뿌리'라고 속여 말해 주었다.

하루 밤에는 주지 스님이 자다가 문득 깼는데, 시간이 얼마나 되었는지 알 수가 없었다. 이에 동자승을 불러 물었다.

"얘야! 시간이 얼마나 되었느냐? 날이 새려면 아직 멀었느냐?"

주지 스님이 부르는 소리에 잠을 깬 동자승은 곧 닭들이 활개를 치면서 '꼬끼오!' 하고 우는 소리를 들었다. 이에 동자승은 하품을 하면서 아뢰었다.

"예, 스님! 이제 날이 새려고 하나 봅니다. 그 '무뿌리 아비'가 방금 꼬끼오! 하고 울었사옵니다."

어느덧 가을철이 다가왔다. 절에는 감나무에 감이 빨갛게 익어 홍시가 되었는데, 주지 스님은 그 홍시를 따 가지고 대바구니에 담아 높은 들보 위에 얹어놓고는, 목이 마를 때마다 내려서 혼자 먹으며 동자승에게는 맛도 보여주지 않는 것이었다.

하루는 동자승이 들보 위의 바구니를 가리키며 물었다.

"스님, 저 대바구니 안에 든 붉은 것을 무엇이라 합니까?"

"아, 아 그것은 독과(毒菓)라는 거란다. 아이들이 먹으면 혀가 문드러져 죽게 되는 것이니라."

이렇게 거짓으로 가르쳐 주었는데, 하루는 주지 스님이 볼일이 생겨 마을로 내려가게 되었다. 이에 동자승을 불러 주의를 주면서 이르는 것이었다.

"내 잠시 볼일이 있어 마을에 다녀올 것이니, 잠시도 방심하지 말고 절을 잘 지키고 있어야 한다."

이에 동자승은 곧 주지 스님이 멀리 사라지는 것을 확인하고서, 긴 막대기를 가져와 들보 위에 바구니를 밀어 떨어뜨렸다. 그리고는 바구니 속에 든 홍시를 실컷 먹었다. 그런 다음 바구니는 떨어진 채 그대로 두고, 주지 스님이 평소 아끼던 차 끓이는 다완을 집어 들어 침실에 놓인 꿀단지를 향해 힘껏 던졌다. 그러자 다완은 박살이 났고, 꿀단지도 깨져 방안에 꿀이 질펀하게 흘렀다.

이렇게 해놓고 동자승은 감나무로 올라가 주지 스님이 돌아올 때까지 기다렸다.

얼마 후 스님이 돌아와 보니 방안에는 꿀단지가 박살 난 채 꿀이 질펀하게 흘러 있고, 들보 위에 얹어 놓은 바구니는 바닥에 떨어져 홍시가 서로 뭉개진 채 아수라장이 되어 있었다.

한데 동자승은 보이지 않으니, 혹시 악한의 침입이 있었나 하고 걱정을 하면서 이리저리 둘러보다가 큰소리로 불렀다.

"얘야! 어디 있느냐? 어서 대답해 보아라!"

"예, 스님! 소인, 여기 감나무 위에 올라와 있습니다요."

그러자 주지 스님은 노발대발하면서 감나무 위를 쳐다보며 속히 내려오라고 소리쳤다. 이때 동자승은 우는 소리로 말했다.

"스님, 소인이 큰 죄를 저질렀사옵니다. 스님 방의 다완을 씻으려고 들어갔다가 잘못해서 꿀단지 위로 떨어뜨렸습니다. 그래서 꿀단지가 깨지고 꿀이 흘러나와 두려운 마음에 죽으려고 생각했사옵니다. 한데 목을 매려고 끈을 찾다가 찾지 못하고, 칼로 찔러 죽으려다가 칼을 찾지 못해 할 수 없이 독과를 먹고 죽으려고 작정했습니다. 그래서 막대기로 독과 바구니를 떨어뜨려 독과를 많이 먹었사오나, 소인의 몸이 완악하여 쉽게 죽질 않았사옵니다. 할 수 없이 독과 나무의 독을 맞아 죽으려고 이렇게 올라왔는데, 아직까지 죽지 않고 있사옵니다."

이에 주지 스님은 크게 웃으며 내려오라고 하여 용서하더라.

귀암계곡 호랑이

절벽이 병풍처럼 둘러 있어 하늘이 손바닥만 하게 뚫어진 귀암계곡 30리를 빠져 나가려면 초입에 자리잡은 주막집에서 여럿이 모여 무리를 지어 떠나야 했다. 가끔 산적들이 길을 막기도 하고 호랑이가 대낮에 나타나기도 하기 때문이다.

입춘이 지난 어느 날, 주막집에서 열 두 사람이 모여 아침상을 물리고 눈발이 흩날리는 귀암계곡으로 들어섰다.

절벽에 붙어서 얼음판을 건너며 열두 명의 길손들은 말없이 걸음을 옮기는데 눈발이 점점 굵어지는 게 걱정거리가 되었다.

아니나 다를까 먹장 하늘에서 폭설이 퍼붓고 지난번 왔던 눈이 채 녹지도 않은 터라 이내 허리춤까지 눈에 파묻혀 길손들은 거북이 걸음이 되었다.

이리저리 눈밭을 헤치며 앞으로 나가다가 그들은 심마니들과 사냥꾼들이 만들어 놓은 대피막을 발견, 죽은 목숨이 살아난 듯이 안도의 한숨을 토했다.

엉성하게 눈비만 피할 수 있는 대피막 속에 들어가 모닥불을 지피고 빙 둘러앉자 바깥은 이내 어두움이 깔렸다.

그때, 어흥! 호랑이의 울음이 산천을 찢더니 집채만 한 놈이 대피막 주변을 어슬렁어슬렁 돌기 시작했다. 보부상, 소금장수, 도편수, 탁발승… 산전수전 다 겪었다는 남정네들이 설설 오줌을 쌌다.

대피막을 흔드는 호랑이의 포효가 그칠 줄 모르자 보부상이 떨리는 목소리로 말했다.

"하, 하, 한 사람만 희, 희 희생양이 되어줘야겠어."

열한 명의 시선이 보따리 하나를 안고 구석에 쪼그리고 앉아 있던 열세 살 어린 소년에게 쏠렸다. 새파랗게 질린 소년은 울음을 터뜨리며

"살려주세요. 홀로된 어머님을 제가 모셔야 해요. 살려주세요! 제발."

탁발승은 눈을 내리깔고 나무아미타불만 외고 있었다.

이윽고 사립문이 열리고 어린 소년이 나뒹굴어 내팽개쳐졌다. 혼절했던 소년이 눈을 떴을 때 그는 따뜻한 호랑이 품에 안겨 있었다.

동향을 한 바위굴 속으로 아침 햇살이 쏟아져 들어왔다. 소년은 호랑이가 무섭지 않았다. 옆에 삐쩍 마른 암컷 호랑이가 입을 크게 벌렸다.

소년은 팔을 뻗어 호랑이 목구멍에 박혀 있는 뾰족한 산돼지 송곳니를 뽑았다. 산돼지 송곳니 때문에 먹지 못해 수척한 암컷 호랑이는 수놈이 잡아놓은 사슴을 걸신들린 듯이 뜯어먹기 시작했다.

그날 밤, 소년은 호랑이 등에 업혀서 집으로 돌아갔다.

다음날 이른 아침, 소년의 어머니가 소리쳐 소년이 나가 보니 마당에 커다란 곰이 쓰러져 있었다.

그런 일이 있은 후부터 사흘이 멀다 하고 사슴 · 멧돼지 · 노루가 마당

에 널브러졌다. 웅단, 사향에 고기는 고기대로 팔아 홀어머니와 소년은 부자가 되었다.

늦은 봄, 눈이 녹자 눈사태로 매몰되었던 대피막에서 탁발승을 포함한 열한 구의 시체가 나왔다.

자라머리를 베다

옛날 한양에 여색을 좋아하는 벼슬아치와 투기가 심한 부인이 살고 있었다. 벼슬아치가 기생집 드나들기에 재미를 붙이니, 질투가 심한 그의 아내가 이것을 가만히 보고만 있을 리 있겠는가?

항상 그는 아내의 질투를 걱정하던 중 하루는 자라 모가지 하나를 소매 속에 넣고 안방에 들었다. 아내가 뒤좇아 들어오며 강짜를 부리자, 남자는 일부러 화를 내며 고함쳐 말했다.

"무릇 사나이의 욕정을 불러일으키는 것이 모두 이 한 물건 때문이니, 이 한 물건이 아니라면 무슨 걱정이 있으리오."

하고 말한 다음 칼을 꺼내어 그 물건을 베어버리는 척 하고는 곧 그 베어진 것을(자라 모가지) 뜰에 던져 버렸다.

이에 그 아내가 크게 놀라 남편의 앞으로 다가오더니 허리를 부여잡고 통곡하며 말했다.

"내 비록 질투가 심하다 하나 어찌 이 지경까지 이르렀소이까?"

하고 흐느끼는데, 때마침 아내의 젖어멈이 뜰로 뛰어나가 던진 물건을 자세히 바라보더니

“아씨 걱정하지 마세요. 이 물건이 눈이 둘이요, 그 위에 빛깔까지 알록달록 하니 제가 장담하건데 양두가 아닙니다요.”

하고 떠느니 그 말에 부인이 크게 웃고 다시는 질투하지 않았다고 한다.

열녀는 절개를 지킨다

옛날 중국에서 전해지던 이야기 중에 이런 것이 있다.

장주(莊周 : 옛날 중국의 학자인 장자를 말함)가 멀리 집을 떠나 여행했다가 돌아와 아내에게 말했다.

"내 여행하는 동안 괴이한 일을 보았소."

"무슨 일을 보았는데 그렇게 괴이하다고 하십니까?"

"아, 글쎄 들어보구려. 길가에 한 무덤이 있었는데, 아름답게 생긴 부인이 그 옆에 앉아 무덤에 부채질을 하고 있었다오. 그래서 내가 괴이하게 생각하고 그 까닭을 물어보았소."

"그래서요? 그 부인이 뭐라고 했습니까?"

"그 대답이 가히 충격적이었소. 즉, 그것은 자기 남편의 무덤인데 죽으면서 유언하기를, 자기가 죽은 후 아내가 재혼하는 것은 무방하지만, 자기 무덤의 풀이 마르고 난 뒤에 하라고 했답디다. 그래서 무덤의 풀이 빨리 마르라고 부채질을 하고 있다는 대답이었소. 참 우습지 않소이까?"

"여보, 그 여자를 꾸짖지 않고 그냥 두셨어요? 남편이 죽고 나서 3년이 지난 뒤 재혼하는 것은 혹시 용인될 수도 있지만, 장례를 치른 지 얼마되지도 않았는데 부채질까지 해가며 빨리 재혼하려는 것은 음부나 하는 짓이지요. 당장 능지처참을 했어도 마땅한 여자입니다."

"아, 부인! 당신은 내가 만약 죽었다고 할 때, 3년이 지난 뒤라야 재혼을 하겠구려."

"여보! 그 무슨 말씀입니까? 열녀는 불경이부(烈女不更二夫)인데, 어찌 개가를 한단 말입니까?"

장주와 부인은 이런 대화를 하면서 행복해 했다.

그런데 이날 밤, 장주가 갑자기 병이 들어 잠시 앓다가 그만 죽고 말았다. 부인은 슬퍼서 시체를 부여안고 통곡을 하는데, 이때 마침 얼굴이 관옥 같이 아름답고 잘 생긴 젊은이가 어린 소년 하나를 데리고 청노새를 탄 채 그 앞을 지나갔다. 이에 젊은이는 부인의 통곡 소리를 듣고 까닭을 물었다.

"무슨 일로 이렇게 슬퍼하고 계십니까?"

"남편이 갑자기 세상을 떠나 슬퍼서 애통해 하고 있습니다. 게다가 염습을 도와줄 사람조차 없어 이렇게 울고 있답니다."

"아, 부인! 걱정하지 마십시오. 내가 도와 드리리다."

젊은이는 곧 주머니에서 돈을 꺼내 소년에게 주면서, 옷이며 관곽 등 장례에 필요한 물품을 사오라고 시켰다. 그리고 시신을 잘 염습해 후원에 빈(殯:무덤 만들기 전에 임시로 묻어 두는 것)을 하고 일을 끝마쳤다.

그리고 나서 젊은이는 부인에게 말했다.

"내 아직까지 결혼하지 않아 아내가 없답니다. 이제 부인과 함께 살며 일생을 해로하고 싶은데 어떠신지요?"

이 말을 들은 부인은 젊은이의 우아함을 흠모하여, 그렇게 하겠다고 허락했다. 그리하여 곧 고운 새 옷으로 갈아입고 이부자리를 화려한 것으로 바꾼 다음, 젊은이와 잠자리에 들어 뜨거운 며칠을 꿈처럼 지냈다.

그런데 이 젊은이 또한 갑자기 병들어 심하게 앓는 것이었다. 부인이 어쩔 줄 몰라 당황하고 있으니 따라온 소년이 말했다.

"우리 도련님은 평소 이런 증상을 보이는 병을 가지고 있습니다. 이럴 때는 사람의 해골만이 약이 되는데, 어디서 그 해골을 구하지 못하면 곧 죽게 됩니다."

이에 부인은 한참 동안 생각하다가 일어나서 도끼를 들고 후원으로 갔다. 그리고 임시로 묻어둔 남편의 빈을 헤치고 관뚜껑을 열어 머리를 노출시키는데, 갑자기 그 속에 누워 있던 남편이 벌떡 일어나며 소리쳤다.

"부인! 그 도끼로 무엇을 하려는 게요?"

그러자 놀란 부인은 한동안 말을 못하다가 정신을 가다듬어,

"예, 당신이 갑자기 죽어 여기에 빈을 만드는 중입니다."

라고 말하니, 남편은 부인의 손을 잡고 방으로 들어가는 것이었다. 그런데 앓아서 누워 있던 젊은이도 소년도 간 곳이 없었다. 곧 남편은 부인을 향해 추궁했다.

"내가 죽었으니 부인은 마땅히 상복을 입고 거적을 깔고 슬퍼해야 하거늘, 이 좋은 이부자리는 무엇이며 왜 그렇게 화려한 옷을 입고 있는 게요?"

"내 슬프고 마음이 급해 미쳐 옷을 갈아입지 못했답니다."

이에 남편은 웃으면서 이렇게 말했다.

"며칠 전 죽은 것도 나였고, 청노새를 타고 나타난 젊은이도 내가 변장한 것이며, 사람 해골을 먹어야 한다고 한 것도 바로 나라오. 전에 당신은 내 이야기를 듣고 열녀 불경이부라고 하지 않았소. 한데 죽은 남편 해골을 도끼로 자르려는 행동이 어찌 열녀가 할 일이겠소? 오히려 무덤의 풀이 빨리 마르라고 부채질하는 여인이 더 열녀인 듯싶구려."

이에 부인은 입을 다물고 말이 없더라.

까막눈

봉득이는 뼈대 있는 집안에서 태어났으나 여섯 살 때 모친을 병으로 여의고 부친은 화병으로 드러누웠다.

어느 날 부친과 의형제를 맺은 최 참봉이 강 건너 문병을 왔다. 두 사람은 최 참봉의 딸과 봉득이를 나이가 차면 혼인시키기로 약조한 사이다.

"내가 죽거든 우리 봉득이를 자네가 좀 맡아주게."

두 사람은 손을 굳게 잡았다.

한 달이 지나 봉득이 아버지가 이승을 하직하자 봉득이는 최 참봉네 집으로 들어가게 됐다. 선친의 의형제 최 참봉은 여섯 살 봉득이의 거처를 행랑으로 정해 줬다.

봉득이는 마당도 쓸고 잔심부름도 하며 밥값을 하다가 어느 날 최 참봉에게 서당으로 가서 글을 배우고 싶다고 청을 올리자, 최 참봉 왈

"글은 배워서 어디에 써먹을 게야! 너는 열여섯이 되면 내 사위가 돼 우리집 살림을 꾸려가야 해. 내가 아들이 있냐, 양자가 있냐, 네가 이 집 대주가 되는 거야."

최 참봉은 어린 봉득이를 머슴처럼 부렸다.

봉득이도 최 참봉의 약속을 믿고 뼈가 부서져라 일했다. 봉득이 조실부모하고 최 참봉 집에 들어온 지 10년, 열여섯이 되어 최 참봉 딸과 혼례를 올릴 바로 그 해가 됐다.

우수가 지난 어느 날, 최 참봉은 봉득이에게 심부름을 시켰다.

"너, 수리재에 다녀와야겠다."

봉득은 놀랐다.

"수리재라면 산적이 들끓는…."

"겁낼 것 없다. 이 서찰과 물건을 가지고 수리재 꼭대기에 가면 사람이 기다릴 것이다. 부지런히 걸으면 내일쯤 그 곳에 당도할 수 있을 게야."

봉득이는 서찰을 품에 넣고 겹겹이 싼 길고 묵직한 물건을 들고 걸음을 재촉했다.

저녁나절 찬비를 맞고 오들오들 떨며 주막에 들어갔다. 뜨끈뜨끈한 구들방에 들어가 가장 먼저 젖은 서찰을 곱게 펴서 말렸다. 한방에 유숙할 노스님이 힐끗 서찰을 보더니 깜짝 놀라며 소리치듯 말했다.

"젊은이, 까막눈인가?"

"왜 남의 편지는 훔쳐 보고 그래요!"

봉득이 눈을 흘기자 노스님은 목탁으로 봉득의 등짝을 후려치며

"이놈아, 이 편지를 내가 읽어볼 테니 어디 한 번 들어봐라. '오 장수님, 명장이 빚은 명검을 올립니다. 이 명검의 칼날이 얼마나 예리한지 이걸 가지고 간 녀석의 목을 쳐서 시험해 주시기 바랍니다.'"

오 장수는 수리재 산적 두목으로 최 참봉은 매년 그에게 공물을 바쳐 화를 면해 왔다.

이튿날 아침, 봉득이는 스님을 따라 첩첩산골 암자로 들어갔다.

최 참봉에 대한 원한보다는 자신을 죽이려는 글 한 줄 몰랐다는 게 한스러워 죽기 살기로 공부해 5년 만에 과거에 급제해 암행어사가 됐다.

봄비가 추적추적 오는 어느 날 밤, 새파란 셋째 첩을 끼고 누운 최 참봉 방문이 스르르 열리고 암행어사가 장검을 들고 나타났다.

"보, 보, 봉득이!"

하며 놀란 최 참봉에게 봉득이는 낮은 목소리로 말했다.

"칼날이 아직도 무디어 지지 않았는지 시험해 봐야겠습니다."

종놈의 행패

어느 고을에 한 부인이 살고 있었는데, 남편이 어린 아들 하나만을 남겨둔 채 병이 들어 세상을 떠났다.

그 뒤로 이 부인은 혼자서 종들을 거느리고 살아가면서, 어린 아들을 지나치게 귀애한 나머지 교육을 제대로 시키지 못해 아들이 장성한 뒤에도 철이 없는 어리석은 사람이 되고 말았다.

그리하여 하루는 부인이 아들을 불러 앉혀 놓고 이렇게 당부했다.

“너는 내일 종을 데리고 대구로 내려가서, 예전 우리 집 종들을 찾아 그 몸값을 받아오는 추노(推奴)의 직분을 수행하고 오너라.”

이에 아들은 종 하나를 거느린 채 말을 타고 대구로 향했다. 한데 이 종은 매우 완악하여 어리석은 상전의 말을 듣지 않고 깔보면서 놀리기까지 했다.

부인의 아들이 말을 타고 가면서 종에게 물었다.

“여기에서 대구까지는 몇 리나 되느냐?”

이렇게 대구까지의 거리를 물었는데, 종은 일부러 어리석은 상전을 놀리느라 지명 이름 ‘대구(大邱)’를 물고기 이름 ‘대구(大口)’로 해석하고, '거리'를 말하는 '리(里)'를 '차아(齒牙)'인 '이'로 해석하여 이렇게 대답하는 것이었다.

"대구는 위의 이빨이 16개이고 아래의 이빨도 16개라, 모두 합해 32개의 이빨이 있습니다."

또한 날이 저물어 한 여관에 들자 부인의 아들은,

"방에 '자리(앉는 방석 자리를 뜻함)'가 있을까?"
하고 다시 종에게 물었다. 그러자 이 종은 또 상전을 놀리느라 달리 해석하여 대답을 하는데,

"잘 데가 없으면 소인과 함께 자면 됩니다."
하고 말하는 것이었다. 곧, '자리'를 '잠 잘 장소'로 해석한 대답이었다.

"잘 때 빈대나 이 같은 게 없을까? 이 여관방에는 '물 것'이 없는지 모르겠구나."

그러자 종은 또 이렇게 대답하는 것이었다.

"도련님! '물 것(입에 물 물건으로 해석)'이 없으면 소인의 음경을 물면 됩니다. 걱정하지 마십시오."

부인의 아들은 비록 어리고 어리석었으나 상전인데, 이 완악한 종은 사사건건 이런 식으로 놀리니 더 이상 참기가 어려웠다. 이에 그 아들은 화가 나서 꾸짖어 말했다.

"내 너를 엎어 놓고 볼기를 때려 잘라 버렸으면 좋겠다."

그러자 종은 다시 히죽히죽 웃으면서 이렇게 대꾸했다.

"도련님이 때려 자르지 않아도, 소인의 둔부는 이미 두 조각으로 갈라져 있습니다요."

이러니 부인의 아들은 화가 나서 더 이상 이 종과 대구로 내려가기 싫어 도중에 되돌아왔다. 그리고 모친에게 종의 행패에 대해 모두 아뢰니, 부인은 종놈의 행동을 문제 삼아 다른 종들을 시켜 엎어 놓고 볼기를 치라고 했다.

그러자 이 종은 볼기를 맞으면서 부인을 향해 말했다.

"소인, 농담으로 그런 말한 것은 사실입니다. 하지만 그 말을 할 때 도련님과 소인밖에 아무도 들은 사람이 없었습니다. 그렇다면 설마 도련님이 안방마님께 이 사실을 고해 바치지는 않았을 테고, 대체 어떤 쥐새끼가 그런 겁니까요?"

그러자 부인의 아들은 바지춤에 손을 질러 넣은 채 마루를 오락가락 배회하면서 중얼거렸다.

'난 말하지 않았어! 난 결코 말하지 않았다니까!'

아들은 고개를 숙이고 이렇게 계속 중얼거리고 있었다.

이 이야기에 부묵자는 이런 평을 붙여 놓았다.

"아아, 공자는 사랑하면 노력을 많이 하게 하고, 충성을 할 때는 깨우쳐 주는 일을 함께 해야 된다고 했다. 옛 성현들 역시 사랑하면서 노력을 시키지 않으면 새나 송아지를 사랑하는 것이 되고, 충성을 할 때 깨우쳐 주길 함께 하지 않으면 부녀자들이 남편을 섬기는 거나 같은 것이라고 해석했다. 이 이야기 속의 부인도 자식을 사랑하기만 하고, 열심히 노력하게 하지 않았던 결과 이렇게 된 것이로다."

움켜쥔 단추

강원도 정선 땅 첩첩산중 담비골에 단 두 집이, 윗집엔 심마니 내외가 아랫집엔 사냥꾼 내외가 살았다. 그들은 친형제처럼 내 것 네 것이 없었다.

어느 깊은 가을날 산삼을 캐러 간 심마니가 밤이 늦도록 돌아오지 않아 심마니 부인은 쪽마루에 걸터앉아 남편 오기만을 기다리는데 아랫집 사냥꾼이 올라와 한다는 말이

"형수님, 우리 집사람 여기 안 왔습니까?"

심마니와 사냥꾼 마누라가 눈이 맞아 도망쳐버린 것이다. 심마니 부인은 식음을 전폐하고 드러누워 버렸는데 연놈들을 찾으러 간다며 대처로 나갔다가 3일 만에 헛걸음을 치고 돌아온 사냥꾼이

"형수님, 이러시면 안 됩니다, 일어나 이것 좀 드세요."

하고 음식을 권했다.

아랫집에서는 생홀아비가 윗집에서는 생과부가 분노와 한숨으로 살아가다가 눈이 펄펄 오던 어느 겨울날 밤, 사냥꾼이 술냄새를 풍기며 윗집 생과부 방으로 들어가자, 그녀도 기다렸다는 듯이 품에 안겨 광란의

밤을 보냈다.

자연스럽게 두 사람은 부부가 되어 새살림을 차렸다. 사냥꾼은 심마니 부인을 형수님이라 부르는 대신 여보라 불렀고, 그녀도 자연스럽게 사냥꾼을 서방님이라 불렀다.

사냥꾼은 하룻밤도 거르지 않고 심마니 부인의 고쟁이를 벗겼고, 그녀 또한 새로운 밤놀이에 심신이 들떴다. 지난 가을의 분노와 한숨은 까마득히 잊어버리고 새 삶이 너무 짜릿해 웃음꽃이 질 날이 없었다.

꽃피고 새 우는 화사한 봄날이 찾아왔다. 산나물을 뜯으러 산 속으로 들어간 사냥꾼 새마누라는 사냥꾼이 좋아하는 곰취를 뜯으러 점점 깊이 들어가다 깜짝 놀라 걸음을 멈췄다. 바위 사이 풀 속에 처박힌 시체, 그것은 사냥꾼 부인과 도망쳤다던 남편 심마니였다.

움켜쥔 오른손을 펴자 단추 하나가 나왔다. 그녀는 단추를 들고 허겁지겁 집으로 돌아왔다. 가을에 입던 사냥꾼의 조끼를 꺼내자 단추 하나가 떨어졌고 나머지 단추와 그녀가 갖고 온 단추는 같은 모양새였다.

그때 사냥꾼이 방으로 따라 들어와 방바닥에 엎드려 울면서

"용서해 주시오. 당신을 처음 본 순간부터 나는 미칠 것만 같았소. 으흐흐흑."

망연자실 천장만 바라보던 부인이 조끼와 단추를 들고 나가더니 부엌 아궁이 불 속에 던져버리고는 방으로 들어와 배시시 웃으며 아양을 떨었다.

"나도 서방님 품에 안기는 꿈을 수 없이 꾸었습니다."

사냥꾼은 감격하여 그녀를 안았다. 운우가 지나고 땀을 훔치지도 않

고 속치마만 걸친 채 그녀는 부엌에서 술상을 차려왔다. 사냥꾼이 하체만 가린 채 벌컥벌컥 술잔을 단숨에 비우고, 그리고 초점 잃은 눈을 크게 뜨더니 피를 토하며 꼬꾸라졌다.

지아비를 죽인 원수를 갚은 것이다.

이튿날 산 속으로 들어간 그녀는 억울하게 죽은 심마니 시체를 수습하여 땅에 묻고 술을 따라 제를 올렸다. 또한 사냥꾼의 시신도 수습해서 양지바른 곳에 묻고 술을 따랐다. 지아비를 죽인 원수지만 그 또한 다섯 달 동안 살을 섞은 지아비가 아닌가. 거름더미 속에 파묻혀 있던 사냥꾼 부인의 시체도 찾아내 땅에 묻었다.

그날 밤, 담비골 두 집엔 시뻘건 불길이 치솟아 오르고 그녀는 어디론가 종적을 감췄다.

까막눈 뱃사공

꽃피고 새 우는 어느 봄날 해거름, 운포나루 뱃사공 고 씨가 허달스님을 강 건네 주려고 닻을 올리는데 때마침 기생들을 데리고 천렵을 갔던 고을 세도가 자제들이 술에 취해 노래를 부르며 나루터로 몰려왔다.

사또 아들, 천석꾼 오 첨지 아들, 관찰사 조카가 기생을 하나씩 끼고 꼴사납게 치마 밑으로 손을 넣으며 키득거리고 다가와

"친구가 아직 안 왔으니 배 띄우지 말고 기다려!"

하며 큰소리를 쳤다. 패거리 중 하나가 어지간히 급했는지 기생을 끼고 솔밭으로 들어간 것이었다.

"스님이 강을 건너야 하는데 지체했다간 날이 어두워집니다. 스님을 먼저 건네드리고 오겠습니다요."

늙은 뱃사공이 사정을 해도 그들은 막무가내다.

"지금쯤 옥문을 닦으며 치마를 추스르고 있을 게야. 기다려!"

사또 아들은 뱃사공을 부르더니 땅바닥에 '내 천(川)' 자를 쓰고는

"이게 무슨 글자인지 아는가?"

하고 물었다. 눈만 끔벅거리는 뱃사공이

“모르겠습니다요.”

하자 웃음보가 터졌다.

사또 아들은 오십 줄에 접어든 뱃사공을 부뚜막에 올라간 강아지 때리듯 막대기로 때리며

“하루에 수십 번 내를 건너며 내 천자도 모르다니. 아는 것이라곤 낮에 배 타고 밤이면 마누라 배 타는 것 뿐이지!”

그 말에 또 웃음이 터졌다.

보다 못한 스님의 대갈일성

“젊은이들이 언행이 거칠구먼!”

하지만, 오 첨지 아들은

“공산에 달이 뜨는 개 짖는 소리 요란하도다.”

라며 도리어 스님을 비꼬았고, 기생들까지 배꼽을 잡고 웃었다.

스님은 벌겋게 달아올랐지만 참는 수밖에 도리가 없었다.

기생을 끼고 솔밭으로 들어갔던 황 부잣집 아들이 돌아오자 모두 배에 올랐다. 스님이 오르려는데 노를 잡고 밀어서 스님은 엉덩방아를 찧었고 배는 떠나버렸다. 또 웃음이 터졌다. 배 위에서는 춤판이 벌어졌다.

“안 됩니다. 배가 뒤집힐 수도 있습니다요.”

“당신이 노로 균형을 잡아!”

그들은 막무가내였다. 기어코 강 한가운데서 배가 뒤집어졌다. 며칠 전 큰 봄비로 강물이 불어 강 한가운데는 아수라장이 됐다. 뱃사공이 헤엄을 치다가 뒤를 돌아보며 말했다.

“선비님들 헤엄 못 치시오?”

"못쳐, 못쳐, 어푸 어푸!"

"내를 건널 땐 내 천 자는 몰라도 헤엄은 칠 줄 알아야지요."

뱃사공은 유유히 헤엄쳐 나루터로 돌아왔다.

그날 밤 혈혈단신 뱃사공 고 씨가 살던 나루터의 초가삼간이 불길에 휩싸였다. 아우성을 집어삼킨 강물은 말없이 칠흑같은 어둠 속으로 흘러갔다.

스님과 뱃사공 고 씨는 흔적도 없이 사라졌다.

엉큼한 머슴놈

어느 산마을에 삼십 살이 된 과부가 한껏 젊음이 피어나는 십칠팔 세의 머슴과 단 둘이서 살고 있었다.

머슴놈은 언뜻 겉으로 보기엔 어딘가 모자란 듯하였으나 속으로는 나름대로 세상 이치를 알고 있는 터라 음흉하기 그지 없었다.

봄은 산천을 막론하고 어디든지 찾아오는 법, 이 머슴놈도 나이가 먹으니 사춘기를 맞아 여인의 육체를 막연하게 그리워하고 있었다.

하루는 주인마님이 머슴놈을 조용히 불렀다.

"얘!"

"네?"

그러나 과부는 좀 계면쩍은 지 잠시 머뭇거리며 머슴놈을 바라보다가 이 바보 같은 천지가 뭘 알까 싶어 입을 떼었다.

"너 ×지를 아느냐?"

머슴놈은 속으로 흥, 고것! 하면서도 엉뚱한 소리를 했다.

"알고 말고요."

머슴놈의 대답에 과부는 깜짝 놀랐다.

자기는 이놈이 그런 것은 전혀 모를 줄 알고 물었는데 안다니……. 그러나 이왕 내친 말이라 더 묻지 않을 수 없었다.

"그럼 그게 무엇이냐?"

"마님! 그건 다름 아니라 매일 아침마다 세수할 때 우르릉 하면서 지내가는 번개불 소리가 아닙니까?"

"그래 맞았다."

과부는 옳지, 네깐놈이 알긴 뭘 안단 말이냐 하면서 맞았다고 응수해 주었다.

그러자 이 엉큼한 머슴놈은 속으로 흥! 하고 코웃음을 치면서 재차 물었다.

"그런데 마님, 그건 왜 물으십니까?"

"응! 다름이 아니라, 내일 아침 그 뇌성이 일지 않으면 건너편 갈미봉에 있는 뽕밭으로 뽕을 따러 갈려고 그런다. 뇌성이 잦으면 비가 오기 마련이지. 산에서 비를 맞으면 곤란하잖겠느냐."

과부는 편안하게 말을 꾸미었다.

"네— 그렇습죠. 그럼 내일 소인도 가게 됩니까?"

"그럼, 네가 가야 뽕잎을 딸 수가 있잖겠느냐."

"그렇고 말고요. 잘 알았습니다."

머슴놈은 과부 앞을 물러나와 곰곰히 한 꾀를 생각하기 시작했다.

건너편 갈미봉은 마을에서는 그리 멀지는 않지만 계곡이 원체 험하고 숲이 울창해 대낮에도 인적이 드물고 통행하기 심히 조심스러운 곳이었다. 그래 과부는 생각하기를 그런 외진 곳으로 머슴놈을 데리고 가자니 그놈 역시 다 큰 사내놈이라 혹시 수상한 짓이라도 하지 않을까 염려되어서 여자의 그것을 아느냐고 물어보았던 것이다.

그러나 과부는 안심했다. 여자의 그것도 모르는 녀석이 그 짓을 할 줄이야 어찌 알겠느냐 하고.

허나 머슴놈은 또 머슴놈 대로 한 꾀를 생각하고 빙긋이 웃었다.

'홍, ×지를 뭐, 번개소리라고?'

생각할수록 저절로 웃음보가 터져 나왔다.

문제의 다음날이 밝았다.

"얘야!"

과부는 뽕따러 갈 차비를 차리고 머슴놈을 불렀다.

"네!"

"오늘 아침에 천둥소리를 들었느냐?"

"아, 그 ×지 말입죠? 소인은 아직 못 들었습니다."

머슴의 말에 과부는 세상에 저런 천치가 있나 하고 웃음을 금치 못했다.

"나도 역시 천둥소리를 못 들었다. 그래 비는 올 것 같지 않으니 일찍이 뽕을 따러 나가자."

"네."

그리하여 주인 마님과 머슴놈은 앞서거니 뒤서거니 하며 갈미봉 뽕밭으로 뽕을 따라 나섰다. 갈미봉 산길은 가끔 와 보는 길이지만 언제 보아도 험했다.

뽕밭에 이르러서는 좀 높고 뽕잎을 따기가 힘든 곳에는 머슴놈을 시켜 잎을 따게 하고 자기는 나무 밑에서 뽕잎을 주어 바구니에 담는 일을 맡았다.

그럭저럭 한나절이 되어 뽕잎도 거의 따 가는데 높은 데서 뽕을 따고 있던 머슴놈이 그만 발을 잘못 딛어 몇 길이나 되는 언덕 밑으로 데굴데굴 굴러 떨어졌다.

"사람 살류—."

머슴놈의 외마디 소리가 조용한 대낮의 산 속을 울렸다.

"에그머니 저를 어째!"

과부 역시 비명을 지르며 굴러떨어진 머슴놈 곁으로 달려갔다.

"아이 죽겠네. 아이고 죽겠네."

아닌게 아니라 머슴놈은 눈을 뒤집어 까고 입에는 개거품을 내품으면서 버르적거린다.

"이를 어쩌나?"

과부는 발만 동당거릴 뿐 별 수가 없었다.

"마님! 소인은 이대로 죽어도 비천한 몸이오라 아무런 한이 없아오나 냉큼 죽지는 아니하고 이처럼 아프기만 하니 소인의 청을 하나 들어주십시오."

머슴놈은 까무러져가는 음성으로 간신히 말을 끝냈다.

"무엇이냐, 어서 말을 해라."

"황송하오나 이 밑으로 조금만 내려가시면 커다란 바위 밑에 얼굴을 가린 한 의원이 앉아 있을 것이오니 가셔서 좀 물어주셨으면 합니다."

머슴놈의 말을 들은 과부는 다행이라 생각하고 급히 산 아래를 내려가기 시작했다.

이때 머슴놈은 지금껏 죽어가는 형용과는 달리 벌떡 땅 위에서 일어나 걸음아 어서 가자 하고 지름길로 냅다 달려 미리 숨겨 두었던 푸른 보자기로 얼굴을 가리고 능청스럽게 바위 아래 앉아 있으니까, 과부 마님이 숨을 헐떡거리면서 달려온다.

"아이고 의원님, 큰일 났습니다."

과부는 숨도 미처 돌이킬 사이도 없이 입을 열었다.

"무슨 급한 일이오?"

푸른 보자기를 쓰고 있는 의원은 점잖은 목소리로 묻는다.

"다름 아니라 저희집 머슴애가 높은 언덕에서 떨어졌는데 당장 죽을 것만 같습니다."

"허어……"

의원은 이렇고 잠시 무엇인가 생각하는 듯 싶었다.

"일이 급하니 속히 좋은 처방을 알려주셔요."

답답한 과부는 다그쳐 물었다.

"글쎄…… 좋은 처방이 있기는 합니다만……."

"그럼 가르켜 주셔요."

"내 이야기를 듣고 그대로 실행하면 그 아픔은 깨끗이 나을 수 있습니다."

"그래요?"

과부는 신기한 듯 얼굴도 모르는 의원의 말에 귀를 기울인다.

"지금 즉시 뽕밭으로 가서 머슴의 배꼽과 부인의 배꼽을 비비면 다친 것이 깨끗이 낫고 이전보다 더 일을 잘 하고 건강할 것입니다."

과부는 그 얘길 듣고 생각해 볼 겨를도 없이 부랴부랴 다시 뛰어갔다.

머슴도 빙그레 웃으며 보자기를 벗고 산을 가로질러 뽕밭에 드러누워 있었다.

과부는 헐레벌떡 뛰어와서는

"얘야, 너의 배꼽과 나의 배꼽을 서로 비벼보자."

하면서 옷을 벗고 ×지에 뽕잎 하나만 가리고 배꼽을 비비니 머슴은 이제까지 아픈 기색이 없이 천둥과 번개를 몰고 일어섰다.

볼기 맞은 스님

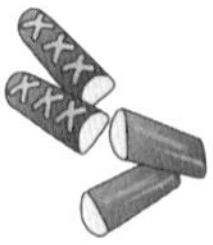

백두의 영봉이 밀리어 태백의 줄기가 되고 그 여세가 남으로 남으로 밀리다가 마침내 그 힘을 이기지 못했음인지 소백과 노령의 양 산맥으로 갈리더니 그중 지리산을 멀리서 바라보며 우뚝한 영봉이 솟았으니 그 이름이 백운산(白雲山)으로 삼남의 일대 거봉이다.

산이 높고 또한 그 지세가 오묘하여 산에는 명찰만 하더라도 오십여 개가 넘는지라 스님들의 수가 수백에 이르렀다.

그 중에서 서쪽으로 저 멀리 서해바다를 굽어보며 웅대하게 자리잡고 있는 큰 절이 있으니, 이 절이 바로 당대에 이름 높은 해망사였다.

해망사에는 스님만도 삼십 명이요, 사미승은 칠팔십에 이르니 가히 이로써 이 절의 크기를 짐작하고도 남음이 있을 것이다.

때는 삼월 하순, 바야흐로 화창한 봄날이었다. 온 산에는 철쭉이 피여 온통 분홍빛이고 고개를 굽어 저 멀리 인가를 바라보면 복숭아꽃과 살구꽃이 한데 어울려 그야말로 어느 이름난 화공이 붉은 물을 뚝뚝 떨어뜨려 놓은 한 폭의 그림과도 같았다.

봄빛이 이처럼 무르녹으니 비록 불문(佛門)에 출가하여 법의를 걸쳤다 한들 이제 나이 십칠팔 세되는 젊은 중들도 청춘이요, 인간이라 이 어찌 춘정을 느끼지 않을 수 있을건가.

그날은 춘삼월 다정한 해가 하늘 복판에 떠오르고 양지 바른 쪽에서 이제 입산한 젊은 중 대여섯이 모여 앉아 산 아래 인가에 어리는 봄빛을 바라보며 쓸 데 없는 이야기꽃을 피우고 있었다.

그 중에서도 유난히 머리가 크고 눈이 둥글둥글하며 뼈대가 굵은 젊은 중이 있으니 법명은 선강(仙剛)이요, 금년 나이 이십 세라 능히 젊은 중 축에서도 어른 노릇을 하고 있는 터였다.

선강은 이제 겨우 백운산에 들어온 지는 이년 남짓, 무슨 곡절이 있어서 젊은 몸으로 스스로 중이 되었는지 몰라도 그 성품이 호탕하고 또한 시문(詩文)에 능할 뿐만 아니라 승려의 몸으로써 곡차(술)를 즐기니 선강은 중이라고 하기보다는 멋있는 풍류남아로 일컫는게 제격일 것 같았다. 비록 몸에 중의 옷을 걸쳤으니 스님이라고는 부르지만…….

뿐만 아니라 선강은 성품이 고약해 동료 중들 사이에 그다지 환심을 사지 못하고 있었다. 그러나 선강의 주먹이 무서워 누구 하나 그를 맞대놓고 불평을 말하는 자가 없었다.

양지에 모여 앉은 젊은 중들은 이번에는 이야기가 딴 방향으로 막 바뀌는 참이었다.

"그래 말일세. 이 세상 온갖 풀 중에서는 참 신묘한 힘을 가진 풀이 있다네."

그때 바로 선강의 옆에 앉아 있는 좀 겉늙어 보이는 중이 생김새와 같이 굵은 목소리로 말을 꺼내놓는 것이었다.

"그야 풀도 수천 가지 종류가 있으니 별난 풀이 다 있겠지."

한 중이 그의 말을 이렇게 받자, 그 중은

"물론 그렇겠지만, 내가 말하는 풀은 좀 이상스런 풀이야."

하고 정색을 한다.

"이상스런 풀이라고?"

"응, 그 풀의 이름은 신묘초라고 하는데, 그 풀을 따서 이마에 붙이기만 하면 그 즉시로 사람의 형체가 보이지 않는다는 걸세."

"아, 그 신묘초 말인가. 그 풀이 그처럼 묘한 신통력을 가지고 있기는 하지만, 어디 그렇게 흔한가. 보통사람 눈에는 보이지 않는다는 거야."

중 하나가 이렇게 맞장구를 치자, 지금까지 가만히 듣고만 있던 선강이 갑자기 말참견을 한다.

"그래 그 신묘초라는 풀이 정말 있기는 한가?"

"허어, 그야 있고 말구. 내 말을 들어보게. 뱀은 말일세, 여름 동안 내내 배불리 먹은 다음에 늦가을이 되면 구멍 속으로 들어가서 겨울을 지내지 않는가?"

"음, 그래서?"

선강은 흥미롭게 겉늙어 보이는 중의 말을 듣고 있다.

"그것도 그냥 겨울을 지내는 것이 아니라 구멍 속으로 들어갈 때 무슨 풀잎인가, 거기에다 쓱 입을 씻으면 그처럼 먹지 않아도 살 수 있다는 걸세. 그야 뱀뿐인가. 개구리, 두꺼비, 이런 것들이 다 그렇지. 허나 우리 같은 사람에게는 어디 그 풀이 보인다던가. 그야 도통한 법사(法師)님의 눈에는 보인다지만……."

“그럼 누군가 그 풀을 본 사람이 있다던가?”

선강이 물었다.

“암 있구말구. 옛날 혜성이라는 대사님은 당나라까지 가셨는데 그 풀로 입을 씻고 가시어 삼개월 동안이나 음식을 먹지 않아도 늘 배가 부르다고 하시지 않았는가?”

“음, 그야 그랬었지.”

선강은 나지막이 중얼거렸다.

“그럼 그 신묘초라는 것이 바로 그 풀인가?”

“그야 물론이지. 풀 중에는 그와 같은 신통한 풀이 있는데 신묘초라는 풀이 없을 리 있겠느냐는 말일세.”

겉늙은 중은 귀납법적으로 스스로 단정을 내렸다.

“암, 신묘초는 정말 있는 풀이지. 옛날 월정대사는 신묘초를 이마에 붙이고서 중의 몸으로 궁중의 공주들과 능히 희롱을 했다지 않는가.”

젊은 중 하나가 이렇게 맞장구를 치자, 선강의 마음은 울렁거리기 시작했다.

‘허, 궁중의 공주들을 희롱했다니 그 얼마나 멋진 일이냐.’

원래 호색방탕한 젊은이인지라 그 말을 들은 선강의 가슴이 설레일만도 했다.

‘꼭 내 그 신묘초라는 풀을 찾아보리라!’

드디어 선강은 이렇게 결심을 하기에 이르렀다.

“그래 당신들은 그 신묘초란 풀을 가졌다면 어디에다 쓰겠오?”

선강이 이렇게 묻자,

“흠! 난 부잣집 잔치상에 가서 맛있는 음식을 전부 먹어버리겠네.”
하고 겉늙은 중이 말을 받는다.

“중이 고기맛을 알았도다. 그럼 그 신묘초를 찾아봄이 어떨꼬?”

선강이 이처럼 농을 걸자

“흥, 어림도 없는 소리. 우리와 같은 불도를 익히지 못한 사미승의 몸으로서는 그 풀이 지금 우리 발 아래 있다 해도 모를 것이오.”
하고 고개를 설레설레 흔드는 것이었다.

“건 틀린 말이오. 풀이란 마땅히 이 세상 땅 위에 있는 것인 즉, 어찌 사람의 눈에 보이지 않겠소. 다만 사람이 그게 신묘초임을 모를 따름이니 정성만 있으면 찾을 수 있을 것이오. 내 능히 신묘초를 찾아내리라.”

선강은 이렇게 호언장담을 했다.

그날이 지나고 다음날부터 선강은 하라는 일은 하지 아니하고서 백운산 곳곳을 찾아 헤매며 풀이란 풀은 온통 뜯어 모았다.

선강이 수천 가지의 풀을 뜯어다 음지에 모아놓고 하루는 젊은 중들을 불러 이렇게 말했다.

“여기 백운산으로 말하면 북으로는 대백두의 정기를 이어받았고, 남으로는 지리의 힘을 이어받고 있은즉 가히 영산이라. 이러하므로 신묘초가 틀림없이 있을지니 내 수천 가지의 풀을 지금 쌓아 놓았오. 그러나 어떤 풀이 신묘초인 줄 모르는고로 내 여기 풀을 하나씩 이마에 붙여 볼 터이니 만약 내가 보이지 않는다면, 그게 신묘초임이 틀림없으니 소리를 쳐서 알려주시오.”

선강의 이와 같은 말에 젊은 중들은 저마다 호기심을 가지고서 선강의 하는 양을 살펴보기 시작했다.

"자, 그럼……"

선강은 이렇게 설명한 다음 수천 가지나 되는 풀을 하나씩 집어 이마에 붙이고서

"보이는가?"

하고 물었다.

"보이는 도다."

젊은 중들이 이렇게 소리치면 서강은 그 풀은 즉시 떼어버리고서 또 다른 풀을 이마에 붙이고

"보이는가?"

하고 또 물어보는 것이다.

"보이는 도다."

역시 젊은 중들의 대답.

선강은 그러나 굴하지 않고 차례로 풀들을 이마에 붙였다 뗏다 하기를 쉴사이 없이 하니, 그 수가 수천에 이르거늘 이 노릇도 하루 이틀이 아니요, 보름 동안이나 계속 되었다.

"보이는가?"

"보이는 도다."

"보이는가?"

"보이는 도다."

차츰 그의 앞에서 대답을 하고 있던 중들은 진절머리가 나기 시작했다. 그래 그날도 종일 선강이 앞에서 "보이는 도다."하고 대답하기에 지

친 중들은 밤이 이르자, 서로 모여 이렇게 의논들을 했다.

"이미 선강의 헛된 수작에 잡혀 보름 동안이나 지내왔은 즉, 아직도 풀의 수가 수백 종이나 남아 있으니 우리가 앞으로도 또 며칠 동안이나 선강에게 실랑이를 당해야 하니 내일일랑 아예 안 보인다고 그러는게 어떻소?"

겉늙어 보이는 중의 말이었다.

"좋소. 그거 재미 있는 일이오. 선강이란 놈이 어떻게 하나 우린 굿이나 봅시다."

다른 중들도 이같이 찬성을 하는 것이었다.

마침내 운명의 다음날이 밝았다. 선강은 이 날도 아침 먹기가 바쁘게 중들을 모아놓고 그 신묘초를 찾기 시작했다.

"자, 보이는가?"

괴상스런 풀잎을 이마에 붙이고서 이렇게 묻는 선강의 행동이 우습기도 하려니와 한편으로는 측은하기도 했다.

"보이는 도다."

언제나 똑같은 대답.

"보이는가?"

"보이는 도다."

똑같은 물음에 똑같은 대답. 그러면서 어느덧 점심 때가 닥쳤다. 그 때 겉늙어 보이는 중이 여러 중들을 보고 눈짓을 해 보였다. 의미가 있는 눈짓이었다.

"보이는가?"

선강은 칼날같이 길쭉한 풀잎을 이마에 붙이고서 물었다.

"아, 보이지 않는 도다."

중들의 입에서는 그 순간 똑같이 이 말이 튀어나왔다.

"뭐, 보이지 않는다고?"

선강은 믿기지 않는다는 듯이 재차 물었다.

"신기하도다. 보이지 않는 도다."

중들이 재차 이렇게 말하자 선강은 그제서야 후- 하고 한숨을 내쉬며

"이제야 신묘초를 찾았도다. 과연 얻기 어려운 풀이구나."

선강은 이처럼 기뻐하며 슬그머니 이마에 붙인 풀을 떼고서

"이제 보이느냐?"

하고 묻는 것이었다.

모여 있는 중들은 터져 나오는 웃음을 꾹꾹 삼키며

"이젠 보이는 도다."

"내 풀을 떼고서 물었다."

하니 모여 있던 중들은 터져 나오는 웃음을 참지 못하고 그만 흩어지고 말았다.

'음, 신묘초를 이제야 얻었구나. 내 이 같이 신묘한 풀을 얻었은즉 무엇이 부족하여 이 같은 산 속에서 세월만 보낼 수 있으리오. 마땅히 인가에 나가 하고 싶은 것이나 마음껏 하리라.'

선강은 이같이 결심하고서 칼날 같이 뾰족한 풀잎을 꼭꼭 바랑 속에 짊어지고 온다간다는 말 한마디 없이 해망사를 빠져나와 백운산을 내려오기 시작했다.

그때 계절은 어느덧 바뀌어 첫여름이 되었다. 푹푹 내려쬐이는 햇볕이 졸음을 불러일으킨다.

선강은 바랑을 질머지고 흥얼흥얼 콧노래까지 부르면서 한적한 산길을 내려와 이윽고 마을에 이르니, 문득 배 속에서 꼬로록 소리가 나며 공복감이 느껴 오는지라, 우선 어느 집에 침입하여 밥을 먼저 훔쳐 먹기로 작정했다.

'이제서야 신묘초의 영험을 나타날 때가 왔구나.'

선강은 의기야양 해서 바랑 속에 고이 싸둔 풀잎을 꺼내 침을 발라 이마에 붙였다.

'자, 이러면 보이지 않겠지.'

선강은 자신있게 풀잎을 이마에 붙이고서 동네를 두루 돌아다녔다. 밥술이나 두고 먹음직한 부잣집을 찾는 중이었다.

'옳다. 저 집이 제일 좋구나.'

선강은 이윽고 커다랗게 소슬대문을 단 집을 발견하고서 서슴지 않고 대문을 열었다.

마당은 꽤 넓은데 사람이 있는 지 없는 지 그저 조용할 뿐이다. 다만 마루 밑에서 낮잠을 자고 있던 개 한 마리가 선강을 보고서도 눈만을 깜빡거릴 뿐 짖지 않는 것이 그나마 다행이었다.

'흠, 내 모습이 개 눈에도 보이지 않는 모양이구나. 귀신은 개의 눈에만은 띈다는데, 나는 귀신보다 더 신통력을 가졌음이 분명하다.'

선강은 개가 짖지 않자, 더욱 자신감이 생겼다. 그럼 이 개는 왜 낯선 선강을 보고서 짖지 않았을까.

그것은 다름이 아니라 이 마을은 백운산이 가깝고 따라서 늘 중들의 왕래가 빈번할 뿐만 아니라 그들 중의 더러는 날이 저물면 이 부잣집 객방에서 묵어가기도 하는 터이라 이 개는 회색빛 중의 옷만 보아도 이미 낯이 익은 터였다. 그러니까 짖지 않을 수밖에.

그런 줄도 모르고 선강은 자기의 정체가 보이지 않는 줄로 믿고서 성큼성큼 부잣집 부엌 안으로 들어갔다.

그는 우선 솥뚜껑을 열어 보았다.

'아–, 이것 좀 봐.'

그 속에는 선강이 환호성을 칠만큼 소고기국이 가득 끓여져 있는 것이 아닌가.

'내 이년간 입산해서 고기라고는 냄새도 못 맡았다가 오늘에 이르러서야 눈 앞에 보게 되니 감개가 무량하구나.'

선강은 침을 꿀꺽 삼키고서 정신없이 고깃국을 퍼 먹었다. 얼마나 먹었는지 차츰 배가 불러오자 선강은 솥뚜껑을 닫고서 부엌을 나왔다.

'대체 이놈의 집구석엔 사람이라고 그림지도 보이지 않으니 어찌된 일이냐?'

배를 불리자 선강도 공연히 사람이 없음을 판단하면서 마루 위로 올라가 안방문을 열었다.

'어—?'

그때 선강은 입을 반쯤 벌리고서 우뚝 서 버리고 말았다. 아아, 보라. 안방 아랫목에는 호박단 이불이 펼쳐져 있고 그 위로는 젊은 주인 내외가 발가벗은 채 잠이 들어있지 아니한가.

'흐음, 가히 좋은 풍경이로다.'

젊은 선강은 감탄을 하며 슬쩍 방안으로 들어섰다. 그 행동이 안하무인격 그대로였다.

젊은 내외는 얼마나 낮일을 즐겼는지 깊은 잠에 빠져 있었다. 주인 남자의 양물을 보니 자라 모가지처럼 움츠려 들었는데 그 끝에는 뿌옇게 밥풀 같은 것이 말라붙어 있었다.

'흐흥!'

주인 남자의 몸뚱이에서 여자의 알몸으로 시선이 옮겨지자 선강의 얼굴은 그 순간 온몸의 피가 몰려드는 듯 새빨갛게 타올랐다.

꿈엔들 그려보았으랴. 젊은 여인의 몸뚱이는 은은한 빛으로 부드러운데 꼬일 듯 말 듯한 어지러운 허리의 곡선 밑으로 거무스럼하게 보이는 숲. 그 신비의 숲 속으로 보일 듯 말 듯한 여인의 음호가 아직도 흥분된 채로 선강의 눈을 빨아들이는 듯했다.

'그렇다. 나는 보이지 않는 몸, 천하에 그 무엇이 두려울소냐. 내 가히 운우의 쾌락을 누려 보리라.'

이제 겨우 이십 세 밖에 되지 않은 선강인지라 여자의 알몸을 보았으니 그 마음이 오죽했으랴.

"아이 당신도 그래 세 판을 거듭 치르시고 또 하셔요?"

젊은 계집은 잠꼬대 같이 중얼거리며 몸을 비튼다.

'흥, 내로다. 그러나 네가 능히 내 형상을 볼 수 있을소냐.'

선강은 이러면서 그 거센 양물을 힘껏 여인의 음호 속으로 밀어넣으니, 그때 여인이 입을 딱 벌리면서 눈을 번쩍 뜸과 동시에

"에그머니 사람 살류!"
하고 고함을 치는게 아니냐.

'흥, 네 소리는 질렀으나 내 형상이 보이질 않을 것인즉, 누구를 잡을 소냐?'

선강은 그러나 그놈의 신묘초의 힘만을 믿고서 그냥 찔렀다 뺏다 하니 여자는 더욱 비명을 높이 지른다.

"에그, 이 밝은 대낮에 어떤 중놈이 남의 유부녀를 겁탈하느뇨. 천벌을 받을 지어다."

여인이 이같이 소리 높이 외치는지라, 그때 남편이 깊은 잠에서 깨어났다.

"—음?"

아니 이게 청천의 벼락도 유분수지 어느 중놈이 대낮에 발가벗고서 자기의 아내를 겁탈하고 있는 것이 아닌가.

젊은 사나이는 벌떡 자리에서 일어났다. 그러면서도 더욱 괴상한 것은 옆에 사람이 일어났건만 천연스럽게 아내의 배 위에서 진퇴를 계속하고 있는 젊은 중놈의 배씸이었다.

"에끼 요놈의 중놈아!"

이때 사나이는 벽에 세워 놓았던 홍두깨를 높이 쳐들어 중놈의 허리를 힘껏 내리쳤다.

"이크—!"

그제서야 선강은 자신의 정체가 탄로된 것을 알고서 꽂았던 양물을 급히 빼가지고 걸음아 나 살려라 하고서 방문을 박차고 바깥으로 뛰쳐

나갔다. 옷이고 바랑이며 그대로 두고 도망친 것이다.

"이 요망스러운 까까중아, 네가 그래 가지고 어느 곳으로 도망을 치느냐?"

젊은 주인 역시 급한 김에 옷도 미처 주어 입지 않고서 알몸으로 중놈의 뒤를 쫓으니 이를 구경하는 동네 사람들이 요절 복통을 금치 못하는 것이었다.

마이산의 홍화문

흔히 상말로 ×× 큰 년 소문 나듯이 말만 무성히 퍼졌구나 하는 이야기가 있다. 이는 실속은 없으면서도 선전만 가득 되었다는 뜻으로 이와 비슷한 이야기가 여기 있으니 소개하면 이러하다.

권 화달(權和達)은 호남, 영남 일대에서는 그래도 제법 글깨나 한다는 풍류 선비로 통하고 있었다.

일찍이 권 화달이 나이 이십이 갓 넘어서 영남 호남을 두루 다니며 뭇 기생들과 더불어 세월을 보내는데, 하루는 영남에서 호남으로 넘어오자 전라도 진안 땅을 밟게 되었다.

"허허, 이 곳은 만고 열녀 춘향이가 있는 남원땅이 가까우니 계집의 풍류 또한 유별하여 멋이 있으렸다."

하는 마음으로 흥얼흥얼 시조가락을 읊조리며 길을 걷던 중에 날이 저물었다.

권 화달은 버드나무 가지에 매달은 등불을 보고 그 곳이 주막인 것을 알고서 거침없이 들어갔다.

털털하게 생긴 중년의 주인이 권 화달을 맞는다.

"여기 밥과 술을 가져오시오."

권 화달은 한쪽 자리에 가서 앉으며 우선 시장기를 면하려고 음식을 청하고 있는데 옆에서 술을 마시고 있던 나그네 셋이서 지껄이는 이야기가 저절로 귀속으로 들어온다.

"아, 그래 그 계집의 그것이 정말 그렇게 크던가?"

한 사나이가 이렇게 재차 묻는 것이었다.

"이 사람아! 말도 말게. 내 그렇게 큰 음호는 처음 보았네. 아무래도 우리 마누라의 것보다도 다섯 배는 더 클 걸."

"아니 정말 그렇게 크든가?"

"이 사람, 빈말을 해서 내 무엇을 하겠나?"

옆자리에서 그들의 이야기를 듣고 난 권 화달은 자신도 모르게 솔솔 구미가 당겼다.

"내 것으로 말하면 보통 사람의 것보다는 두 배나 커서 평소에 음호가 큰 것을 만나기만 하고 바랬으나 내 그토록 큰 것이 있을 줄이야 미처 몰랐었지."

"자네의 말을 들어보니 아닌게 아니라 정말 큰가 보군."

그들은 여기서 말을 끊더니 몇 잔의 술을 더 마시고서 그냥 나가버리는 것이 아닌가.

권 화달은 적이 섭섭한 눈초리로 그들의 나가는 뒷모습만 바라다보고 있는데, 그때 마침 주인이 음식을 가져오자 그에게 물었다.

"여보 주인양반!"

"네, 무슨 말씀이신지요?"

"금방 나가는 손님들의 말을 듣자니 음호가 크더라는 말을 하는데, 그게 무슨 말인지 주인장은 아시오?"

낯선 나그네의 이 같은 질문에 주인은 호들갑스럽게 웃더니

"네, 손님께선 어디서 오시는 길이오?:

하고 묻는다.

"네, 나는 영남 땅에서 노닐다가 이번에 전라도 땅을 밟게 된 나그네요."

"아, 그러시다면 모르겠군요. 이곳 진안 땅에는 유명한 명물이 두 개가 있는데 손님은 그걸 아시오?"

주인은 빙글 웃으면서 이렇게 물어온다.

"글쎄요……. 그 하나는 틀림없이 마이산이 분명하고…… 그리고는 모르겠소이다."

권 화달은 주인의 얼굴을 쳐다본다.

"하하하……. 그 하나는 바로 무변광대 홍화문(紅化門)이지요."

"무변광대 홍화문이라, 그게 어디 있는 문입니까?"

권 화달은 처음 듣는 소리라 이렇게 주인에게 되물을 수밖에 없었다.

"하하하! 손님도……. 무변광대 홍화문이란 글자 그대로 넓어서 끝이 없고 가장 자리가 없는 붉은 문을 일컬음이지요."

주인의 말에 그게 무슨 의미인지 권 화달은 짐작하면서도 짐짓 모르는 체 하고 물었다.

"그래 그 문이 어디 있단 말씀입니까?"

"그게 바로 조금 전에 손님이 들으셨다는 그 큰 음호올시다. 바로 말

씀드리면 이 고을 홍랑(紅娘)이란 기생의 사타구니에 달린 붉은 문이 올시다."

"가히 좋은 문이오."

권 화달은 무릎을 치며 좋아라 했다.

"그래 홍랑이란 기생집은 어디 있습니까?"

권 화달은 솔깃하니 마음이 쏠리며 자꾸 캐묻는다.

"바로 동문 밖에 있습지요."

"알았소이다."

권 화달은 술과 밥을 배불리 먹은 후에 곧 동문 밖을 향해 급히 발길을 옮겼다.

'대체 그녀의 ××가 얼마나 크기에 이토록 유명할까.'

권 화달은 곰곰이 생각하면서 발길을 옮긴 것이 어느새 동문 밖에 이르렀다. 그 동안 밤은 상당히 깊어 있었다. 하늘에는 별이 찬란하고 사월의 훈풍은 나뭇가지에서 향기롭다.

'좋은 저녁이로다. 내 홍랑을 찾아 능히 그 무변광대한 문 구경이나 하여 보자꾸나.'

권 화달은 중얼중얼거리며 홍랑이라는 기생집을 찾는데 때는 밤이요, 더구나 초행길이라 냉큼 찾질 못 하고서 이곳저곳을 헤매이며 방황하고 있던 중 한 동자가 그의 곁을 지나가므로 그 동자에게 물어보았다.

"여봐라. 이곳 홍랑의 집이 어디 있느냐?"

"홍랑의 집요?"

그러자 그 동자는 권 화달의 얼굴을 빤히 쳐다보면서 되묻는다.

"그렇다."

"이 앞 골목길로 조금만 들어가시면 불이 밝은 집이 홍랑의 집이옵니다."

동자는 그리고 갈 길이 바쁘다는 듯 총총히 어둠속으로 사라졌다.

"옳지. 이 앞 골목길이라고 했지……."

권 화달은 동자가 일러준 대로 골목길로 들어서서 잠시 걸으니 아니나 다를까 쌍대문에 초롱불이 두 개나 밝혀 있음이 보였다.

'여기로구나!'

권 화달은 잠시 대문 밖에서 머뭇거리다가 이내 목청을 가다듬어 사람을 불렀다.

"여봐라!"

연거퍼 두 번. 그러나 안에서는 아무런 대답이 없다.

"여봐라!"

좀 더 크게 세 번째 부르자, 그제서야 안에서 짝짝 가죽 신발 끄는 소리가 들린다.

"뉘시오니까?"

대문을 바시시 열고 나이 어린 계집애가 밖을 내다보며 권 화달에게 묻는다.

"나는 지나가는 나그네로 너의 집 주인아씨를 한 번 뵈러온 사람이다. 어서 안내하여라."

권 화달은 호기롭게 말을 했다.

동비년이 사나이 목소리를 가만히 들어보니 그 음성은 봄밤에 흘러가는 시냇물 소리같이 그윽하고 불빛에 보이는 용모가 훤칠하고 양 미간이 트인 품이 아무래도 시골 나그네 같지가 않아 호기심이 쏠린다.

"황공한 말씀이나 저의 집 아씨는 이미 주무시온즉 안내해 드릴 수 없아옵니다."

동비년은 이러면서 생긋 웃는다.

"아니 밤이 이제 초경을 넘었는데 벌써 잠이라니 그 무슨 말인고? 내 몇 자 적어줄 터이니 갖다 주인 아씨께 전해라."

권 화달은 그러고서 즉시 붓을 꺼내들고 뭐라고 쓰더니 계집종에게 쥐어준다.

"좌우간 전하옵긴 하겠사오나 기대하지는 마옵소서."

동비년은 뒷말을 남기며 안으로 들어갔다.

"아씨님!"

동비년은 후당 깊숙한 방안에서 팔자 좋게 뒹굴고 있는 홍랑의 문전에 와서 부른다.

"또 어느 놈팽이가 왔느냐?"

홍랑은 으레 있는 일이라는 듯 천정을 쳐다보면서 묻는다.

"—네!"

"어떻게 생긴 위인이더냐?"

이렇게 묻는 것이 홍랑의 습관이었다.

"목소리는 청옥을 굴리는 소린 듯하고 얼굴은 희고 탁 트인 품이 가히 대장부이옵니다."

동비년의 말솜씨도 보통이 아니다.

"호호……. 그래. 무어라고 했느냐?"

"아씨께서 주무신다고 그랬지요. 그러자 종이에다 쪽지를 써서 아씨에게 올리라고 주더군요."

"받아 왔느냐."

"네!"

"이리 내놓아라."

홍랑의 말에 동비년은 권 화달이가 써준 쪽지를 방문을 열고서 들여민다.

"어느 놈팽이의 수작인지 읽어나 보자."

홍랑은 비단 이불 위에 누운 채 쪽지를 폈다.

'진안땅 마이산을 꿈에 그렸더니 무변광대 홍화문이 마이산과 쌍벽이라. 나그네 가는 길에 밤이 깊으니 홍화문 처마 밑에 쉬어간들 어떠리.'

홍랑이 쪽지를 읽고 나더니 돌연 자리에서 벌떡 일어서는데 만면에 희색이 넘실거린다.

'글을 보니 제법 풍류를 아는 사나이로구나. 이 자 또한 내 음호의 넓음을 알고서 수작을 걸어오니 어디 한 번 겨루어 보자.'

홍랑은 이렇게 속으로 다짐을 하고서 동비년을 불렀다.

"얘야!"

"네!"

"어서 손님을 건너 방으로 모시고 술상을 준비시켜라."

홍랑은 이렇게 명을 내린 후 그녀 자신은 화장을 고치고서 뜰 아래로 내려가 사나이가 나타나기를 기다리고 있었다.

한편 밖에 서 있는 권 화달은 이제 저제나 하고서 목을 늘리며 기다리고 있는데, 얼마 후에야 동비년의 신 끄는 소리가 들린다.

"손님, 어서 들어오셔요."

대문을 활짝 열더니 동비년이 이렇게 맞는다.

"거 꽤 길기도 하구나."

권 화달은 쓴 입맛을 다시면서 동비를 따라 안으로 들어갔다.

"아이그, 어서오셔요."

뜰 아래서 사나이를 기다리던 홍랑은 권 화달을 보자 허리를 굽혀 정중한 예의로써 맞는다.

"화문 문수(門守)가 이미 잠이 들었는데 늦게 와서 미안하오."

권 화달은 밖에서 기다리고 있었던게 아직도 풀어지지 않은 듯 이처럼 점잖게 비꼬아 주었다.

"모르시는 말씀. 문을 두드리는 내방객이 있을 줄 알았으면 어이 문수가 잠이 들었겠나이까?"

홍랑은 권 화달의 말뜻을 알아차리고서 이렇게 그의 말을 받는다.

"허허, 그건 법을 모르는 말씀인지고. 폐문의 시간은 이미 정해진 일이온데 비록 지나는 길손이 없다기로니 초경에 폐문을 함은 그 어떤 뜻이오?"

화달의 능수능란한 말을 들은 홍랑은 속으로 감탄을 하면서 이렇게 사나이를 끌었다.

"소첩이 부덕해 선비님을 못 알아뵈었습니다. 이제 문이 열렸으니 안심하시옵소서."

"허허허. 감사하오."

그제서야 권 화달도 호탕스럽게 웃으면서 홍랑이 안내하는 대로 방 안으로 들어갔다.

아늑한 방 안에는 이미 어느 틈엔가 술상까지 준비되어 있었다.

"앉으소서."

홍랑은 비단 방석을 깔아놓고 권한다.

"소첩이 뵙자니 이런 산골에 계시는 양반은 아니온 것 같사온데 어디서 오신 풍류선비시오니까?"

권 화달이 자리를 잡고 앉자 홍랑이 그의 곁에 앉으면서 나긋나긋한 목소리로 묻는다.

"난 하늘의 달 구름과 같은 몸, 시작도 없고 끝도 없으니 오늘 밤 홍화문이 내 고향인가 하오."

"호호호……. 멋있는 말씀만 가려 하시는구려."

계집은 사나이의 능란한 말솜씨에 혹 하고 말았다.

술이 몇 번인가 오락가락 했다. 차츰 취기가 퍼지자 권 화달은 계집의 얼굴을 쳐다보는데 눈썹은 초생달을 닮았고 토실토실한 뺨이며 가느다란 윤곽이 미인임에는 틀림 없다.

"선비께선 풍류를 즐기시는 모양이신데 소첩이 운을 부를테니 글 한 수 지어 주시겠습니까?"

홍랑은 이 사나이의 속을 한번 떠보고 싶어서 이 같이 말했다.

"내 원래 글이 짧아 보잘 것 없으나 그대가 운을 놓는다니 사양할 수 있겠소?"

권 화달은 술잔을 들고 실눈을 만들며 의미있게 싱긋 웃으면서 대꾸한다.

"그럼 부르겠사옵니다."

그리고서 홍랑은 잠시 운을 생각하는 듯 눈을 깜박이더니 입을 연다.

"춘(春)자요."

홍랑이 운을 놓자, 권 화달은 즉석에서 글을 지어 부른다.

"봄날 나그네가 마이산을 보러왔다."

"풍(風)자요."

"바람결에 들리는 말 홍화문이 좋더라네."

홍랑은 권 화달이가 읊조리는 글을 듣고 속으로 흥! 하고 코방귀를 날렸다.

"이번에는 모(暮)자요."

"어두움은 짙어 밤이 깊으니."

"금(솤)자요."

"오늘 밤 잠자리는 홍화문에 잡으리."

"호호호!"

홍랑은 그러자 까르르 웃더니 권 화달을 그윽히 바라보며 다음과 같이 시 한 수를 읊는다.

'홍화문 두드리는 낯설은 사공이여! 문 열면 넓은 바다 그 어찌 건너리오. 노련한 사공들도 건너려다 빠졌으니 오늘 밤 새 사공은 긴 삿대나 가졌는고.'

홍랑의 이 시는 물론 자기의 음호가 넓음을 말하고 한편으로는 사나이에게 양물이 크냐는 물음이었다.

"허허허, 과히 좋도다. 암, 긴 삿대가 없고서야 어찌 무변광대한 그대의 음호를 건넌다 하겠소."

권 화달은 일직선으로 계집에게 자기의 양물이 큼을 알렸다.

"선비께서는 아직 장담하시기 이르십니다. 소첩의 음호를 보지 못한 사나이들은 처음엔 호기를 부리다가 막상 음호를 보고서는 맥을 못 쓰기 십상 팔구니까요."

홍랑도 이제는 대담하게 음담을 터놓기 시작했다.

그러는 사이에 밤이 깊었다. 술상을 물리고 나서 홍랑은 비단 금침을 깔더니 옷을 벗는다.

"이제 낭군께선 긴 삿대나 준비하소서."

"음, 내 생전 처음 알맞은 음호를 보게 되었는가 보구나. 불을 꺼라."

권 화달도 옷을 훌렁훌렁 벗고서 이불 속으로 들어가니 계집이 훅하고 불을 끈다.

'도대체 진안땅 곳곳까지 소문 날만큼 음호가 크다니 진짜 얼마나 크단 말이냐.'

캄캄한 어둠 속에서 무엇인가 곰곰 생각하고 있던 사나이는 메고 온 바랑에서 무엇인가를 꺼냈다. 그건 소뿔이었다.

'내 이걸로 꽂으리라.'

사나이는 이러고 계집의 아랫배를 타고서 소뿔을 쑤욱 밀어 넣었다.

"아이쿠, 여보. 오늘에야 긴 삿대를 가진 사공을 만났구려."

홍랑은 사나이가 소뿔을 가지고 희롱을 하는 줄도 모르고 큼직한 밀

착감에만 정신이 사로잡혀 헛소리처럼 지껄인다.

'흥, 생선 망신은 꼴뚜기가 시킨다더니 내 대장부의 양물을 이놈의 넓은 음호가 망신을 시키는구나. 옛다. 이놈의 소뿔맛이나 실컷 보아라.'

권 화달은 속으로 흥얼거리며 소뿔을 재빨리 진퇴시키니 계집을 크게 운우가 무르익어 흡사 앓는 소리를 내기까지 하는 것이었다.

"내 오늘에야 비로소 낭군을 만나 운우의 극치를 누리게 되었구려. 부디 낭군께서는 소첩과 더불어 여생을 편히 보내심이 어떠세요?"

폭풍의 일순간을 보낸 홍랑은 소뿔을 양물로 믿었음인지 은근히 권 화달을 붙들려 했다.

'에크, 정말 큰 것 좋아하는구나.'

권 화달은 속으로 냉소를 금치 못하고 혼자서 끙끙 거리면서 그 밤을 지냈다.

아침부터의 새로운 대접이야 이루 말할 수가 없었다. 계집은 오늘날까지 자기의 음호에 맞는 양물을 만나지 못하다가 이제 겨우 한 사나이를 만났으니 그 여정이야 어떠했으리.

그러나 권 화달은 앞으로 더 있다가는 탄로가 될까봐 도망치다 싶이 홍랑의 집을 나오며 탄식해 가로되.

"가히 마이산과 더불어 겨를 수 있는 무변광대 홍화문이로다."

정말로 그토록 큰 음호가 세상에 또 있는가 싶었다.

권 화달은 사월 훈훈한 바람 결에 도포자락을 날리면서 지나는 길에 마이산을 구경하고 남원 땅으로 건너갔다.

털난 감을 딴 소금장수

관서지방을 휘돌아다니면서 소금을 팔고 있는 더벅머리 총각놈이 있었다. 그날은 평원 땅에서 단천으로 넘어오는데, 이미 날은 저물었다.

'이거 큰일 났구나. 옛부터 이곳은 호랑이가 많은 곳으로 유명한데 이거 잘못하다가는 장가 한 번 못 가 보고 호랑이 밥이 되겠구나.'

총각놈은 날이 점차 어두워지자 두려운 생각이 앞서서 걸음아 나살려라 하는 마음에 부지런히 인가를 찾아 걸었다.

그 때 마침 어둠 속에서 반짝반짝 하고 불빛이 보이는데 총각 녀석이 가만히 두루 살펴보니 열대여섯 채쯤 되어 보이는 작은 동네로 이제 됐구나 안도하면서 총각놈은 그 중의 한 집으로 들어가 주인을 청했다.

"여보시오, 주인장! 이런 산골에서 밤을 맞이하였으나 주막은 없고 갈 길은 멀어 하는 수 없이 주인님의 신세를 질까 하고 찾아왔습니다."

총각은 대문간에서 이같이 길게 외치고 집안 사람이 나타나기만을 기다려도 함흥차사다.

'이상하구나.'

총각놈은 투덜거리면서 다시 한 번 크게 소리를 치니 그제서야 안방에서 신발 끄는 소리가 나더니 한 여인이 나타났다.

총각놈이 언뜻 쳐다보니 한 삼십이나 되었을까, 소복한 것을 보니 누구의 복인지는 모르나 상인(喪人)임에는 틀림없었다.

"주인마님, 갈 길이 이미 어두웠으니 오늘 밤만 좀 재워주십시오."

총각녀석은 여인을 보자 머리를 조아리며 간청을 했다. 그러나 여인은 아무 말없이 총각을 보면서 손을 내젓는다.

'……?'

총각녀석은 이 여인이 벙어리인지, 무슨 영문인지 몰라 눈만을 껌뻑거리고 한동안 그대로 서 있었다.

'손을 내저으니, 안 된다는 말이로구나.'

"주인마님, 이 어두운 산길에서 어디로 갈 곳이 있겠습니까. 오늘 밤 하루 저녁만 재워주시면 그 은혜 결초보은하겠나이다."

총각이 이같이 애걸하였지만, 여인은 역시 손만을 내젓는다.

'이상하구나.'

그는 이제야 여인이 벙어리인 줄 짐작하고서 손을 내젓는 의미를 이리저리 생각해 보았다.

'방이 없다는 말인가. 사나이가 없고 여자뿐이어서 재워줄 수 없다는 말인가. 아니면 그저 싫다는 말인가.'

아무리 생각해 보아도 그 뜻을 알 길 없어 다시금 이렇게 말했다.

"만일, 방이 없으면 헛간에서라도 자고 가겠습니다. 제발 하루 저녁 호랑이를 면하게 하여 주십시오."

총각놈이 이렇게 애걸을 하자 여인은 차마 뿌리치지 못했음인지 손짓을 하더니 사나이를 안방과 이웃한 건너 방으로 안내하는 것이었다.

'낯선 사나이라 경계를 한 모양이었구나.'

총각놈은 마음이 흡족해 여인이 열어주는 방으로 들어가니 방바닥은 뜨끈뜨끈하게 불이 짚혀 있는데 앉자마자 하루의 피곤이 일순간에 모여 들어 그대로 쓰러져 깊은 잠에 빠지고 말았다.

얼마나 잤을까, 새벽녘이 되어서 총각놈은 잠에서 깨어나 사방을 두리번거렸다.

'아아, 내가 어젯밤 그냥 잠이 들고 말았구나.'

사나이는 초저녁 일이 새삼 떠올라 자리에서 벌떡 일어나 앉았다.

'이 집에서는 벙어리 여인 뿐인가, 아니면 딴 사내놈이 있단 말인가.

사나이는 한참 자고 자나 차츰 딴 생각이 일기 시작했다.

'어디 여인이 혼자 자는지 어쩐지 살펴보자.'

차츰 남성만이 가질 수 있는 본능이 밑으로부터 꿈틀거리며 올라오자 사나이는 살그머니 문을 열고서 밖으로 나갔다.

큰 방문은 훤하니 불이 켜져 있었다. 그때 벙어리 여인은 새벽녘이 다 되도록 죽은 남편의 생각만을 하다가 그제서야 겨우 옷도 벗지 않은 채 이불 위로 쓰러져 잠들어 있었다.

'음! 혼자로구나.'

방안을 엿보고 있던 사나이는 침을 꿀꺽 삼켰다.

'내 아직껏 총각으로 여자 맛을 모르고 지나다가 오늘 밤 혼자 자는 여인을 만나게 된 것도 우연한 일이 아니니 내 장난을 한 번 시작해 보리라.'

그리고 총각은 사르르 문을 열었다. 콩기름 호롱불은 가물거리고 있고 여인은 총각놈이 문을 여는지 마는지도 모르고 어깨를 가냘프게 들먹이며 잠이 깊이 들었다. 원래 늦게 드는 잠은 깊이 빠지게 마련…….
여인은 세상을 몰랐다.

방으로 들어온 총각놈은 여인 곁으로 다가가서 잠든 여인의 얼굴을 한동안 들여다보았다.

예쁜 얼굴이다. 그리고 여인을 이토록 가까이 해보기는 처음인지라 사나이는 차츰 끓어올라오는 흥분을 이기지 못하여 어느 곁에 사르르 여인의 차마폭을 걷어 올렸다.

'내 여인을 희롱한다 하더라도 여인은 벙어리인지라 소리도 치지 못할 것이요. 또한 누구에게도 이 일은 말 못할 터이니 이 어찌 또한 좋지 않으랴.'

총각은 스스로 앞뒤 일까지 생각하면서 이번에는 여인의 속고쟁이를 벗기는 것이 아닌가.

여인은 그래도 모른다. 그야말로 원수놈의 잠이었다.

'흐흥!'

총각놈은 눈앞이 아찔했다. 꿈속에서나 그려보던 여인의 육체, 그리고 그…….

이쯤되니 사내놈은 나중일이야 어떻게 되던 말던 계집맛을 못 본 욕심으로 여인의 배 위로 올라탔다.

"으음!"

여인은 그저 신음 소리를 연발하며 죽은 듯이 그 일을 당하는 수밖에 없었다.

이윽고 날이 샜다. 새벽녘에 잔재미를 본 총각놈은 날이 밝자마자 행구를 차리고 길 떠날 준비를 하는데 돌연 여인이 난폭한 얼굴을 해가지고 사나이를 잡는다.

'흥, 사내맛을 보더니 이거 딴 생각이 있는 모양이로구나.'

총각놈은 지레 이렇게 짐작하고, 마음을 턱 놓고 서 있는데 아침이 되었다. 사나이는 방구석에 앉아 아제나 저제나 하고 아침상이 들어오기만을 기다리고 있으나 아무런 소식이 없어 문을 열고 밖으로 나오는 찰라였다.

"여봐라, 소금장수놈아! 어서 나와라."

하는 호령소리가 들리지 않는가.

총각녀석은 아무 영문도 모르고 벌벌 떨고 있는데 포졸 두 놈이 대문을 열고 마당으로 들이닥치더니 다짜고짜 소금장수 총각녀석을 묶어가지고 나는 듯이 달려간다.

'이상하다. 내가 어젯밤 여인을 겁탈한 일을 관가에서 어떻게 알았단 말인가.'

아무리 생각해도 모를 일이었다.

"소금장수를 잡아왔나이다."

관가의 동헌 넓은 뜰에 포졸은 소금장수를 꿇어 엎드려 놓는데 저만큼서 소복을 한 여인은 틀림없이 그 벙어리 여인이다.

'옳지, 나를 못 가게 해놓고서 관가에 고발을 했구나.'

사나이는 그제서야 모든 일을 짐작할 수 있었다.

"봐라, 네놈은 무슨 일로 저 말 못하는 여인집의 감을 땄느냐?"

사또가 동헌마루에 나타나더니 호령을 힘차게 내린다.

'뭐, 감을?'

총각놈은 기상천외한 호령에 얼굴을 들고 사또에게 아뢰었다.

"소인은 감을 딴 일이 없사옵니다. 더구나 저 여인 집에는 감나무가 없는 줄로 아뢰오."

"뭣이라고……. 여봐라, 네 이래도 거짓말을 할 셈이냐?"

사또는 또다시 꾸짖으면서 종이 한 장을 내보이는데 거기에는 둥그런 동그라미 속으로 방망이 같은 것이 꽂혀 있다.

'아아, 저 둥그런 동그라미는 여인의 음호요, 방망이는 사나이의 양경을 표시한 것이로구나.'

총각은 그 즉석에서 이렇게 판단을 내렸으나 사또는 알 길이 없었다. 다만 이날 아침에 말 못하는 여인이 종이조각을 들고 와서 울면서 호소하거늘, 사또가 종이 조각을 받아보니 동그라미에 방망이라, 때는 마침 가을이여서 사또의 머릿속에 떠오르는 것은 감이었다.

'옳지. 어느 놈이 이 여인의 감을 방망이로 후려 따간 모양이로구나.'

사또는 결국 이렇게 생각을 하고 말았던 것이다.

총각놈은 그저 어이가 없어 사또가 내미는 그림을 의미있게 바라만 보고 있는데 옆에 있는 여인은 답답해 죽겠다는 표정으로 안절부절하고 있다.

"여봐라. 저 소금장수의 말처럼 너의 집에 감나무가 없느냐?"

사또는 여인을 보고 물었다. 여인은 그러자 고개를 끄덕이면서 사또에게서 종이 쪽지를 받아다가 동그라미 옆에 모(毛) 자를 써 놓았다.

사또가 다시 종이를 받아보니 동그라미에 모자라.

'어허, 내 이런 송사를 받아보기는 처음인지고…….'
하면서 쩔쩔매는 모습이 가관이었다.

동그라미에 모자는 음호 둘레에 털이 났다는 의미로 여인은 썼건만은 사또가 어이 이 뜻을 알랴.

'아하, 이제 알았도다.'

한동안 그림을 들여다보고 있던 사또는 무릎을 탁 쳤다.

'동그라미에 털이 있는 것은 필시 홍합뿐인데 홍합 속으로 어떻게 방망이가 들어가나?'

알듯하다가도 모를 일이었다.

'홍합 속에 방망이라.'

사또는 이처럼 애를 태우고 있다가 살며시 옆에 있는 이방에게 물었다.

"여봐라 이방!"

"네잇!"

"이리 가까이 오너라."

사또는 이방을 가까이 불러놓고 속삭였다.

"이거 봐라. 이 그림은 필시 홍합 속으로 방망이가 들어갔다는 의미가 틀림없는데, 그래 홍합 속으로 방망이가 들어갈 수 있는가?"

사또의 말을 들은 이방은 가만히 생각해 보니 홍합이라 하는 것은 여자의 음호와 비슷한고로 홍합 속 방망이는 반드시 음호 속에 양경이 들어갔다는 말과 같다는 말로 여겨졌다.

"네 소인 생각으로는 홍합은 여인의 음호와 비슷한고로 그 속으로 방망이가 들어갔으니 저 소금장수놈이 벙어리 여인을 겁탈한 게 틀림 없는 줄로 아뢰옵니다."

이방의 말을 들은 사또는 그제서야 깨닫고서,

"과연 그러하도다."

하고 손바닥을 때렸다.

"여봐라, 소금장수야."

사또는 크게 호령을 하니 마당에 엎드려 있던 소금장수 총각놈이 고개를 든다.

"네 분명히 감은 따지 않았으렸다?"

"네 사또 분명히 감은 따지 않았습니다."

"그럼 감씨는 땄는가?"

비록 멍청한 사또였지만, 그래도 재기(才氣)는 다소 가지고 있는 모양이었다.

"네, 감씨를요?"

총각녀석은 가슴이 뜨끔하여 반문했다.

"네 이놈. 저 놈을 매우 쳐라."

사또의 명령이 떨어지기 무섭게 총각놈의 엉덩이 위로 곤장이 떨어진다. 소금장수는 마침내 일이 탄로난 줄 알고서 순순히 자백을 하고 말았다.

"이놈, 음호속 감씨를 딴 네 놈의 죄 마땅히 엄하게 받으렸다."

사또는 이처럼 소리치면서도 속으로는 웃음을 금치 못했다.

그 맛은 깊은 곳에

행주에 조그마한 절이 있는데, 그 이름은 굳이 밝힐 필요가 없고 절에 양 선사(陽禪師)라고 하는 오십이 넘은 스님이 기거하고 있었다.

스님은 본디 어려서 불가에 입적했던고로 여자의 음호며 또한 여자의 육체가 어떻게 생겼는지 몰랐다.

어느 따스한 봄날, 양 선사는 터벅터벅 산길을 내려와 마을 동구에 이른즉, 총각놈 서너 명이 모여서 저희들 끼리 희희낙낙거리고 있었다. 솔깃했다.

"이 천지놈아, 그래 네 놈은 여자의 옥문 맛이나 보았느냐?"

한 놈이 그렇게 묻자

"그래 너는 보았느냐?"

하고 되려 반문한다.

"보고 말고……."

"그럼 그 맛을 알겠구나?"

"그럼 알다 뿐이냐."

"그래 어떻더냐?"

“이놈아, 여자의 옥문란 그렇게 밥맛처럼 간단히 느껴지는게 아니다. 말하자면……”

스님은 그들의 이야기가 신기스러워 일부러 걸음을 멈칫거리며 귀담아 들었다.

“잘 들어라. 옥문 맛은 갓익은 포도처럼 시고도 달고, 그런가 하면 향기로운 냄새 속에 단맛이 떠오르기도 하고……”

“에그 이놈아, 침 넘어간다.”

한 녀석이 죽겠다는 듯이 소리를 지른다. 스님은 그 소리를 다 듣고서 다시금 걸음을 옮기며 혼자 중얼거린다.

“세상에는 별맛이 다 있지만, 나 역시 옥문의 맛은 보지 못했거늘, 이제 그 맛이 시고도 달고 또한 향내까지 난다니 필시 극락에 있는 과일의 맛이로다.”

이처럼 그 맛을 그리면서 산길로 접어들었다. 산길을 넘으니 질펀한 평지인데 길 양쪽으로는 보리가 패여 무성하다.

‘아, 그 옥문의 맛을 어찌하면 볼 수 있으리오.’

양 선사는 이제 그 맛을 그리다가 한탄까지 하면서 보리밭 이랑길을 걷는데 길 저쪽에서 한 젊은 여인이 이쪽을 마주 향해 오고 있는게 보였다. 스님의 눈이 그 순간 이상스럽게 빛났다.

‘아아, 저건 필시 천상에 계신 부처님께서 이 양 선사에게 대자대비를 베풀으시어 여인을 보내주심이로구나.’

양 선사는 아전인수격으로 이렇게 생각하며 한 걸음 두 걸음 여인과 거리를 좁혀갔다.

드디어 스님과 여인이 보리밭 이랑 좁은 길에서 만나자, 마치 외나무 다리에서 서로 마주침과 같은 지라, 여인이 멈춰서서 슬쩍 눈을 치뜨고 스님이 길을 비켜 가길 기다리고 있었다.

이때 양 선사는 여인 곁에 이르자, 즉시 수작을 걸었다.

"여보시오, 부인!"

"……?"

여인은 대답 대신 얼굴을 상큼 쳐들고 스님을 바라본다. 무슨 말이냐는 뜻이다.

"내 금방 이 소릿길을 거닐다가 하도 날이 좋아 잠깐 졸은지라, 그 순간 문수보살이 나타나더니 말씀하시길 네 마땅이 조금 후에 한 여인이 나타날 것이니 그 여인의 옥문에 불심을 불어 넣어 주라 하시니 이제 부인을 만남에 이르러 청컨대 그대는 옥문을 보여주오."

스님의 이 말을 들은 여인은 흥! 하며 엉큼한 중의 속셈을 알아차리고서 생긋이 웃으며 가로되

"문수보살께서 선몽을 하셨다 하니 소첩이 어찌 그 말씀을 거역할 리 있나요. 마땅히 불심을 넣어주시어 천생의 극락을 누리게 하여주소서."

'…….'

여인은 스님의 하는 양이 괴상스러워 반듯이 누운 채 그저 물끄러니 바라만 보고 있었다. 바랑에서 숟갈을 꺼낸 스님은 무릎을 단정히 꿇더니 청승맞게 염불을 외우기 시작했다.

"나무아미타불……."

'역시 중이 하는 짓은 틀리는구나.'

'…….'

'이상도 하다.'

여인은 그러면서도 스르르 눈을 감았다. 가뜩이나 흥분이 된 터에 숟갈이 들어가니 시원한 쾌감이 일기 때문이다.

양 선사는 여인의 음호 속에 꽂은 숟갈을 몇 번인가 찔렀다 뺐다 하면서 그 뿌연물을 긁어가지고 입 속으로 가져다 맛을 보았다.

"에—취!"

양 선사는 그 순간 코를 찌푸렸다. 신 맛은 커녕, 아니 단 맛도, 향내는커녕 구리구리하고 고약한 냄새가 코를 찌르는게 아닌가.

'이상하고 괴이하구나. 분명히 달다고 그랬는데, 이 악취는 어떻게 된 일이뇨.'

양 선사는 한동안 음호 속을 들여다보다가 또 이렇게 생각했다.

'그렇다. 단맛은 원래 보배로운 것인 즉, 보배로운 것은 깊은 곳에 감춰져 있기 마련이니 내 다시금 깊숙이 숟갈을 넣어 맛을 보리라.'

스님은 이번에는 숟갈을 깊숙이 넣고서 한동안 진퇴를 시킨 후 빼내니 여인이 더욱 흥분되어 음액이 충일한 지라 숟갈에 가득히 음액이 고여 나왔다.

'오! 많기도 하지!'

양 선사는 감탄을 마지않으며 숟갈을 날름 입 속으로 가져갔다. 그러나 음액이 어찌 달으리오.

"에—취!"

이번에는 스님은 코를 틀어 막았다. 그 씁씁하고 구린맛이란 세상에 또 어느 곳에 있을까 싶었다.

양 선사는 하는 수 없이 자리에서 일어서려는데 여인이 황급히 말한다.

"스님! 아직 운우가 익지 않았습니다. 능히 익히고 가소서."

여인의 말은 아직 만족을 안 했으니 일을 끝내고 가라는 말인데 양 선사는 또 이렇게 달리 들었다.

'운우가 익지 않았다고? 아, 그러니까 덜 익어서 쓰구나. 내 그런 줄을 어찌 알리오.'

하고 다시금 숟가락을 여인의 음호 깊숙히 집어 넣었다.

"으응……."

그러자 흥취가 절로 이는 여인은 깊은 신음 소리를 냈다.

'……?'

여인의 신음 소리를 들은 스님은 깜짝 놀랐다.

'아, 숟갈을 깊숙이 넣었더니 아파서 그러는 모양이로다. 나무아미타불. 관세음보살.'

양 선사는 마음 속으로 저윽히 미안스러워 불경을 외우며 숟갈을 가만히 꽂았다.

"빨리 빨리 꽂으셔요."

흥분을 이기지 못한 여인이 힘껏 음호를 움츠리며 힘을 주니 숟갈이 동강 부러지는게 아닌가.

양 선사는 소스라쳐 일어나 주섬주섬 행구를 차리고 달아나기 시작했다.

'내 마땅히 무르익은 여인의 옥문을 맛보리라. 오늘은 재수가 없는 날

인지고……'

하며 중얼거렸다.

한편 보리밭에 누워 있던 여인은 분통이 터졌다.

'망할 놈의 중늙은이 내 고자인 줄 알았으면 미쳤다고 벌려줄까. 에그, 에그…….'

하면서도 아직도 멎지 않은 음욕을 혼자서 만족시키며

"정녕 오늘은 재수 없는 날이로다. 청하지 않아도 젊은 낭군이 얼마든지 많이 있고 도포 입은 선비님도 내 앞에선 설설 기는데, 이게 무슨 망신이야. 남편이 죽은 후에도 내 일찍이 손가락 맛은 보지 않았더니 오늘 이게 무슨 일인가."

이처럼 장장 새살을 늘어놓으며 마침내 음욕을 다한 여인은 일어나 표독스런 얼굴로 집으로 돌아왔다.

그러나 얄궂게도 여인의 음호 속의 숟갈이 빠지지 아니하여 그로부터 여인이 오줌만 싸기 시작하면 쏴—하고 쇳소리가 나는 것이었다.

한편 그 후 양 선사는 마냥 여인의 옥문 맛을 보기 원하였다.

'저번 그 보리밭에서의 여인은 아직 옥문이 익질 않아서 그처럼 쓰고 냄새가 났으리라.'

양 선사는 이처럼 생각하고 다시금 기회만을 노리고 있는데 그럭저럭 세월이 흐른지라. 어느 날 홀로 탄식하거늘

'대자대비하신 부처님이시여, 어찌 소승에게는 그토록 향기로운 옥문의 맛을 점지하지 않으십니까.'

하니 이때 곁에 있던 중이 이 소리를 듣고 크게 웃었다.

처녀 구별법

나이 스물에 장가를 든 신랑이 있었다. 그런데 예전이나 지금이나 신랑들의 한 가지 고민은 신부로 맞는 처녀가 그야말로 신품이냐 하는 것이 문제인 모양이다.

더구나 유교의 기강이 엄하여 남녀칠세부동석이란 관념이 뿌리 박힌 조선사회에 있어서도 신랑이 맞아들인 신부가 처녀인지 아닌지를 의심하게끔 되었으니 오늘날 여성이 개방적으로 활동하고 있는 시대에 남자들이 신품 신부를 고르는데 신경을 쓰고 있는 그 고충이 실로 이해가 가고 남음이 있다고 하겠다.

각설하고, 이 스무 살 신랑도 첫날밤에 그 신부가 처녀인지 아닌지를 알려고 여러모로 궁리를 하게 되었다.

신랑이 이처럼 신부를 의심하는 데는 그만한 이유가 있었다. 그것은 결혼 전에 뜬 소문으로는 신부가 어느 총각과 정을 통하였는데 어떤 자는 신부가 뽕밭에서 그 일을 하는 것을 보았다는 사람도 있고, 어떤 이는 연자 방아간 구석에서 남녀가 껴안고 있음을 목격했다는 말도 있으나 모두가 증거를 잡을 수 없는 낭설이라고 신랑은 그대로 결혼을 한 것이었다.

그러나

'아니 땐 굴뚝에서 연기나랴.'

하는 속담과 같이 신랑은 그게 비록 헛소문이라고 할 망정 귀에 들은 바라 속이 꺼림직해서 그 진부를 알아보기로 했다.

그러나 서뿔리 잡았다가 되려 몰릴 염려가 있을 것 같아서 신랑은 한 계교를 생각해 냈다.

'옳지, 이렇게 하면 여자로 하여금 스스로 고백케 할 수가 있겠지.'

신랑은 이렇게 생각하고서 손으로 신부의 음호를 슬슬 문지르며 손가락으로 찔러보며

"이 구멍 속이 이처럼 심히 좁으니 어찌 굵은 양물이 들어갈 수 있겠느뇨. 내 이 날카로운 장도칼로 그것을 찢은 후에 약물을 꽂으리라."

하고 신랑은 손가락을 쑥 뺀 후에 차고 있던 장도리칼을 썩 뽑아들고 한 손으로 신부의 음호를 벌리고서 찢으려고 하니 신부는 소스라치게 놀라면서 부르짖는 것이었다.

"낭군께서는 잠시 멈추시고 소첩의 말씀을 들어보소서."

"무슨 말인가?"

신랑은 신부의 음호에 댔던 장도리칼을 잠시 들면서 물었다.

"저, 건너 동네 김좌수의 막내 아들은 낭군처럼 칼로 찢으려 하지도 않고 양물을 잘 꽂기만 합디다. 구멍이 좁다는 말은 입밖에 내지도 않던데, 낭군은 어인 일이요."

하는게 아닌가.

"아니 뭐라고……?"

그 말을 들은 신랑은 절망을 느끼면서 부르짖었다.

"요년아! 어서 가거라! 어서 가! 내 그럴줄 알았다."

신랑은 그 길로 벌떡 일어나 신방을 나가니 갑자기 혼사집에 대혼란이 일어났다.

처녀의 흥분

미혼 남녀가 인간 교합의 신비성을 상상하며 호기심을 갖는 것은 당연한 일이 아닐 수 없다.

더구나 사춘기에 접어들면 누구나 이성을 그리게 되고 이성의 육체가 신비롭게 느껴진다는 것은 구태여 필자의 붓을 빌릴 필요도 없이 여러분이 경험으로 잘 알고 있을 것이다.

그런데 이성의 교합을 상상한 나머지 자칫 잘못하면 병적으로 발전되고 때로는 탈선을 범하기 쉬운 일이니, 여기에 나오는 사춘기의 처녀도 그중의 하나라 하겠다.

한 시골에 갑과 을이라는 두 처녀가 살고 있었다. 처녀들의 나이는 방년 십칠 세다. 바야흐로 혼기가 다 찬 처녀들이었다.

어느 날 드디어 갑처녀는 혼사가 성립되어 시집을 가게 되었다.

"애! 갑순아, 너 시집 간다면서?"

을순이는 부러운 듯 갑순이를 보자 성급하게 묻는다.

"그래!"

역시 자랑스러운 듯한 대답이다.

"넌 좋겠구나."

"기집애두, 넌 뭐 시집 안 간다드냐?"

"그래도 네가 먼저 그 양물맛 보게 되었지 않니?"

"호호, 그건 그렇게 됐어."

갑순이는 부끄러운 기색이란 하나도 없이 오히려 만족스레 깔깔대는 것이었다. 그것도 그럴 것이 갑, 을 두 처녀는 평상시에 모여 앉기만 하면 나이가 나인지라 한다는 소리가 남자의 그것 이야기기 아니면 교합하는 이야기뿐이었다.

그러나 두 처녀는 똑같이 미혼 처녀라 서로가 다 자기들의 상상이 미치는 대로 지껄였을 뿐이었다.

"애 갑순아, 너 저번에 남자의 양물은 두 손가락만 하다고 그랬지?"

을순이는 불현듯 생각이 났는지 이렇게 물었다.

"그래, 넌 인두 자루만 할거라고 그랬지?"

"그래, 그럼 뉘 말이 옳은가 네가 직접 만져보렴."

"알았어, 내 이 다음에 얘기해 줄께."

두 처녀의 말은 여기에서 일단 멈추었다. 마침내 갑처녀는 혼례날이 끝나고 신랑과 신부는 첫날밤을 지내게 되었다.

"아유, 갑순이년은 지금쯤 그 신비롭다는 양물 맛을 보겠구나."

을처녀는 캄캄한 방에 이불을 뒤집어쓰고서 혼자 안절부절했다.

"근데 왜 우리 집에서는 날 시집 보낼 꿈도 안 꾸고 있을까……. 시집을 냉큼 안 보내봐라. 내 죽어서 멍덕귀신이 되어 그냥 못 살게 굴걸……."

친구가 결혼하자 갑자기 시샘이 난 을처녀는 이처럼 부모를 원망하기도 했다.

그 후 며칠이 지났다.

이웃 동네로 시집간 갑처녀[이제는 처녀가 아니지만]가 을처녀를 찾아 왔다.

"계집애 사내맛을 보더니 더 예뻐졌구나."

을순이는 갑순이를 보자, 이처럼 응큼한 말로 맞는 것이었다.

"흥, 말도 마라."

갑순이는 그리고 빙그레 웃었다.

"그래 갑순아, 그 사내의 양물이 얼마만 하든?"

이윽고 을순이는 궁금한 말부터 꺼내 놓는다.

"아유, 애야. 그걸 어떻게 한마디 말로 말할 수 있다더냐?"

"그건 왜?"

을순이는 호기심에 가득차서 묻는다.

"넌 아직 모르겠지만, 고놈의 것이 어찌나 도깨비 방망이 같이 신묘한지, 글쎄 점잖을 빼고 있을 때는 손가락 두 개만한 크기이고, 조금 성을 내면 인두자루만 하며, 그러다가 불끈 용의 머리 같이 치솟으면 작은 방망이만 하니 그 크기를 예측할 수 없단다."

"어마, 그게 그래……."

을처녀는 침을 꿀꺽 삼키며서 호기심에 눈이 빛난다.

"그렇다니까, 그 다음 말은 하지도 말아라. 사지가 녹아나는 것 같단다."

갑처녀는 을처녀 허리를 휘여 잡고 부르르 떨더니

"글쎄, 그놈의 맛이 좋다는 소리는 진작부터 알았지만, 설마 그렇게

까지 신기로울지는 미처 몰랐다."

"……그래?"

을처녀는 침을 꿀꺽 삼켰다.

"그래 내 말을 들어봐요. 고놈의 것이 성을 불끈 내가지고 나의 사타구니 사이를 슬슬 문지르면 그만 이 세상이 빙글빙글 도는 것 같더구나……"

"어마, 저런……."

그리고 다시 침을 꿀꺽 삼키는 을처녀.

"그리구 그놈의 것이 스르르 구멍 속으로 들어오면 온몸이 노근노근히 녹아버리는 것 같겠지."

"아유, 얼마나 좋으면 그럴까……"

"어디 그 뿐인 줄 아니? 그게 스르르 빠져서는 이윽고 성난 용처럼 기운을 불끈 내가지고 들랑날랑 하는 대는 아유…… 뇌성벽력이 일어나고, 태산이 와르르 무너지며, 이 땅덩어리가 천 조각 만 조각 깨여져 무변광대한 하늘 끝으로 허허둥둥 떠가는 것 같으니 어찌 능히 살았다 할 수 있겠는가. 그만 입에서 시고도 달디 단 신음소리가 저절로 소리치며 터져나올 지경이란다."

"아유, 어머나!"

갑처녀의 말을 들은 을처녀는 그 순간 전신을 휩쓰는 음흥을 이기지 못하여 신음소리를 내면서 벼락같이 자기도 모르는 사이에 갑처녀의 코를 물어뜯고 말았다.

"아, 아얏!"

그러자 갑처녀는 코를 움켜쥐고 얼떨김에 집으로 도망치고 말았다.

"음, 해괴망측한 일이로다. 그런 교만하고 방자스런 계집애는 그냥 둘 수가 없다."

이 사실을 안 갑처녀의 집에서는 대단히 분개하여 그 길로 관가에 가서 원님께 상소하기에 이르렀다.

"진정 괴이한 일이로다. 그럼 즉시 두 여인을 불러오라."

원님의 명령이 떨어지자 포졸들은 곧 갑·을 두 처녀를 잡아 대령시켰다.

"여봐라! 넌 무슨 일로 갑여인의 코를 물었느냐?"

원님이 이같이 물어도 을처녀는 부끄러워 냉큼 입을 열지 못하고 쩔쩔 매고만 있다.

"그럼 갑여인에게 무슨 연고로 을처녀가 코를 물었는지 물어 보아라."

원님은 답답하여 포졸로 하여금 대신 문초를 하게 하였다.

갑처녀는 입을 열며 하나도 빠짐없이 을처녀에게 들려준 대로 고했다. 그 때였다. 여지껏 고개를 숙이고 있던 을처녀는 갑처녀의 그 말을 듣자, 다시금 음욕이 용솟음쳐 앞뒤를 분간 못하고 앞에 있는 포졸의 코를 물어뜯었다.

"아이구 코야!"

갑자기 당한 일이라 포졸은 혼비백산하여 물러서고 말았다.

"허허, 이 무슨 망년된 짓인고. 급창이 문초해 봐라."

원님은 실로 해괴하여 급창을 내세웠다. 급창이 영을 받고 나가 또 문초를 시작하여 처녀에게 그 곡절을 물은즉, 갑처녀는 또 그 말을 시작한다.

이때 을처녀는 갑처녀의 말을 듣자, 또다시 흥분을 이기지 못하고 그만 급창의 코를 힘껏 물었다.

"아이구 코야!"

급창 또한 정신이 아찔하여 뒷걸음질로 자리를 피한다.

"사또, 소인이 문초하겠나이다."

이때 형방이 보다 못하여 앞으로 나서자. 사또는

"형방, 형방이여! 그래 네 코는 강철로 만들었느냐? 급히 그 계집 앞을 피하라."

이렇게 소리치고는 코를 움켜잡고 안으로 달아나 버리는 것이 아닌가. 사태가 이쯤되니 송사고 무엇이고 나무아미타불이 되고 말았다. 죄가 있다면 시집을 안 보낸 죄라고나 할까.

뭐, 닭이 울지 않았어

사람이 아무리 우매하다 할지라도 어려서부터 일찍이 그 누구도 가르쳐 주는 자 없건만, 성인이 되어서 결혼을 하면 남녀가 교합을 하게 되는 것을 알음은 철칙이다. 왜냐하면 이것은 인간의 선천적인 본능이기 때문이다.

그런데 여기 결혼을 하여도 그것을 할 줄을 몰라 신부를 울리고 있는 신랑이 있으니 그 이름 강 동풍(姜東風)이라. 동풍이란 자는 과연 방사를 할 줄을 몰라서 안 하는 건지, 그렇잖으면 고자여서 안 하는 건지 또는 너무나도 얌전하여 안 하는 건지 그건 본인 이외에는 아무도 모르는 비밀이었다.

벌써 성례를 지낸 지도 어연 한 달이 넘었건만, 이 신랑은 밤이면 꽃 같은 아내 옆에서 그대로 쿨쿨 잠만을 자니, 이제나 저제나 하고 기다리고 있던 신부는 그야말로 애가 타서 죽을 지경이었다.

그러나 여자란 정숙하고 음탕하지 않아야만 현부라는 교훈이 뼈에 아로새겨진 신부인지라 남편이 마치 자기의 육체를 울넘어 꽃 보듯이 본숭만숭하여도 먼저 청을 하지 못하고 끙끙 가슴만 앓고 있을 뿐이다.

'혹시 내가 맘에 들지 않아서 그러시는 것일까?'

그렇게 소박을 맞을 정도로 추하게 보이지는 않았다.

날장한 키며 능수버들가지 같은 허리며 살찐 암말의 그것과도 같은 탐스런 엉덩이며…… 대체 서방님은 무엇이 부족하여 한 달이 넘도록 거들떠보지도 않는 것일까? 생각할수록 모를 일이었다.

'그럼 혹시 고자가 아닐까?'

신부의 생각이 여기에 미치자 차츰 의심이 번뜩이었다.

'그래 고자가 아니면, 나이가 이십인데 계집을 옆에 놓고 그토록 모른 체 한단 말인가.'

새각씨의 생각은 꼬리에 꼬리를 물고 번져갔다.

'좌우간 고자라면 이처럼 속썩을 필요없이 애당초에 그만 두는게 좋을 것인즉, 어디 실제로 알아나보자.'

결국 이렇게 결심을 하기는 했으나 그렇다고 남편보고 당신이 고자냐고 물어볼 만한 용기가 애초부터 새색씨에겐 없었다.

'그러면……?'

어느 날 밤이었다. 새색씨는 이날 밤도 곱게 단장을 하고서 남편의 이부자리를 나란히 깔아놓았다. 아까부터 사랑방에서 술을 마시고 있던 신랑 강 동풍은 밤이 깊어서야 아내 방으로 건너 왔다.

"아니 왜 여지껏 자지않고 그토록 오뚝 앉아 있는 거요?"

신랑은 각씨가 웃목에 두 무릎을 세우고서 다소곳이 앉아 있음을 보자, 그게 지아비를 기다리는 여인의 안타까운 정인 줄은 모르고 이렇게 무심히 묻는 것이었다.

"서방님도……. 주인님도 안 계신데 첩이 어찌 자오리까?"

남편의 말을 들은 새색씨는 원망스럽다는 듯이 얼굴을 살포시 들고 남편을 우러러보면서 나직이 입을 여는 것이었다.

"허허 임자도……. 그래 내가 있으면 별다르단 말이오. 이제부턴 내가 늦더라도 먼저 자구려."

새신랑은 제딴엔 아내를 생각한 말이었으나 이 말을 들은 새색씨는 울고 싶도록 가슴 속이 메이는 것이었다. 도대체 이토록 여자의 마음을 몰라주는 사내가 이 세상 또 어디에 있으랴 싶은 마음뿐이었다.

"……."

새색씨는 다만 고개를 깊숙이 떨구었다.

"어서 잡시다."

신랑이 끝으로 이 말뿐 옷도 벗지 않고서 벌렁 요 위에 눕더니 언제 말했느냐 하는 듯이 코를 드르렁드르렁 고는게 아닌가. 새색씨는 그저 기가 찰 뿐이었다. 이 밤도 혹시나 하던 기대가 완전히 허물어지고만 것이다.

'분명 고자인 모양이야. 그렇지 않고서야.'

새색씨는 울컥 이 생각이 또 치밀어 올라왔다. 그와 함께 그 어떤 생각이 굳어져 갔다.

'내 오늘 밤은 기어코 확인해 보리라.'

새색씨는 살며시 남편 곁에 누웠다. 그리고서 바른편 팔을 슬금슬금 남편의 골마리 속으로 넣기 시작한다. 가슴이 마구 두방망이질을 한다. 그와 함께 그 어떤 불안이 엄습해 온다.

'만일 고자라면 나는 어떻게 해야 좋을까…….'

이런 불길한 생각이 고개를 쳐든 까닭이다. 만일, 남편의 사타구니에 손을 넣는 순간, 그 때 남편이 고자라는 사실을 알게 된다면 그대로 절망이다. 차라리……

'에라, 고자라면 안 살면 고만이지.'

이런 대담한 생각이 불쑥 일어 용기를 내어 남편의 사타구니로 손을 처넣었다.

"어머나……."

그 순간 새색씨는 가느다랗게 부르짖었다. 그것은 어쩌면 안도의 소리였는지도 모른다.

숭글숭글한 감촉이 손바닥에 느껴지며 곧 이어 한 손으로는 못다 쥘 만큼 큼직한 양물이 듬뿍 잡혀지는게 아니냐.

"휴우……."

새색씨는 손을 빼면서 한숨을 내쉬었다. 남편이 고자가 아닌 것을 몸소 확인을 한 것이다. 그러나…….

웬일인지 새색씨는 다음 순간 온몸의 긴장이 풀리면서 나긋한 흥분이 분홍빛으로 온 육체를 눌러옴과 함께 남편이 그지없이 야속해진다.

'차라리 고자라면 고자니까 그렇다 하겠지만, 이건 번듯한 남자가 돼 가지고…….'

처음으로 만져본 남자의 양물이라 그 따스한 감촉이 밤이 새도록 잊혀지지 않아서 새색씨는 엎치락뒤치락 뜬 눈으로 아침을 맞았다.

그날은 유달리 날이 좋았다. 아침을 일찍 먹고난 새색씨는 같은 마을인 친정으로 나들이를 갔다.

"아이구 애야, 너 어디 아프니?"

새색씨의 파리한 얼굴을 본 그녀의 어머니는 황급히 놀랜 얼굴로 딸을 맞는다.

"아프기는 어디가 아파요. 이렇게 멀쩡한 걸요."

딸은 의미있게 웃으면서 마루에 걸터앉는다.

"아니, 남의 집 딸들은 시집을 가며는 몸이 더욱 핀다는데 너는 오히려 줄었으니 웬일이냐. 혹시 시집살이가 고된 모양이구나."

친정어머니는 딸의 파리한 모습을 보자 속이 짠한 모양이다.

"그것도 아니에요."

딸은 가볍게 머리를 흔들었다.

"그럼 시집식구들의 구박이 심한가 보구나. 에그 남의 애지중지하는 딸을 데려갔으면 잘 보살펴 줄 것이지, 그래 구박이라니 그게 당하기나 한 소리냐?"

새색씨의 어머니는 스스로 이처럼 단정을 내리고서 펄펄 뛴다.

"어머니, 진정하셔요. 누가 구박을 한다고 그러서요?"

딸은 어이가 없다는 듯이 노발대발하는 어머니의 얼굴을 물끄러미 바라본다.

"그럼 대체 무엇 때문에 신수가 그토록 사나워졌느냐?"

"……."

어머니의 성화같은 물음에 딸은 얼굴을 떨구었다.

"애야, 처녀가 갖 시집을 가면 경도가 불순하다는데, 혹시 너 그것 때문에 고심하는게 아니냐?"

이젠 아무 말도 안 하는 딸이 심히 답답하다는 듯 그의 어머니는 갖가지 이야기를 들어가면서 묻는 것이었다.

"얘야, 말을 좀 해보거라."

"참 어머니두……. 차라리 그런 것 때문에 제 얼굴이 나빠졌으면 되려 좋겠네요."

"아니 뭐, 뭣이라고?"

"……."

"얘야, 그렇게 소귀신 같이 있지 말고 속시원히 말을 하려므나."

"흥! 참, 어머니도……. 글쎄 집안의 장닭이 울 때가 되었어도 울지 않으니 사람의 마음이 어떻겠어요?"

딸은 그제서야 이렇게 입을 열었다.

"아니 뭐, 닭이 울지 않어?"

"……."

"아이구 이제 알았다. 딸년 하나 두었다가 고자한테로 시집을 보내고 말았구나. 아이구 얘야, 젊은 것이 생과부 노릇을 하지 말고 어서 보따리 싸가지고 오너라."

딸의 말뜻을 알아들은 그녀의 어미는 이처럼 넋두리를 늘어 놓는게 아닌가.

"아이 시끄러워요. 차라리 고자라면 좋게. 흥!"

딸은 퉁명스럽게 어머니의 입을 막았다.

"아니 왜들 이래요?"

이때 사랑방에서 책을 읽고 있던 신부의 오라버니가 밖이 떠들썩하자 웬일인가 하고 얼굴을 내밀었다.

"아이구, 너 이리 좀 오너라."

결국 이렇게 돼서 신부는 어머니와 오라버니가 있는 자리에서 혼자 비밀히 끙끙 앓고 있던 속이야기를 풀어놓게 되었다.

"헤헤……. 난 무슨 큰일이라고……."

이야기를 듣고 난 오라버니는 헛웃음을 치고 나더니

"글쎄, 이 어리석은 것아. 그런 것 때문에 몸을 닳았단 말이냐. 아니 하기야 신랑 녀석이 행방(行房)을 할 줄 모르니 신부된 몸으로서는 근심이 되기는 되겠지. 하하핫……."

오라버니는 호탕하게 웃는다.

"얘야, 웃지 말고 대체 이 노릇을 어찌하면 좋단 말이냐?"

딸의 일이 걱정스러워 어머니는 그래도 얼굴에 수심이 가득 찼다.

"참, 어머니도 뭐, 그까진 일로 그리 근심이시오. 내게 좋은 방법이 있으니 염려 마세요."

"무슨 방법이냐?"

그 순간 어머니와 딸의 얼굴이 해바라기 모양 활짝 밝아진다.

"저, 내가 매제에게 방사하는 법을 가르쳐 주어도 괜찮겠지요?"

"그럼 좋구 말고. 그런데 어떤 방법으로 가르쳐 줄테냐?"

"그건 제게 맡기고, 어서 매제나 데려다 놓으세요."

아들은 이 말뿐으로 다시 사랑방으로 들어가 버렸다.

그날 밤에 강 동풍은 돌연 처갓집에서 오라는 기별을 받고 허둥지둥 달려갔다.

"어서 오게나. 마침 닭을 잡아서 자네와 같이 먹으려고 불렀네."

장모님이 극진히 맞아드린다. 저녁상이 들어오고 강 동풍은 처남과 이런 이야기 저런 이야기 하는 동안 방안에 여자가 없자, 처남은 매제에게 이렇게 입을 열었다.

"여보게 자네와 나와는 다 같은 사나이니까, 무슨 못할 말이 있겠는가."

"그렇구 말굽쇼."

술이 거나한 김에 맞장구를 치는 강 동풍.

"그래 내가 보아하니 자네 장가간 뒤로 아마 행방을 한 번도 안 해 보았지?"

"형님, 행방이라는게 무엇이요?"

강 동풍은 눈을 커다랗게 뜨고 처남을 바라본다.

"허허, 에끼 이 사람아. 그래 그 좋은 것을 무르고 무슨 맛으로 장가를 든단 말인가."

"행방이란게 그토록 맛이 좋습니까?"

"좋다 뿐인가. 그러니 위로는 상감님을 비롯해서 노비에 이르기까지 그것을 하지."

"아니 대체 어떻게 하는 것입니까, 형님!"

맛이 좋아 상감님도 한다는 바람에 강 동풍은 신비스러운 생각이 들어 캐고 물었다.

"음, 그것도 방법이 있는 법일세. 나에게 동방편(洞房篇)이 있어 행방하는 법이 자세히 기록되어 있으니 오늘 밤 내가 창밖에서 읽을 테니 자네는 그대로만 하게."

"네 알았습니다."

강 동풍은 이렇게 대답을 하고서 밤이 깊은 지라 처가 있는 방으로 들어가서 자리를 청했다. 이때 처남은 새신랑이 들은 방문 곁으로 서서

"자리에 누웠느냐?"

하고 나지막이 물었다.

"네 누웠습니다. 어서 읽으십시오."

강 동풍은 눈을 말뚱말뚱 뜨고서 창밖으로 귀를 기울이고 있었다.

"그럼 읽겠노라. 에— 가라사대, 그대들은 옷을 벗어라."

신랑 강 동풍은 언제나 습관으로 옷을 입은 채 누워 있다가 이 소리를 듣고서 황급히 옷을 벗는다.

"옷을 벗었느냐?"

"네 벗었습니다."

"신부도?"

처남의 이 소리에 강 동풍이 아내의 몸을 만져보니 아내는 어느 틈엔가 실오라기 하나 걸치지 않고 알몸으로 누워 있는 것이 아닌가.

"네, 벌써 벗은 줄로 압니다."

"음, 그럼 그대는 여인의 배 위를 슬슬 문지르라."

순진한 신랑은 그의 말대로 여자의 탄력 있는 배를 슬슬 어루만지니, 여자는 그만 몸을 떤다.

"자! 이제 문질렀으면 여인의 배 위로 올라 타라."

강 동풍은 그 말대로 또 여자의 배 위로 기어 올라갔다. 어쩐지 처음으로 느껴지는 이상스런 감촉이 전신으로 퍼져가고 있음을 사나이는 알았다.

"올라 탔느냐?"

"네, 올라 탔습니다."

"그럼 그대는 여인의 두 다리를 벌려놓고 그 사이로 그대의 다리를 쭉 뻗으라."

신랑은 그 즉시로 여인의 넓적다리를 큰 대(大)자 형으로 벌려 놓은 후 그 사이로 자기의 다리를 뻗었다.

"했느냐?"

"네, 어서 읽으십시오."

"좋도다. 그럼 그대의 양물을 음문에 넣어라."

이때 신랑은 음문이 무엇인지를 모르고 눈을 껌벅거리며 생각에 잠겨 있다가.

"음문이 무엇이며, 어디 있는 것입니까?"

하고 마침내 물었다.

"음문이란 방사를 하는 곳으로 배꼽 아래로 세치쯤 되는 곳에 있느니라. 즉 말하면 홍문에 이르기 전에 도끼로 길게 찍어 뚫은 구멍이 있느니 물기가 있어 질퍽질퍽하는 것이 바로 옥문이다."

처남의 말을 듣고 강 동풍은 아내의 배꼽에서부터 손가락으로 대충 세치쯤 되게 재어 가지고 밑을 다듬어보니 아닌게 아니라 흥건히 물기가 고여 있는 곳이 있었다.

"찾았는가?"

"네, 방금 찾았습니다."

"그럼 그곳에 곧바로 양물을 꽂으라."

신랑은 그 말을 듣고 꽂꽂한 양물을 손으로 꽉 잡고서 여인의 음문 속으로 힘껏 밀어 넣었다. 그러나 처음이라 밀어넣는데도 한동안 법석을 떨고서야 가까스로 대가리만을 겨우 꽂을 수 있었으나 그 다음은 어찌할 바를 몰랐다.

"꽂았는가?"

"네 이제서야 겨우 꽂았습니다."

"그럼 되었도다."

"아니 꽂은 후 어떻게 하라는 것은 쓰여 있지 않습니까?"

신랑은 갑갑해서 물었다.

"오라, 내가 어두워서 빼먹었노라. 꽂았으면 진퇴를 계속하되 힘있고 마디가 있게 하라."

이 말을 들은 신랑은 바야흐로 양경을 진퇴시키니 차츰 그 황홀한 맛이란 일찍이 이 세상 어디에서도 경험하지 못한 바였다.

"응응, 이젠 더 쓰여 있어도 읽지 마소서. 내 스스로 방사의 신묘한 비법을 깨달았소이다."

흥이 절정에 이르자 신랑은 크게 기뻐서 소리쳤다. 이 말을 들은 처남은 혼자 쓴웃음을 웃으면서 사랑방으로 돌아왔다.

이리하여 신랑신부는 결혼 후 사실상 처음으로 황홀한 첫날밤을 보내게 되었다. 이윽고 다음날 아침이 밝았다.

방문을 나서는 딸의 얼굴이 화사해진 것을 보고 그 어머니는 그제서야 마음이 놓였다.

'저것이 어제 밤에 사내맛을 알았구나.'

그러나 딸은 부끄러운 듯 냉큼 고개를 들지 못한다. 이때 신랑이 싱글벙글 웃으며 나타나면서 처남과 얼굴이 마주치자

"형님, 어제 저녁 읽으신 그 말은 어느 책에 쓰여 있습니까?"

하고 물었다.

"음 그건……. 바로 고문진보(古文眞寶) 후행에 쓰여 있는 내용일세."

하고 처남은 빙긋 웃으며 말했다.

"과연 신묘의 비법을 지닌 책이로소이다."

신랑의 말을 들은 처가 사람들은 웃음을 금치 못했다.

방귀가 죄

양달촌에 갑자기 사건이 생겼다. 바로 어젯밤 원님이 있는 동헌 기슭에 한 묘령의 처녀가 벌거벗은 나체로 죽어 있는데, 이는 분명히 어느 부랑자 놈이 겁탈을 하고서 죽인 사건이라, 관내는 떠들썩했다.

"여봐라, 사령!"

원님은 아침부터 동헌 넓은 뜰에 사령들을 불러놓고 노기가 충천해서 발을 굴러가며 명령을 내리고 있었다.

"듣거라! 너희들은 오늘로 즉시 저 무도한 살인범을 염탐하여 잡아오너라. 잡아오는 자에게는 크게 상을 주리라."

원님의 분부가 이 같은 바라, 사령들은 긴 대답을 하고 물러나왔으나 어떻게 손을 써서 범인을 잡아야 좋을지 몰랐다.

그러나 명령이 명령인 만큼 사령놈들은 삼삼오오로 무리를 지어 가지고 마을로 범인을 염탐하러 나갔다. 이때 유독 혼자서 순행을 하게 된 사령놈이 있었으니 그 사령은 소동(笑童)이란 갓 설흔이 된 자로서 평소부터 호화방탕하기로 이름이 있는 사령이었다.

사령 소동은 관아를 물러나온 후 그저 정처없이 마을을 돌아다니는데 때는 사월이라 지친 발걸음에 나른한 햇볕이 짓궂게 졸음을 부른다.

'에라, 이 넓은 천지에 어디 가서 범인을 잡는단 말이냐. 어디 가서 한 소금 자고 가자.'

사령놈은 이렇게 생각하고서 잠 잘 곳을 살펴보는데 때마침 보리밭 저쪽으로 잔솔밭이 있는지라, 그는 그곳에서 한 잠 잘 작정으로 네 활개를 시원스럽게 저어가면서 보리밭 이랑으로 들어섰다.

그 때였다. 사령놈이 무심코 보리밭 저쪽을 힐끗 보니 스무 살 조금 넘어보이는 여인이 허리를 구부리고 보리밭을 매고 있는데, 그 큼직한 엉덩이가 불끈 음욕을 자극시키는 것이었다.

"에험!"

사령놈은 계집의 얼굴을 한 번 볼 양으로 억지로 헛기침을 내뱉었다. 아니나 다를까 얼굴을 수그리고 김을 매던 여인이 고개를 들어 힐끗 사령을 쳐다보는데, 과히 밉상은 아닌지라 사령놈은 그만 구미가 당겼다.

날은 따스하고 인가는 멀겠다. 이 넓은 벌판에서 계집을 좀 희롱하기로니 그 누가 알랴.

사령놈은 곰곰이 생각하다 문득 한 꾀를 생각해 냈다.

"여봐라. 어찌 계집이 남자 앞에서 방귀를 뀌느냐?"

사령놈은 목청을 가다듬어 대뜸 호령으로 수작을 걸었다. 그러자 김 매던 여인은 고개를 들더니 힐끗 사령을 쏘아보고서

"소인 보리밥을 먹고 종일 김매기가 고단하여 방귀를 뀌기로니 무슨 참견이오?"

하며 차디찬 냉소를 흘리는게 아닌가.

"뭐라고? 마침 잘 되었도다. 관가에서 방자스럽게 방귀를 뀌는 자를 잡아오라는 명령이니 각오하여라."

사령놈도 한층 더 기세를 올리며 땅땅 얼러댄다.

"무슨 말씀이오?"

아무 영문도 모르는 여인은 얼굴이 창백해지면서 묻지 않을 수 없었다.

"가 보면 알렸다."

"아이고 소인이 무슨 죄가 있아오리까. 나리님, 방귀를 뀐 여인이 어찌 쇤네 혼자뿐이오리까. 다른 곳에도 마땅히 많이 있을지니 쇤네를 한 번만 용서해 주시오면 그 은혜는 결초보은하오리다."

사람이 방귀 뀌기가 예사이거늘 방귀를 뀌었다고 잡아가는 법이 그 어느 곳에 있단 말인가. 그러나 이 여인은 우선 잡아간다는 말에 질려서 부들부들 떨면서 사령놈에게 애걸복걸을 하고 있었다.

"음, 그럼 내가 그대를 용서해준다면 내 청을 받아줄텐가?"

"네, 무슨 청이십니까?"

"음, 만일 내 청을 거절한다면 즉시 잡아가리라."

사령놈은 다시금 여인의 뒷대를 눌렀다.

"네, 무슨 청이시든지 결코 사양치 않겠나이다."

"좋도다."

사령놈은 그제서야 빙그레 웃으면서 여인의 허리를 껴안고서 잔솔밭 속으로 들어가 잔디 위에 눕혔다.

"난 또 무슨 청이라고……."

여인은 별 놀라는 기색도 없이 사령놈이 하는 대로 몸을 맡긴다. 사령놈은 흥이 저절로 났다. 그야말로 눈부신 햇볕 아래 여인의 나체를 본다는 것부터가 온 몸의 피가 끓는 일이었다. 조용하고도 숨막힌 한순간이 지나갔다. 사령놈은 걷어올린 여인의 치맛자락을 내려주며

"이후로는 함부로 방귀를 뀌지 말지어다. 만일 또 뀌게 된다면 내 또다시 잡으러 오리라."

하고서 골마리를 치켜 올리며 성큼성큼 이랑길로 걸어가는 것이었다.

여인은 부수수해진 머리를 매만지며 홍조가 떠오른 양 볼에 빙그레 미소를 머금은 채 멀어져 가는 사령의 뒷모습만을 바라보다가 돌연 큰 소리로 그를 부르는 것이었다.

"여보세요, 나리님!"

한 판 치룬 뒤라 기분이 좋아서 흥얼흥얼 콧노래를 불러가며 걸어가던 사령은 여인의 목소리를 듣고서 뒤를 돌아다보았다.

"무슨 일이요?"

"쇤네가 지금 막 방귀를 뀌었소이다."

여인은 방그레 웃으면서 이렇게 말하는 것이었다.

'흥, 또 한 판이 생각난 모양이로다.'

사령놈은 그러나 이젠 힘을 다 써버린 후여서 돌연 얼굴을 찡그리며 손을 내저으며

"그대가 방귀뿐만이 아니라 똥을 누었다 할지라도 지금은 할 수 없노라."

사령놈이 허둥지둥 사라져버리니 여인은 그저 원망스럽게 사령의 뒤만 바라만 보고 있을 뿐이었다.

털이 많아 병이련가

때는 추운 겨울이었다. 더구나 평안도와 같은 북방지방의 한겨울은 살인적으로 추운 곳이다. 오줌을 누면 땅에 떨어지는 대로 얼어버리니 영하 이십여 도가 넘는 추위쯤은 보통으로 알아야 했다.

그 겨울도 눈 하나 오지 않는 강추위가 여러 날 계속되었다. 하도 심한 추위라 사람들은 바깥 출입을 꺼려할 정도였다.

관서의 한 산촌에 홍 풍헌(洪風憲)이란 인품 좋은 양반이 살고 있었으니 그의 턱에 난 수염은 능히 배꼽 가까이 이르렀다. 그를 아는 사람들은 풍헌의 수염을 보고 복수염이라고 부르고 있지만, 당사자인 풍헌이 역시 남달리 수염이 풍성한게 여간 자랑스런운 바가 아니었다.

그런데 이상스럽게도 풍헌의 마누라 역시 음모가 어찌나 많은 지 교합을 할 때에는 손으로 터럭을 옆으로 갈라놓은 후에 일을 시작할 정도니 그 길고 울창함이 능히 남편의 수염과 비견할만 했다.

그러나 풍헌은 오히려,

"우리 집은 당신과 나의 털 덕분으로 밥술이라도 두고 먹는 줄 아오."

하고서 매일 같이 터럭 예찬이었다.

하지만 세상 사람들은 풍헌의 수염이 많은 줄은 알지만, 그의 마누라의 음모가 무성한 줄은 알 리가 없었다.

어느 날 밤이었다. 그 날도 어찌나 추운지 풍헌도 아랫목에 누워서 마누라를 품고서 한판 그 일을 낭자하게 벌였다. 어찌나 힘을 내서 했는지 일을 마치니 부부가 다 같이 땀방울이 이마에 맺혔다.

"추울 땐 이 일이 제일이거든."

풍헌은 만족스럽게 지껄이며 아내의 배 위에서 내려왔다. 그런데 마누라는 어찌나 기분을 냈는지 음수가 차고 넘쳐서 온통 사타구니가 끈적끈적하고 게다가 오줌까지 마려워지자 급히 마당으로 나와 오줌을 싸는데 아, 뉘라서 알았으랴. 그만 터럭이 땅에 닿아 오줌과 함께 얼어붙고 말았으니 일어날래야 아파서 일어날 수가 없게 되었다.

"에고, 영감! 사람 살리슈."

자연 여인의 집에서는 비명소리가 튀어 나왔다.

'음, 이게 무슨 소리냐?'

아랫목에 누워 있던 홍 풍헌이는 마누라의 비명 소리를 듣자 깜짝 놀라 밖으로 나가 보았다.

"아니 오줌을 누면서 갑자기 비명은 웬일이요?"

풍헌이 의아해서 물으니 그의 아내는 다 얼어가는 소리로,

"에고, 당신은 어이 그리 태평이오. 그래 내 아랫터럭이 땅에 얼어붙었어도 보고만 있을 작정이셔요?"

"음, 터럭이 얼어붙었어?"

풍헌은 그 소리를 듣자 급한 김에 땅에 엎드려 아내의 음호에 입을 대

고 후—하고 더운 김을 불어넣었다.

그러나 김이 묻은 김칫독도 얼어 깨질 정도로 추운 판인데, 그깐 입김이 무슨 소용이 있으리요. 그만 풍헌의 턱수염마저 아내의 음호를 녹이려다 같이 얼어붙으니 그 역시 일어날래야 일어날 수가 없게 되었다.

'에고 이거 꼼짝없이 얼어죽게 되었구나!'

풍헌은 기가 막혀 달달 떨고 있는데 악몽과도 같은 그 밤을 지샜다. 날이 샐 무렵에는 털이 많아서 행복하다는 이 부부는 털로 말미암아 얼어 죽을 지경에 이르니 털로 인하여 흥하고 털로 인하여 망하는 격이 되고 말았다.

이때 마침 조반을 마치고 난 이웃집 김 서방이 풍헌이를 찾아 왔겠다.

"풍헌이, 풍헌이!"

대여섯 번 연거푸 불러도 아무 소리가 없어 김 서방은 대문을 억지로 열고서 마당으로 한 발을 내디디는 순간 그만 너무나도 어이없는 정경에 장승이 되고 말았다.

"아이구 사람 살리게……."

인기척을 알아들은 홍 풍헌은 숨 넘어가는 목소리로 간신히 입을 연다. 김 서방이 정신을 가다듬고 자세히 보니 홍 풍헌의 수염은 땅에 얼어붙어 있는데 그의 입은 마누라 옥문을 향하여 있는지라 저절로 웃음이 터지지 않을 수가 없었다.

"허허…, 풍헌이 이것도 수염 덕분일세 그려, 그러나 자네 부인께서 아랫수염이 그토록 많은 줄은 미처 몰랐네."

김 서방은 이같이 지껄이며 가위를 가져다 풍헌이의 수염을 싹 자르

니 풍헌이는 그제서야

"고맙고, 고맙도다. 그대 아니었으면 죽음을 면치 못했으리라."

하고 치하를 한 뒤에 김 서방에게 가위를 받아 마누라의 음모를 싹둑싹둑 잘라가며 한탄을 하기로

"애석하도다, 이놈의 점잖지 못한 계집의 터럭 때문에 내 수염이 봉변을 당했구나."

이 소리를 들은 김 서방은 박장대소하며 문밖으로 나갔다.

여자의 마음

평안도 단천(端川)이라면 산천이 수려하고 또한 아름다운 여자가 많기로 유명한 고을이었다.

어느 날 이 단천 관가에는 색다른 풍경이 벌어지고 있었으니 동헌 넓은 마루에 사또가 위엄을 갖추어 정좌해 가지고 계하에 꿇어 엎드려 놓은 한 여인을 엄하게 꾸짖고 있었다.

"여봐라. 양가의 부인이란 원래 현숙하여 투기를 멀리함이 그 미덕이요, 또한 남편의 말에 순종하는게 부도이거늘 너는 어째서 남편에게 항거하여 그 면상을 핥키었느냐?"

사또의 말에 여인은 무릎을 꿇고 입을 여는데 왈,

"소첩이 남편의 면상에 상채기를 낸 것은 다름이 아니오라 소첩의 지아비가 첩을 돌보지 않음은 물론 또다른 기생첩에게 혹하여 이제 가산이 파경에 이르러 더 참을 수가 없어 옥신각신한 끝에 그만 지아비의 면상에 손톱자국이 났나이다."

이 말을 들은 사또는 더욱 기세가 등등하여 가지고

"오, 이 무슨 방자스런 말인고. 사나이 대장부가 외도를 하는게 마땅한 일이거늘, 오히려 그로 말미암아 투기를 부리고 추태를 보였으니 그 죄 씻을 수가 없도다."

사또는 그리고 추상같이 형리를 불렀다.

"네잇!"

형리의 긴 대답.

"저년의 엉덩이를 매우 쳐라."

"네잇!"

사또의 명령이 떨어지기가 바쁘게 형리는 곤장을 골라 가지고 폭신폭신한 여인의 엉덩이를 철석철석 때리는 것이었다.

그러나 아무리 홧김에 관가에까지 아내를 끌고 왔으나 아내가 저같이 모진 매를 맞는 것을 보자, 남편은 마음 속으로 측은한 생각이 떠올라 즉시 원님 앞에 나가 엎드리면서 이렇게 아뢰는 것이었다.

"사또님께 아뢰옵니다. 소인의 얼굴에 난 상처는 실은 소인의 첩의 소행이 아니오라 집의 대문짝이 넘어지면서 낸 상처이오니, 이제 그만 보살펴 주시옵소서."

여인의 남편이 이처럼 간곡히 말하고 있는 모습을 지금까지 아무도 모르게 이 사건을 엿보고 있는 사람이 있었으니 그는 바로 사또의 부인으로 문 뒤에서 낱낱이 살펴보고 있었다.

그런데 부인이 보아하니 억울하게 당하는 사람은 여인이었다.

'그래 사내놈이 밤낮 계집질만하고 다녀 그걸 한탄했기로서니 뭐가 그리 큰 죄일까보냐. 더구나 지금 저 사또란 작자는 남자란 외도를 하는 게 보통이라고 했으렸다.'

사또 부인은 이같이 생각하니 지금 뜰 아래서 곤장을 맞고 있는게 바로 자기 자신의 일만 같아 분한 김에 버럭 소리를 질렀다.

"도대체 남자가 외도하는게 마땅하다 함은 어느 법에 있는 말이오. 저 사내 녀석이 계집질만 일삼기로 그 처가 이에 항거함이 어째서 잘못이리오. 보아하니 사또란 양반이 사내 편만을 들어 일을 처리하는 고로 가히 한탄할 일이로다."

분한 김에 나온 말이라 그 소리가 어찌나 큰지 동헌마루를 쩌렁쩌렁 울렸다.

"무엇이라고?"

이 소리를 들은 사또는 그 순간 얼굴이 창백해 지면서

"여봐라 형리! 그 부부를 속히 밖으로 내쫒아라."

하는 것이었다.

"갑자기 그게 무슨 말씀이십니까?"

곤장을 때리던 형리는 어찌된 영문인지를 몰라 눈을 껌벅거리고 손을 멈춘다.

"듣거라. 사건을 엄하게 다스려 여인을 벌준다면 우리집의 문짝도 부서져 나갈 것은 물론, 내 얼굴에도 장차 상처가 날 것이니 어찌 두렵지 않을소냐. 빨리 내쫒아라."

사또는 그리고 냉큼 안채로 들어가 버렸다. 무던히도 공처가인 모양이었다.

수염 시비

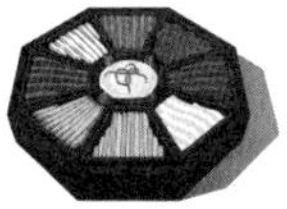

최 진사는 그 자신이 진사 벼슬을 해서 진사가 된 것이 아니라, 그의 증조부가 진사를 지냈다 해서 동네 사람들이 진사, 진사하고 부른 게 어느덧 그의 별호가 되고 말았다.

이 최 진사는 그의 별호대로 위엄을 갖추느라고 그랬는지 몰라도 탐스런 수염이 어찌나 많이 났는지 입이 수염 속에 파묻혀 보이지 않았다.

어느 겨울날이었다. 며칠을 방안에서 지내자니 갑갑하기도 해서 바름도 좀 쏘일 겸 그리 멀지 않은 마을에 살고 있는 친구를 찾아가게 되었다.

그러나 따뜻한 방안에서 생각하던 바와 틀려 날씨가 매우 추운지라 우선 보이는 주막에 들려 뜨끈한 막걸리라도 한 사발 마시고 추위를 풀려고 최 진사는 두루마기 속에 손을 웅크려 넣은 채 총총히 주막으로 찾아들었다.

"어서 오십시오, 손님."

주막에서 심부름 하는 동자놈이 최 진사를 맞아들인다.

"애, 동자야. 뜨끈한 막걸리가 있느냐?"

최 진사는 추운 김에 화로가에 앉으며 물었다.

"네, 술요? 술은 있습니다만, 손님께서 술을 사서 어디다 쓸려고 그러십니까?"

동자놈은 손님의 수염이 무성하여 입이 가려져 있음을 보고 한 말이였다.

"이놈아, 술을 무엇하다니, 먹을려고 청하는게 아니냐?"

최 진사는 동자놈 말이 엉뚱스러워서 웃으면서 이같이 대답했다.

"아니 손님께선 입이 없으신데 술을 어떻게 잡수십니까?"

"아니, 뭐라고 이놈?"

동자놈의 말에 최 진사는 이 녀석이 나를 놀리는구나 하고서 노여움을 품으며 호령했다.

"……네!"

동자놈은 어안이 벙벙해서 그저 눈만을 동그라니 떴다.

"보아라 이놈아, 이것이 입이 아니고 무엇이냐?"

최 진사는 무성한 수염을 두 손으로 딱 가르면서 입을 내 보였다,

"아… 전 손님의 입이 수염 속에 있는 것을 몰랐지요. 그럼 건너 마을 김아병의 아내도 이제 아이를 날 수가 있겠는걸요."

아이놈은 그제서야 알았다는 듯이 탄복하듯 말하는 것이 아닌가.

"뭐라고?"

최 진사는 그게 무슨 뜻인 줄을 몰라 재차 물었으나 아이놈은 빙그레 웃기만 한다. 그러나 아이의 말뜻은 다른 의미가 아니었다.

지난 여름에 우연히 김아병이라는 사내의 처가 울밑에다 오줌을 누고

있는 모습을 동자놈이 보게 되었다.

그런데 이상스러운 것은 여인의 음호가 새카맣게 털로만 되어 있을 뿐 도무지 살이라고는 보이지 않는 것이었다.

'옳지, 저렇게 털이 구멍을 막고 있으니 아이를 못 낳는 모양이구나.'

그 후 동자놈은 이렇게 생각하고 있었는데 이제 보니 손님의 수염 속에 입이 있는 것으로 보아 틀림없이 김아병의 마누라도 그 음모 속에 구멍이 있었을 거라는 생각이 들어서 한 말이었다.

"아니 이 녀석아, 손님께서 술을 청하시면 즉시 대접하면 그만이지 무슨 뚱딴지같은 소리냐?"

이때 옆에서 아이놈의 소리를 들은 그의 어미가 부지갱이로 동자놈을 후려치며 호령을 내렸다.

"이놈아! 네 아비는 비록 이런 시골에서 살았지만 지혜와 지식이 많아 결코 우매한 말을 하지 않았는데, 네놈은 어느 구멍에서 떨어져 나왔길래 이처럼 우매하기 그지없느냐. 손님이 입이 있든지 없든 대체 네게 무슨 상관이고 더구나 김아병의 마누라 밑구멍이 뚫렸든 안 뚫렸든 네가 또한 무슨 상관이냐. 어린놈이 방자하기 이를 데 없구나."

노파는 이렇게 푸념을 늘어놓으며 아이놈을 마구 때리니 최 진사의 마음 속이 다소 풀렸다.

'그렇지, 저런 놈은 종아리를 때려 버릇을 톡톡히 고쳐 놓아야 하느니라.'

최 진사는 마음 속이 후련해 속으로 노파를 칭찬하고 있는데, 노파의 다음 말을 듣자, 그만 낯빛이 일변하고 말았다.

"이 녀석아, 말(馬)을 보아라. 말은 그 머리털이 치렁치렁 늘어뜨려져 있어도 그 눈은 응당 밑으로 달려 있고 개꼬리는 비록 길게 쳐져 있어도 똥구멍이 그 속에 달려있지 않느냐. 이놈아! 털 많은 속이라고 구멍이 없을소냐?"

노파의 이 말을 들으니 최 진사는 한편으로는 부끄럽고 또한 분함이 치밀어 분연히 주막을 나와 버리고 말았다.

나이에 따라 틀리다

때는 가을이라 한적한 길을 세 사람이 걸어가고 있었다.

일행은 어찌된 셈인지 이십대의 청년과 삼십대의 장년과 사십대의 노년이 어울려서 저마다 겪어온 인생담을 자랑하면서 걷고 있는데, 어느덧 저녁이 되었다.

여기서 잠시 이 세 사람의 성(姓)만을 알아본다면 청년의 성이 이 씨요, 장년은 박 씨요, 노년은 김 씨였다. 즉, 김·이·박 세 성씨가 함께 걷고 있었다.

"여보게나, 오늘 밤은 이제 더 갈 것 없이 저기 보이는 주막에서 하루밤 묵고 가세."

이렇게 말한 사람은 김노인이었다.

"좋습니다. 우리가 이처럼 만나게 된 것도 우연한 일이 아니니 막걸리나 마시면서 이야기나 나눕시다."

이건 장년인 박 씨의 맞장구였다. 이들은 마침 보이는 주막으로 들어가게 되었다.

"여보시오. 주인장, 하루저녁 묵고 갈 방이 있소?"

김 씨가 묻자, 젊은 사내가 나오면서 공손히 대답을 한다.

"저의 집은 본래 적어서 손님이 묵으실 방은 하나뿐이옵니다."

"그것 참 좋소. 우리는 마침 일행이니 같은 방으로 족하오."

박 씨가 이렇게 응수하는데, 그때 마침 부엌에서 한 여인이 나오는데 그 몸매가 이런 촌구석에서는 그리 흔하지 않을 만큼 쑥 빠졌다.

"여보, 이 손님들을 건넛방으로 안내하구려."

주막주인은 자기 아내에게 세 사람을 맞도록 했다.

"이리들 오셔요."

여인은 수줍게 입을 열면서 세 사람을 데리고 웃방으로 안내한다. 그 걸음 거리, 그 몸매, 말씨가 어쩌면 그렇게도 조화가 되어 아릿다운지 세 사람 중에서 유독 박 씨의 마음을 크게 움직였다.

방을 정하고 저녁상을 물린 후에 늙은이답게 이야기를 좋아하는 김 씨가 또 입을 열어 여러 가지 고담을 늘어놓았지만, 이미 여인에게 반한 박 씨는 이야기 소리에는 귀가 멀고 오직 어떻게 하면 여인을 한 번 품어 보나 하는 일념뿐이었다.

'사나이가 장부로 태어나 그 하고자 하는 바를 이루지 못한다면 어찌 장부의 기개가 있다고 할 수 있으랴. 내 마땅히 붙들려 곤장을 맞는 한이 있더라도 기필코 목적을 이루리라.'

혼자서 곰곰이 이같이 결심한 박 씨는 어서 밤이 깊기만을 기다리게 되었다.

"여보 박 씨, 무얼 그리 생각하고 있소?"

멍하니 벽 만을 응시하고 있는 그를 보고 김 씨가 의아하게 물었다.

"이렇게 객사에 있으니 문득 집에 있는 아이놈의 얼굴이 보고 싶어 지는구려."

박 씨는 부지중에 이렇게 꾸며 댔는데, 김 씨는 그의 말을 듣고

'가히 그럴 법하외다.'

하고 더 묻지를 않았다. 그렇던 중 밤이 깊어 김 씨, 이 씨도 모두 잠이 들어건만, 박 씨만은 주인 내외가 자는 안방에만 신경이 뻗치고 있었다.

이윽고 큰방에서는 주인 사내의 코고는 소리가 들렸다.

'이 때다!'

박 씨는 그 소리를 신호로 하여 살그머니 방을 빠져나갔다.

어디선가 요란스레 개짖는 소리가 들리는가 하면 목청을 높인 닭이 자지러지게 운다. 박 씨는 가슴이 뛰었으나 이왕 내친 걸음이라 가만히 주인 내외가 자고 있는 방문을 열었다. 주인 내외는 누가 방문을 여는지 마는지 아무것도 모르고 나 몰라라 깊은 잠에 빠져 있었다.

'으흠!'

박 씨가 가쁜 숨소리를 죽여가면서 주인 사내를 살짝 벽 쪽으로 밀어 놓고서 자기가 대신 들어갔다.

"으으응!"

박 씨가 여인의 아랫도리를 슬슬 문지르자, 여인은 잠꼬대를 하면서 저쪽으로 돌아 누워버렸다. 그러나 이것이 오히려 박 씨에게는 잘 되었다.

"여인의 엉덩이가 바로 박 씨의 양물에 와 닿은지라, 그는 슬쩍 양물을 꺼내 가지고 여인의 엉덩이를 더듬은 후 옥문에 그걸 꽂았다.

"아이, 으응…… 오늘 밤은 웬일이에요. 새벽에나 하지!"

여인은 잠꼬대를 하듯 하면서 피곤하다는 듯 잠에 빠지는데, 그저 하고 싶으면 하라는 몸짓이었다.

박 씨는 감히 올라타지 못하고 여인의 뒤에서 마침내 욕심을 채우고 말았다. 무정한 건 역시 잠이었다.

다음날 아침이었다. 여인은 남편을 보자 불현듯 엊저녁 밤의 일이 생각나서 이렇게 물었다.

"여보, 대관절 엊저녁에 어찌 전고에 없는 짓을 그렇게 하셨우?"

"아니 무슨 짓 말이요?"

주막 남자는 실로 아무것도 모르는지라 반문할 수밖에.

"어마, 이 양반이 정말 이상해지셨네. 그럼 저녁엔 귀신이 그랬단 말이에요?"

정말 갑갑한 일도 다 많다. 글쎄 피곤해서 초저녁부터 곯아 떨어진 사람보고 아내는 도대체 무엇을 했다고 그러는지 짐작이 안 갔다.

"아니 여보, 대체 무엇을 했다는 거요?"

"뭣은 뭣이여요, 바로 그짓 말이지."

여인은 남편의 뚱딴지 같은 말에 그만 화가 울컥 치밀었다.

"그 짓이라니?"

점점 모를 소리다.

"흥, 그래 새벽에나 하자고 그래도 자꾸만 엉덩이 뒤에서 씨근덕거린 사람은 누구요. 나 역시 피곤해서 죽겠는데……"

"아니, 뭐라고?"

그제서야 사나이는 불현듯 의심이 나서 재차 물었다.

"그게 정말이요?"

"어머나 당신도 그래 어젯밤 일을 벌써 잊었수?"

'아뿔사, 어느 놈이 내 아내를 겁탈했구나.'

하고 부르짖었다. 생각하니 사나이는 오장육부가 마구 떨려서 어찌하면 좋을지 모르겠다는 표정이다. 그제서야 어제 저녁의 일이 결코 남편의 짓이 아니라는 것을 안 아내도 얼굴에 노기가 서리기 시작했다.

"그래 분명 어젯밤 그놈들 세 놈 중에 분명히 있을 텐데, 누군지 모르겠소?"

남편은 범인을 잡아내려고 아내에게 물었다.

"아이 당신도, 잠결인데다 방안 또한 캄캄하고, 그리고 난 당신인 줄 알았죠, 뭐."

"아니 이 밥통아, 그래 내가 언제 자다가 뒤에서 하는 일이 있더냐. ××를 도적 맞을려니까 별스러운 걸……"

"아닌게 아니라 저도 좀 이상하다고 생각했었죠. 도둑을 맞으려면 동네 개도 안 짖는다더니 어찌 잠귀가 밝은 당신도 몰랐수?"

두 부부는 서로에게 책임을 전가시키려고 옥신각신 하다가는 마침내는 관가에 이 사실을 고발하고야 말았다.

주막집 사나이의 송사를 들은 사또는 즉시 세 사나이를 불러 대령시켰다. 그러나 사또가 막상 세 사나이를 꿇어 엎드려 놓고 일을 처결하자니 도대체 어느 놈이 범인이지 냉큼 가려낼 수가 없어 쩔쩔매고 있을 뿐이었다.

'분명 범행을 저지른 놈은 저 세 놈 중에 있으렸다. 그러나 일을 당한 당사자도 누군지를 모른다니, 장차 이 일을 어떻게 처결했으면 좋을꼬?

사또는 자못 근심스러워서 눈만을 감았다 떴다 하고만 있었다. 이때 방안에서 이 광경을 낱낱이 보고 있던 사또의 부인이 가만히 사또를 불렀다.

"여보, 사또 영감, 이리 좀 들어오시구려."

사또는 마누라의 부름에 내아로 들어갔다.

"여보, 무슨 일이오?"

마누라가 묻는 말에 사또는 이 사건의 전말을 낱낱이 이야기했다.

"아이 영감님도 뭐, 그런걸 가지고 그리 쩔쩔매고 계셔요? 모르시겠으면 진작 저에게 의논을 해보시지."

마누라가 이같이 말하는 지라 사또 기운이 벌컥 났다.

"무슨 좋은 방법이라도 있소?"

"있구말구요. 제 말씀을 들어보셔요. 지금 다시 나가시거든 일을 당했다는 여인에게 이렇게 물어보셔요. 어젯밤 그 일을 치를 때 양물이 들어오기를 송곳과 같이 날카롭게 들어오더냐, 아니면 두터운 쇠망치가 쑤욱 들어오는 것 같더냐, 그것도 아니면 삶은 가지가 간신히 비비고 들어오는 것 같더냐고 물으시면 범인은 저절로 잡을 수 있습니다."

마누라의 말을 들은 사또는 그래도 이해가 가질 않아 다시금 물었다.

"여보, 그걸 가지고 어찌 청년인지 장년인지 노인의 소행인지를 가려낼 수가 있겠소?"

"제 말을 좀 더 들어보셔요. 만약 양물이 송곳 같이 날카롭게 들어오면 이는 틀림없이 청년의 소행이며, 둔탁한 쇠망치로 내리 누르는 것 같으면 분명 장년의 소행이며, 삶은 가지를 쑤셔 넣은 것 같으면 이는 분명 노년의 소행인즉 사또께서는 속히 여인에게 물어보셔요."

마누라의 말을 들은 사또는 그 말이 그럴듯해서 즉시 동헌 높은 마루로 나갔다.

"여봐라 어젯밤 네가 그 일을 당할 때 그 감촉이 어떠하더냐?"

사또는 주막 여인에게 이렇게 물었으나 여성은 무슨 말인지 모르는 모양 그저 어물거리고만 있었다.

"여봐라, 어젯밤 그놈의 양물이 날카로운 송곳처럼 들어오더냐, 아니면 육중한 쇠뭉치가 들어오는 것 같더냐, 그것도 아니면 삶은 가지가 들어오는 것 같더냐?"

사또가 다시금 이렇게 물으니 여인은 잠시 생각하고 있는 듯 하더니 고개를 번쩍 들고서

"그건 꼭 쇠뭉치가 들어오는 것과 같았습니다."

하고 말하는 것이었다.

"음 알았노라. 여봐라! 형리, 저 박가 놈을 매우 쳐라."

사또는 그 즉시로 장년 박 씨의 볼기를 까놓고 곤장을 때리도록 명하였다.

"이 음흉스러운 놈아. 네 죄는 네가 알렸다."

사또가 추상같이 호령을 하니 박 씨는 마침내 자기 죄가 탄로난 줄 알고서 순순히 자백하고 말았다. 이리하여 사또는 자기 마누라의 지혜로 어려운 강간 사건을 깨끗이 처리하고 나니 한가닥 의심스러운 바가 머

릿속으로 떠오른다.

'그렇지. 여인이 그토록 양물의 감촉을 알려면 상당히 경험이 풍부하여야 하거늘, 우리집 마누라가 어찌 청년, 장년, 노년의 양물 맛을 식별할 줄 안단 말인가. 심이 이상하도다.'

사또는 의심이 점점 커서 그날 밤 그의 마누라에게 묻고 말았다.

"여보 부인! 오늘은 임자 덕분으로 사또의 체통을 능히 갖추었소. 그런데 자못 한 가지 의심스러운 점이 있구려."

"무엇이 의심스럽소이까?"

"당신처럼 한 지아비를 섬겨 온 아낙으로써 어찌 여러 종류의 양물을 식별할 수 있단 말이요?"

사또의 이 말을 들은 순간 부인은 그만 까르르 웃더니 이렇게 말했다.

"사또도…… 그래 내가 혹시 외간 남자와 간통이라도 했다는 의심이구려?"

"아니, 그렇다는게 아니라……."

"그럼 무엇이여요. 당신도 생각해 보셔요. 우리가 갓 결혼했을 때에는 당신이 한참 나이 청년이 아니었어요? 그 때는 그 일을 하실 때는 마치 송곳으로 마구 찌르는 것 같았습니다."

"음!"

사또는 그제서야 깨닫겠는 듯이 깊은 숨을 내쉰다.

"그리고 그 후로는 또 어쨌어요. 당신이 나이를 잡수시니 차츰 송곳과 같이 찌르던 것이 쇠망치로 치는 것과 같았어요."

"음!"

사또는 다시 한 번 깊은 숨소리를 냈다.

"그리고 지금을 말하자면, 당신이 그 일을 하실 때면 마치 삶은 가지가 들어오는 것처럼 힘이 하나도 없으니 이는 당신이 늙으셨다는 증거이지요. 그저…… 옛날 송곳처럼 찌르던 때가 그리울 뿐이로소이다."

"아하, 이제 알았소!"

사또는 그제서야 무릎을 탁치면서 탄복을 했다. 실제로 아내의 말은 헛소리가 아니었다.

교활한 방기(房妓)

홍 풍생(洪風生)은 영남 부호의 아들로 일찍이 그 아버지가 독서당에 앉혀 놓고 글을 아무리 가르치려고 했으나 풍생이 어찌나 머리가 우매한 지 그만 단념을 해버리고 말았다.

그러나 집안은 부유하고 공부는 하기 싫어해서 자연 빠지는게 주색이니, 어느 고을에 아무개 기생이 예쁘다면 천 리를 마다하지 않고 찾아가 신물이 나게끔 거들거리다가 돌아오는 것이 고작이었다.

속말로 못난 송아지 엉덩이부터 뿔난다는 격이다.

요 며칠 전 홍 풍생은 충청도로 유람 갔다가 무려 이백 냥이란 어마어마한 돈을 모두 탕진하고 돌아온 후 또 어느 곳으로 갈까 하고 궁리를 하고 있는 터인데, 마침 좋은 소식이 들어왔다.

"도련님!"

후원 마루에 걸터앉아 시름없이 하늘만을 쳐다보고 있는데 평소 심복처럼 데리고 다니는 종놈이 급히 부르는 것이 아닌가.

"무슨 일이냐?"

홍 풍생은 내키지 않는다는 듯이 물었다.

"저 소인이 지금 좋은 소식을 알아가지고 왔습니다."

종놈은 연신 벙글벙글 웃으면서 말했다.

"좋은 소식이란 뭣이냐?"

역시 흥미없어 귀찮다는 홍 풍생의 말이다.

"지금 소인이 하도 목이 컬컬하던 판이라 길 건너 주막집에서 막걸리를 한 사발 사먹지 않았습니까?"

"그래서?"

"그런데 막 한 사발을 들이키고 있는데 때마침 선비 두 사람이 들어오며 하는 말이, 평양 기생에 관한 말을 하지 않겠습니까."

"기생 말이라?"

기생이라는 말에 그제서야 홍 풍생의 눈이 번뜩인다.

"네, 평양에 춘월(春月)이라는 기생이 있는데, 그 용모의 아름답기가 경국지색이라나요. 자기도 그 춘월이라는 기생과 이십여일 노닐다 오는데, 그 사이 어찌나 정이 들었는지 추풍령을 넘어오면서 북향하고 마구 엉엉 울었다는 이야기입니다."

종놈이 이 같은 말에 홍 풍생의 마음은 저윽이 동요되었다.

"그게 사실이냐?"

"아무렴요. 여부가 있을갑쇼."

"분명 그 춘월인가 뭣인가 하는 기생 이야기를 들었겠다?"

"도련님도, 글쎄 이놈의 귓구멍으로 똑똑히 들었습니다."

홍 풍생이 자꾸 묻는 바람에 종놈은 그만 답답해 죽겠다는 듯 자기의 양쪽 귀를 잡아 늘여 보인다.

"음, 그놈의 춘월이가 그토록 사나이의 가슴을 울릴 만큼 예쁘다 하니 어디 나도 한 번 가 보아야겠다. 얘야, 어서 행장을 차려라."

홍 풍생은 그렇지 않아도 어디로 갈까 하고 궁리를 하던 참이라 그 즉시로 종놈에게 명령을 내렸다.

종놈은 기생 말만 들어도 사지를 떠는 홍 풍생의 마음을 아는고로 이같이 말을 했던 것이니, 과연 즉시 떠나자 함에 그저 신바람이 나서 말을 끌어내어 바쁘게 행장을 차린다.

이러하여 홍 풍생은 돈 오백 냥을 말에 싣고 종놈을 앞세우고서 그날로 평양을 향해서 강행군을 하였다.

그러나 영남에서 평양까지는 무려 천 리가 넘는 길이라 풍생이 평양 땅에 당도했을 때는 고향을 떠난 지 보름이 되는 저녁 오후였다.

평양은 확실히 정서가 어린 고도(古都)라 홍 풍생이 말을 타고 대동문을 들어서며 문득 모란봉을 바라보니 조용히 굽이굽이 흐르는 대동강 물결을 먹음은 듯 묵묵히 모색(暮色)에 쌓여 있으니 그 정경이야 말로 천 리길을 달려온 나그네의 눈엔 그저 천만가지의 회포를 느끼게 했다.

"과연 평양은 이름난 고을이구나. 산 좋고 물 좋으니 어찌 풍류 명기에 미색이 없을까 보냐."

홍 풍생은 넋을 잃고 모란봉을 쳐다보고 있다가 이처럼 나즉이 감탄을 하면서 말을 몰아 시내로 들어갔다.

"얘야, 넌 어서 가서 그 춘월이의 집이 어디인지 알아보고 오너라."

종놈이 나간지 얼마 후에 주막에 들자, 홍 풍생은 즉시 종놈을 시켜 기생집을 알아오게 했다.

"얘야, 그래 집을 알았느냐?"

"네, 집은 확실히 알았습니다마는 초행길이 돼서 혹시 잊지나 않을까 해서 노파 한 분을 모시고 왔습니다."

"음, 잘 했다."

홍 풍생은 마음이 흐뭇해서 노파에게 치하의 사례금을 준 후에 그를 앞세우고서 춘월의 집으로 향하였다.

노파는 얼마를 이리저리 길을 바꿔가며 홍 풍생을 끌고 가더니 어느 한 커다란 집 앞에서 멈춰섰다.

"여기옵니다."

노파는 홍 풍생에게 알렸다.

"고맙소이다."

홍 풍생은 또 한번 치하를 한 후에 말에서 내려와 즉시 사람을 불렀다.

"이리 오너라."

홍 풍생의 목소리는 자못 위험을 갖추었다. 조금 후에 안에서 인기척이 들리더니 계집종이 문을 연다.

"뉘시옵니까?"

"음, 난 영남에 사는 홍 풍생이라는 선비로써 너희 집 아씨를 만나러 온 사람이다. 어서 안내하여라."

홍 풍생의 말을 들은 계집종은 생긋 웃으며 사나이의 아래 위를 훑어보더니 무엇을 생각하는 듯 다시금 생긋 웃고 나서,

"천만 죄송하오나 잠깐 기다려 주십시오."

하고는 급히 안으로 들어갔다.

"아씨마님!"

춘월이가 있는 방으로 달려온 계집종은 급한 목소리로 불렀다.

"무슨 일이냐?"

거문고 손질하고 있던 춘월이는 계집종의 목소리에 한가로이 묻는다.

"손님이 왔어요."

"아는 사람이더냐?"

"아니 처음 보는 사람인데, 저… 영남에 사는 홍 풍생이라는 선비라나요."

"영남에 사는?"

혹시 아는 사람인가 고개를 갸웃둥 하고 생각에 잠기던 춘월은

"처음 듣는 이름인데 행색이 어떻더냐?"

사나이의 행색을 묻는 것은 기생의 공통된 습성인가 보다.

"아주 호화스러워요. 살찐 말을 타고 있는데 젊은 시종을 데리고 있고……"

춘월이는 비록 영남에 산다는 홍 풍생이란 놈팽이를 보지는 못했을망정 종년의 말을 들으니 어렴풋이나마 그 위인 됨됨이 떠올랐다.

'흐흥! 돈푼이나 있는 잡놈이구나!'

두말할 것도 없이 춘월은 이렇게 생각한 것이다.

홍 풍생이 종년의 안내를 받아 객실로 들어가니 곧 이어 화장을 곱게 한 춘월이가 들어왔다.

"먼 길 오시느라 얼마나 고생 많으셨습니까? 냉큼 선비님을 몰라뵈온 저의 과실을 용서해 주셔요."

춘월은 무릎을 살포시 구부려 절을 한 후에 사르르 눈을 들어 사나이를 쳐다보니 얼굴은 우락부락해서 흡사 파락호(요새 말로는 부랑자) 사촌쯤은 되어 보이는데, 위인치고는 더럽게 추하고 못 생겼는지라, 그 즉석에서 홍 풍생은 점수를 잃고 말았다.

그러나 그 차림새는 자못 호화로워서 비단 옷에 겹쳐 입은 조끼의 금단추가 황초불에 찬란히 빛났다.

'내가 바로 맞추었구나. 돈푼이나 있으니 계집질을 하는 거겠지.'

기생의 이런 속도 모르고 홍 풍생은 헤픈 입을 열면서 지껄였다.

"과연 그대는 미색이로다. 내 천 리를 멀다 않고 찾아온 보람이 있소. 그대 이름이 춘월이라지?"

"네 춘월이옵니다."

"흥, 봄바람의 달이라, 과연 사나이의 간장을 녹일만한 지고."

"어마, 선비님께선 풍류에도 멋지시군요."

"하하하, 뭐 별로 한다고는 말할 수 없으나 과히 심심치는 않을거요."

홍 풍생은 계집이 치켜주는 바람에 어깨가 으쓱해져 이렇게 호언을 했으나 실로 하늘 천(天)자도 모르는 주제에 풍류란 개뿔이나 무슨 풍류냐, 고작 안 다는 것이 팔도강산의 뭇 계집년을 주물럭거리면서 한두 마디 얻어들은 잡소리뿐이었다.

"하여튼 이토록 첩을 사랑하여 주시니 그 기쁨 비길데 없습니다. 오늘 밤은 몸도 고단하실터니 편히 여독을 푸시옵소서."

춘월의 말에 홍 풍생은 이렇게 응수하는 것이었다.

"천 리길 한결같이 그대 그리며 왔으니 오늘 밤은 은은한 봄밤, 은빛

같은 달빛 속에 사나이의 가슴을 적셔보자꾸나."

"호호호……"

계집은 자지러지게 웃으면서 풍생의 몸에 나긋이 어깨를 기댄다. 이렇게 해서 평양의 일색이라는 춘월이와 영남의 탕아 홍 풍생과의 첫날 밤은 시작되었던 것이다.

춘월은 원래부터 홍 풍생의 사람됨됨에는 머리털만치라도 흥미가 없었지만, 원체 그가 갖고 있는 금전이 많은지라 돈에 끌려 하루하루 극진한 대우로써 모시니 풍생은 그만 춘월이에게 홀딱 반하여 같이 붙어 있기 어언 삼개월이 지났다.

이러던 어느 날이었다. 평양에 새 사또가 부임한 지라, 소위 상급에 속하는 기생들은 관례대로 새 사또를 모시게 되었다.

마침내 그 차례가 춘월이에게 돌아왔다. 그날 밤이었다. 행수기생(行首妓生-기생 중의 우두머리, 이른바 감독자다.) 으로부터 전갈이 왔는데, 그 내용인즉 즉시 화장을 곱게 하고 새 사또님을 모시러 들어오라는 명령이었다.

"아니, 네가 오늘 밤 수청을 든단 말이냐?"

홍 풍생은 이 사실을 알고서 얼굴이 창백해지면서 물었다.

"새로 오신 사또님을 모시라는 분부인즉 어찌 피할 도리가 있사옵니까?"

"아니 그럼 그 사또라는 놈이게 네몸을 허락한단 말이지?"

기생이 사또의 수청을 들음은 정한 이치인데, 질투심이 번뜩이는 홍 풍생은 이같이 묻는다.

"호호호, 서방님도 질투심이 여간 아니로소이다. 허나 염려 마십시오. 첩에게 좋은 계책이 있사옵니다."

계집이 자지러지게 웃으며 이같이 말하는 통에 홍 풍생은 눈이 번쩍 뜨이면서 묻는다.

"아니, 무슨 계책이냐?"

"서방님께서는 모름지기 첩이 하는 모양만을 보십시오."

춘월은 이렇게 대답을 하며 단장을 곱게 하고는 나갈 때 고쟁이 속에다 월경대를 차는게 아닌가?

"계책치고는 매우 좋은 꾀로구나."

홍 풍생은 그제서야 마음에 안심이 가는지 기꺼운 낯빛으로 지껄였다.

"그럼 서방님께선 안심하시고 오늘 하루만 홀로 계시옵소서."

계집은 그 고은 얼굴을 숙여 인사를 하고 나가는데 홍 풍생은 아무리 생각을 하여도 미심쩍은 생각이 들어 가만히 계집의 뒤를 밟기 시작했다.

밤도 사뭇 어두운데 춘월이는 계집종이 밝혀 주는 등불을 따라 가다가 마침내 관사에 이르자, 기생 춘월은 돌연 치마를 걷어 올리더니 차고 있던 월경대를 풀어내어 담위 기와장 속에다 쑤셔 넣어버리고 안으로 들어가는게 아닌가.

그 광경을 숨어서 보는 홍 풍생의 두 눈은 아찔하였다.

'허허……. 역시 못 믿을 건 계집의 마음이로다. 내 저를 사랑하기 하늘의 해와 같이 뜨겁게 사랑하였고 금은보배를 아낌없이 주었거늘 무엇이 부족하여 저같이 날 속인단 말이냐.'

홍 풍생은 분하고도 서글픈 생각이 들어 한숨이 절로 났다.

'흥, 이년, 내가 모를 줄 알고 이같이 교활한 짓을 했으렸다. 내 저놈의 ×덥개를 가져다 증거를 삼으리라.'

홍 풍생은 이같이 결심하고서 조금 전 춘월이가 담 위 기와장 속에 쑤셔넣은 월경대를 찾아가지고 집으로 돌아왔다.

그러나 어찌 잠이 오랴. 지금쯤 그 사또놈과 계집이 같이 어울려 온갖 짓을 다 하며 시시덕거리고 있을 생각을 하니 잠은 천만 리 저쪽으로 달아나 버리고 오직 불같은 질투심만이 가슴을 태웠다.

'천하에 괘씸한 년!'

그와 함께 사나이의 입에서는 갖은 욕설이 터져 나왔다.

그런대로 밤은 깊었다. 차츰 새벽녘이 가까워지자 홍 풍생은 어느덧 자신도 모르게 계집의 월경대를 두 손으로 꽉 움켜 쥔 채 방바닥에 쓰러져 홍근히 잠들고 말았다.

이른 새벽녘이었다. 사또의 수청을 들은 춘월은 일찍이 관사를 나오는데 문간에 이르러 어제 저녁 쑤셔넣은 월경대를 아무리 찾아도 온데간데가 없다.

'흥, 이것은 필시 그 홍가놈의 장난이 분명하다.'

춘월은 그 즉시 이같이 단정을 하고서 집에 돌아와 가만히 문틈으로 방안을 엿보니 과연 홍 풍생이 월경대를 잔뜩 움켜 쥐고서 이승인지 저승인지 모르고 잠에 빠져 있는게 아닌가.

'흥, 어리석은 사나이 같으니…….'

춘월은 빙긋 웃으며 슬그머니 방안으로 들어가선 홍 풍생이 쥐고 있는 월경대를 빼낸 후 그가 쓰고 있는 갓을 대신 놓은 후에

"여보, 서방님 주무셔요?"
하면서 사나이를 깨웠다.

"으음, 뭐라고?"

그제서야 사나이는 기지개를 불끈 켜면서 눈을 떴다.

"여보 서방님, 어젯밤에는 그 월경대 덕분으로 그 짓을 면하고 이처럼 일찍 나왔나이다."

춘월은 생긋 웃으면서 사나이를 얼렀다. 그 순간, 홍 풍생은 어젯밤 자기를 속이고도 또 거짓말을 하는 계집이 가증스러워서 벌떡 일어서며

"아니, 무엇이라고? 더 말을 말지어다. 모든 일은 이미 청청백일하에 탄로되었거늘, 너는 어찌 또 속이려 드느냐?"
하고 소리를 높이는 것이었으나 계집은 사나이가 그럴수록 더욱 천연덕스런 얼굴을 하면서

"대체 서방님께서 무엇을 속으셨단 말씀이며, 또 서방님을 속인건 누구란 말씀입니까?"
하고 농간을 부리는 것이었다.

"아, 가슴이 쓰리는도다. 날 속인건 바로 네가 아니냐?"

"어머 제가요?"

호들갑을 떠는 계집이다.

"아니, 그럼 넌 정녕 이것을 보지 못한단 말이냐?"

홍 풍생은 계집에게 증거를 제시하려는 듯이 지금까지 손에 들고 있던 것을 쑥 내밀어 보인다.

"아니 그건 서방님의 갓이 아니오니까?"

"뭐라고?"

그제서야 홍 풍생이 손에 들고 있던 물건을 보니 어찌된 일인지 그건 계집의 월경대가 아니라, 바로 자기의 갓이라 이에 놀라지 않을 수가 없었다.

"이게 어찌된 일이오. 어젯밤에 내 분명히 네 월경대를 가지고 돌아왔거늘……"

이 소리를 들은 기생년은 자지러지게 웃으면서,

"보셔요, 서방님. 월경대는 이처럼 제가 들고 있는데 서방님께서는 그 무슨 잠꼬대 같으신 말씀을 하십니까?"

기생년의 말을 들은 홍 풍생은 도대체 이게 어찌된 일인지 모르는 눈치였다.

'허허…… 이거 귀신이 곡할 노릇이구나. 어젯밤 내 분명히 저년의 월경대를 가지고 오지 않았는가.'

이 우매한 홍 풍생은 하나만 알았지 둘은 모르는 인간이라, 그의 생각은 이렇게 밖에 미치지 못하는 것이었다.

"아니 서방님께선 무엇을 그토록 생각하고 계십니까?"

계집년은 다시금 능청을 피웠다.

"서방님께서는 지금 머리에 쓰는 갓을 들고 계시온데 그럼 거기에 무슨 곡절이라도 있다는 말씀이셔요?"

"으음, 이상하다. 내 분명히 네가 어젯밤 관가의 문 옆 담 위에 쳐박아 놓은 월경대를 가지고 왔는데, 이게 갓이라니, 대체 어떻게 된 일이란 말이냐?"

사나이는 다소 풀이 죽어 있었다. 그것을 알아차린 계집년은 용기가 더욱 나서 이처럼 말했다.

"그것은 서방님께서 첩을 무척 사랑하시고 계시다는 증거입니다."

"그게 무슨 말이냐?"

"사람이 한 곳으로 정신을 쏠리면 비록 생기지 하지 않는 일이라도 잠결에 마음먹은 바 그 마음대로 행동을 하는 수가 있답니다. 지금 서방님께서 소첩의 월경대를 가져 오셨다 하오나 그것은 꿈 속의 짓으로 아마 서방님께서 첩이 신관 사또께 몸을 허락할까봐 마음이 꺼려서 꾸신 꿈이 아닌가 합니다."

기생년의 말을 들은 홍 풍생은 그 말이 그럴 듯해서

"그게 정말이냐?"

하고 물었다.

"정말입니다. 어찌 서방님을 속이오리까?"

"음, 네 말이 맞는가 보구나. 분명 내가 꿈을 꾸었구나. 그렇지, 너는 과연 나를 속이지 않는구나."

멍청하기 그지 없는 이 사나이는 이러면서 계집의 등을 쓰다듬어 주니 그저 기생년은 속으로 웃음을 참을 수밖에 더 없었다.

인절미의 뜻

원래 어리석은 사람이란 쓸데없는 걱정과 허무맹랑한 오해를 잘 하는 편이다. 여기 공 첨지라는 젊은 사나이 또한 어리석으며 심히 엉뚱한 오해로서 홀로 탄식과 한숨으로서 세월을 보내게 되었다.

공 첨지는 열아홉에 장가를 들어 이십 세라는 젊은 나이에 첫아들을 보게 되었다.

그러나 사내아이 이십이라면 지금의 고교 졸업반 정도 밖에 지나지 않지만, 당시는 조혼이라 스무 살 난 아버지는 보통이었다.

그러나 여기에 조혼의 폐습이라고나 할까, 한 가지 청춘의 고민이 있었으니 이제 한창 젊음을 향락할 나이에 아이의 아버지가 되었으니 자연 아내와의 사이는 서먹거리게 된 지라 젊은 공 첨지는 늘 아들만을 바라보면 귀여운 정보다 한숨이 앞섰다.

'그렇다. 저놈의 머리가 비록 작다고는 하지만, 그 좁은 음문을 뚫고 나왔으니 출산한 후로는 분명히 아내의 음문이 커졌음이 틀림없는 일이다. 내 양경이 아무리 크다 할지라도 아이 머리만은 못하는 바니 어찌 넓은 음문 속에 꽂을 수 있으리오. 이제 그 일을 한다는 것은 생각지도

못할 일이구나.'

이 젊은 아버지의 이와 같은 고민을 장본인 이외에는 그 누가 알 수 있으랴.

날이면 날마나, 밤이면 밤마다, 공 첨지의 이와 같은 고민은 없어지지 않았지만 부부간의 애정은 변함이 없었다.

아니, 어쩌면 서로간의 교섭을 하지 않게 되니 그 애타는 연연한 정이란 더욱 간절했다.

'참 별일도 다 많구나.'

공 첨지 아내는 그녀대로 남편의 속을 몰라 애를 태웠다. 그것도 그럴 것이 아이를 낳기 전까지만 해도 하룻밤에 못해도 한 번씩은 꼭 해야만 잠을 자던 남편이 아이를 낳으면서부터는 일체 딱 몰라라 하니 이상스러울 수밖에 없는 일이 아닌가.

그뿐만이 아니었다. 남편은 벌써 삼년 동안이나 성교를 하지 않았음은 물론 때때로 철없이 자라나는 어린 아이의 머리통을 쓰윽 쓰다듬어 보고 이어서 그 아내를 쳐다본 후에 한숨을 내뿜는데 한두 번이 아니었다.

"에고, 이상스런 일도 다 있구나."

공 첨지의 아내는 몸이 달았다. 이건 눈이 멀쩡한 남편을 곁에 두고도 생과부가 된 것이나 다름이 없으니 이 여인의 가슴 속이 어떠했으리라는 것은 능히 짐작하고도 남음이 있을 줄로 믿는다.

이리하여 남편은 남편대로 아내는 아내대로 한숨과 탄식으로 세월을 보내니 공 첨지의 집안은 도시 웃음이라고는 찾아볼 수가 없게 되고 말았다.

더구나 여인이란 남자와 달라서 그 마음이 연약한 지라 남이 모르게 혼자서 눈물을 흘리는 일도 한두 번이 아니었다.

이렇듯 하여 어느 날 공 첨지 아내는 생각다 못하여 벌써 오래 전부터 집안에서 부리고 있던 늙은 여종을 불러 가만히 한숨을 쉬면서 딱한 사정을 호소하기에 이르렀다.

"여보게……."

첨지 아내는 늙은 종을 불러놓고 입을 열고자 하니 냉큼 말이 나오질 않아 한숨이 또 나온다.

"아씨님, 집안에 무슨 연고라도 있사옵니까? 근자에 이르러 아씨님의 신수가 무척 사나워지고 한숨으로만 세월을 보내니 소인의 가슴도 답답하옵니다."

눈치 빠른 늙은 종이라, 주인 아씨의 태도를 어찌 모르랴. 아씨가 입을 냉큼 못 열자 여종은 자기가 먼저 말문을 열어 놓았다.

"아씨! 어서 말씀해 보셔요."

"여보게, 글쎄 다른 게 아니라 난 생과부나 다름이 없네."

"아니 생과부라니 그게 무슨 말씀이십니까?"

눈치는 빠르지만, 주인 아씨의 가슴 속은 속속들이 모르는지라 이렇게 물을 수밖에.

"내 말을 들어보오. 우리집 서방님이 아이를 난 후로는 글쎄 어린 것의 머리만을 만져 보고 또한 나를 바라보면서 문득 한숨을 땅이 꺼져라 내쉬기만 하시니, 이 어찌 사람의 속이 타지 않으리오."

“에그머니, 서방님께서 웬일이실까?”

늙은 여종은 호갑을 떨며 눈을 크게 떴다.

“그래 들어보오, 아무래도 서방님의 하시는 태도가 내가 아이를 난 후로는 나의 옥문이 무척도 크게 넓어진 줄로만 알고 교접을 아니하시니 벌써 삼년 동안을 같이 자본 일이 없구려.”

“에그 저걸 어쩌나…….”

“그러니 내 속이 썩을 대로 썩을 수밖에 더 있겠소. 아무리 생각해도 서방님께서는 다시는 그 일을 하시지 않을 것 같으니 이 일을 어떡하면 좋겠소?”

공 첨지의 마누라는 진정으로 늙은 여종에게 물었다.

“호호호…….”

그러나 늙은 여종은 주인 아씨의 심각한 얼굴과는 정 반대로 깔깔거리는게 아닌가.

“어인 일로 웃느냐?”

공 첨지의 마누라는 창피스럽기도 하고 한편으로는 화도 치밀어서 준엄하게 물었다.

“호호, 아씨님, 그깐 일로서 삼년이란 기나긴 세월을 독수공방 외로히 춘추를 보내신 아씨님이 딱하십니다 그려.”

늙은 종은 웃음을 멈추고서 무슨 좋은 수가 있는 양 고개를 연신 끄덕였다.

“그럼 무슨 좋은 수라도 있는고?”

주인 아씨는 사르르 화를 풀면서 나지막하게 묻는다.

“있구 말구요. 진작 소인에게 말씀을 하실 일이지. 소인에게 아주 좋은 계교가 있사옵니다.”

“그 계교란 무엇인지 어서 말해 보소.”

공 첨지의 마누라의 가슴 속은 울렁거렸다.

“아씨님, 저번에 연안(延安)에서 가지고 온 인절미가 아직도 있사옵니까?

“음, 그거 굳을까봐 몇 개 농 속에 넣어둔 것이 있네만, 그건 왜 묻나?”

“그럼 되었습니다. 계교란 별다른 것이 아니오라 오늘 밤 서방님께서 들어오시면 아씨님께서 소인을 불러 그것을 굽게 하시면 모든 일은 해결될 것이옵니다.”

늙은 여종의 말을 듣고서 공 첨지 아내는 남편이 들어오기만을 기다리게 되었다. 지루한 오후의 한낮이 지나고 밤이 되자, 공 첨지는 술이 거나하게 취해 가지고 들어왔다.

“에그, 오늘은 약주를 다 자셨구려.”

남편이 돌아오기만 눈이 빠지게 기다고 있던 그의 아내는 반색을 하면서 첨지를 맞는다.

“그럼 이 쑥대밭 같은 가슴 속을 술로나 채울 수밖에 별 도리가 있겠어?”

공 첨지는 방바닥에 털썩 주저앉으면서 깊은 한숨을 내리쉰다.

“여보 별안간 무슨 말씀이세요?”

첨지의 아내는 짐짓 이렇게 물었다.

“흠, 그래 그걸 몰라서 임자가 묻는 것이오?”

그러자 첨지는 기가 차다는 듯 헛웃음을 치면서 아내를 물끄러미 바라보는 것이었다.

"아이 내 정신 좀 봐. 여보 할멈!"

그때 돌연 첨지의 아내는 그제서야 생각난 듯 늙은 여종을 불렀다.

"……네?"

기다리고 있었다는 듯한 대답이다.

"이리 좀 오우."

첨지 아내는 인절미를 꺼내놓았다.

"부르셨습니까, 아씨!"

늙은 여종은 낮에 이미 약속을 해놓았으면서도 능청을 피운다.

"서방님이 약주를 잡숫고 들어오셨으니 진지상을 차리기 전에 인절미를 구워 올려요."

"네……!"

늙은 여종은 주인 마누라가 내미는 인절미를 받아 마루 위에 앉아서 화로 위에다 떡을 굽는 것이었다.

'대체 이제 어떡할 셈이지…'

첨지 아내는 늙은 여종의 계략이라는 것이 대체 어떤 건지 몰라 속이 탔다.

"다 구웠습니다."

늙은 여종은 잠시 후에 이렇게 말하더니 이어서

"이것 보셔요. 마님, 좋은 찹쌀로 만든 떡이라 퍽 차지군요."

그리고 여종은 인절미 하나를 들고 손가락으로 구멍을 뚫더니

"떡이 어찌 차진지 손가락을 찔렀다 그냥 빼낼지라도 구멍이 작아지니 이건 비유컨대 꼭 해산한 여인의 음문과 같습니다."

"아니, 방금 한 말은 무슨 말이냐?"

방바닥에 맥없이 주저앉아 있던 공 첨지는 늙은 여종의 말을 들은 순간 눈이 반짝 빛나더니 다급히 묻는 것이었다.

"네, 서방님, 소인이 금시 지껄인 말은 다른 뜻이 아니오라 여자가 아이를 낳을 때는 옥문이 늘어나서 커지는 법입니다만은, 일단 아이를 낳고 나면 그것이 인절미처럼 다시금 본래대로 오무라들지요. 아무리 아이를 많이 낳는다 할지라도 그것이 늘어나고 오무라들기가 이 찰떡과 같사옵니다. 오늘 이 늙은 것이 인절미를 보니 문득 아이 낳던 젊은 시절이 생각나 괜히 지껄인 소리올시다."

늙은 종은 이렇게 말을 시원스럽게 한 후에 주인 아씨를 보며 빙그레 웃는 것이었다.

"오라, 그게 사실이냐?"

늙은 종의 말을 듣고 난 공 첨지는 그 순간 온몸을 감돌던 술기운이 확 깨어남을 느꼈다.

"소인의 말은 사실이옵니다. 서방님께서 믿어지지 않으신다면 오늘 밤 몸소 시험해 보시옵소서."

늙은 여종은 최후로 이렇게 말한 후에 웃음을 터트리며 그 자리를 물러 나왔다.

'음, 내 이제 깨달았노라.'

공 첨지는 얼굴에 생기가 돌면서 아내의 아랫도리를 쓰다듬었다. 그러는 사이에 어느덧 밤은 깊었다.

"여보, 이제 보니 우리가 남녀의 즐거움을 잊은 지 꽤나 오래되는 구려."

공 첨지는 아내와 나란히 누워서는 이렇게 소곤거리는 대신 손가락으로 아내의 음호를 더듬어 보았다.

아닌게 아니라 아내의 음호는 예전이나 다름없이 아물어져 있음을 확인한 공 첨지는 안도의 숨을 내쉬면서 이렇게 감탄하는 것이었다.

"제기랄, 옥문이 인절미 같을 줄이야 누가 알았겠나."

이날 밤 부부가 오랜만에 쌓이고 쌓았던 만정 회포를 시원스레 풀었음은 두말할 필요도 없다.

음탕한 양반

어느 시골 조그마한 읍내에 자칭 양반이라 내세우며 푼돈이나 좀 있는 것을 미끼로 세도를 부리고 있는 영감쟁이가 있었다.

영감쟁이는 나이가 육십이 다 되었건만, 평소 인삼 녹용으로 보신을 한 까닭에 그 정력이야말로 청년이 부러워할 지경이었다.

읍내의 기생이란 기생은 말할 것도 없고 심지어는 집에서 부리는 종년까지 상관하는 이 호색쟁이는 모든 것이 돈이면 척척인 줄 알았는데 꼭 한 가지 돈의 힘이 미치지 못하는 딱한 사정이 있었다.

'음, 돈이면 만사가 다 해결이라더니 이건 돈으로써도 능히 다스릴 수가 없구나.'

아침부터 이 엉큼한 늙은이는 사랑방에 앉아서 곰곰이 깊은 생각에 잠겨 있었다.

물론 먹고 사는 문제가 아니다. 집안 구석구석에서는 곡식이 썩어나고 있으니 그런 문제야 천만 리 먼 이야기지만 밥만 먹고 하는 일이란 없겠다, 게다가 보약은 자주 먹겠다…… 이래 놓고보니 쌍말로 앉으나 서나 양기가 치솟을 뿐이었다.

'고년은 정말 절세미인이야……'

지금 영감쟁이 머리 속에서 오락가락 하고 있는 것은 아릿다운 한 계집의 모습이었다.

호색한으로서 권위가 있는 영감쟁이인지라 첫눈에 한 번만 계집의 몸매를 보면 저년은 맛이 어떻겠다는 것을 능히 알아내고도 남음이 있었다.

돈이 있으니 기생 나부랭이들이야 신경 쓸 필요가 없으나 이제 기생 놀음에도 진절머리가 난 영감은 색정의 대상을 엉뚱한 곳으로 돌려놓고 있었다.

행복인지 불행인지, 이 영감쟁이의 이웃에 살고 있는 정 초시의 마누라가 예쁘다는 소문은 벌써부터 알고 있었지만, 며칠 전에 울타리 넘어로 슬쩍 본 그 모습은 말로서는 뭐라 표현할 수 없는 황홀감을 느꼈던 것이다.

탐스러운 몸매, 백설처럼 흰 얼굴, 삼단 같은 머리채……. 어디를 보나 정 초시의 마누라는 영감쟁이의 색정을 불러일으키고도 남음이 있었다.

'어떻게 한다……?'

무슨 일이고 한 번 눈독을 들여놓으면 어떤 수단을 써서라도 기여코 성취시키고마는 영감쟁이는 그러나 이 일만은 어쩔 수가 없어 속으로만 끙끙 앓고 있었다.

원래 정 초시내 집안은 이 읍내에서도 알아주는 양반 집으로서 흠이라면 가정이 가난하다는 것뿐이었다.

그러나 가난하다는 것으로 만만히 넘겨다 볼 수 없는 일이었다. 그야 신분이 낮은 농노계급이라면 돈으로써 매수를 할 수도 있으나 상대는 자기보다 좀 가난할 뿐이지 신분만큼은 엄연한 양반이어서 함부로 서두를 수가 없었다.

'그러나 고것을 그냥 놓아둘 수는 없는 일이고…….'

영감쟁이는 사랑방에 앉아서 정 초시 계집 생각에 골몰하다가 끝내 무슨 묘책을 생각했는지 갑자기 무릎을 탁 치면서 이맛살을 폈다.

'옳지, 왜 그 생각을 미처 몰랐을까……"

영감쟁이는 얼굴에 희색이 만면해 가지고 싱긋 웃고 있었다.

'그렇게만 하면 조금도 체면을 잃지 않고도 욕심을 채울 수가 있거늘……'

영감쟁이는 흡사 실성한 사람같이 방안을 서성거린 후 얼마있다가 종놈을 불렀다.

"여봐라!"

그러자 안으로부터 젊은 종놈의 긴 대답 소리가 나면서 사랑방 앞에 대령하는 기척이 느껴졌다.

"부르셨습니까?"

"불렀다. 너 즉시 뒷집 정 초시 댁에 가서 정 초시가 있으면 내가 좀 뵙자고 전해라."

"네이!"

종놈은 영감쟁이의 명을 받고서 그 길로 정 초시 집으로 달려갔다.

"네가 어쩐 일인고?"

마침 마당에서 화초를 손질하고 있던 정 초시는 앞집 종놈을 보고서 의아해서 물었다.

"네, 소인은 저희집 주인 어른의 심부름으로 왔습니다."

"무슨 연유로……?"

정 초시는 머리를 갸우뚱 했다. 비록 앞뒷집이라고 하나 평소에 그리 왕래가 있는 것도 아니었고, 또한 정 초시 역시 돈푼이나 있다고 필요 이상 양반 행세를 하고 있는 영감쟁이의 소행이 괘씸하여 사귀기를 꺼려했던 바였다.

아니, 뿐만 아니라 그는 영감쟁이를 내심으로는 크게 경멸까지 하고 있었다.

"그렇습니다. 정 초시님을 꼭 모시고 오라는 분부시옵니다."

종놈은 정 초시가 고개를 갸우뚱 하는 것을 보고서 다시금 이렇게 말한다.

"그럼 좀 기다려라."

정 초시는 종놈에게 이르고 나서 방으로 들어와 의관을 단장하게 차린 후 종놈을 따라서 영감쟁이의 집을 방문했다.

"아이구, 이거 귀하신 손님이 오시는구려."

사랑방에서 정 초시가 오기만 초초하게 기다리고 있던 영감쟁이는 버선발로 뛰어나와 그를 영접했다.

"자, 어서 들어오십시오,"

영감쟁이는 정 초시의 손을 잡아 방안으로 안내했다.

'허허, 오늘은 별일이 났구나.'

정 초시는 갑작스레 영감쟁이가 친절히 구는 것을 보고 오히려 어리둥절하는 눈치였다.

"허허, 정 초시 그래 이웃사촌이란 말이 있지 않소. 우리가 가만히 지내온 세월을 돌이켜보니까 너무나도 무심히 지내왔구려. 허허…. 그래 오늘은 정 초시와 좀 더 우애를 돈독히 해보자는 마음에서 이렇게 갑자기 초대하였으니 가히 허물로만 듣지는 마시오."

미리 준비라도 하고 있었는 듯 청산유수격으로 영감쟁이는 이렇게 인사 겸 서두를 끄집어냈다.

"원 별 말씀을……. 이렇게 초대해 주시니 되려 감사합니다."

이와 같이 주객간의 인사가 오고 가는데, 어느 결에 차렸는지 주안상이 들어온다.

정 초시는 영감쟁이가 권하는 대로 술을 마시며 이런 얘기 저런 얘기로 꽃을 피우는데, 돌연 영감쟁이가 이렇게 화제를 옮긴다.

"여보 정 초시, 바둑을 즐기시오?"

"잘 두지는 못하나 싫어하지는 않습니다."

정 초시가 이처럼 대답하자 영감쟁이 뛸 듯이 기뻐하며

"그거 참 잘 되었소. 나 역시 이제 배우는 바둑이긴 하지만 정 초시가 대국만 해주신다면 배울 겸 두어보겠소. 어디 한 판 벌려볼까요?"

"좋습니다."

정 초시 대답이 떨어지자 영감쟁이는 벽장에서 바둑판을 꺼내놓고 판을 벌리기 시작했다. 그러나 영감쟁이는 정말 이제 배우는 솜씨인 듯 거듭 두 판을 지는 것이었다.

"허허……. 과연 정 초시의 솜씨엔 못 당하겠는 걸. 여보 정 초시, 그냥 두기에는 정 초시가 싱거울 테니깐, 우리 한 판에 닷 냥씩 내 걸고 둡시다."

영감쟁이가 너털웃음을 웃더니 이렇게 제안을 하는 것이었다.

"뭐 돈을 내걸 것까지야 있습니까?"

한편 정 초시가 이렇게 사양하자,

"원 별말씀, 그래야만 나도 정신을 차려서 둘게 아니오? 지더라도 한 수를 똑바로 익히게 되는 것이죠. 자, 닷 냥씩 걸고서 어디 한번 시작해 봅시다."

영감쟁이가 이토록 집요하게 서두르는데 정 초시 역시 승낙을 아니할 수가 없었다. 뿐만 아니라 돈에 녹이 쓴다는 이 부자 노인이 자기 같이 무일푼 선비의 돈이 욕심나서 노름을 벌리자는 의도가 분명 아니니까 승낙을 하는 것도 과히 나쁘지 않다는 생각이 들었다. 더욱이 상대방의 실력을 알고 난 지금에야…….

두 사람의 바둑은 해가 뜨는지 지는지 모를 만큼 진지하게 전개되다가 최후의 한 판이 끝나자,

"허허, 이건 달걀로 바위치기로군. 그러나 오늘 배운 수가 많소."

하면서 영감이 먼저 자리를 물러섰다.

그날 밤 정 초시가 집으로 와서 돈을 세어보니 이백 냥, 무려 사십 판을 이긴 셈이었다.

엽전 열닷 냥에 쌀이 한가마니니 이백 냥이란 돈은 결코 적은 돈이 아니었다.

'흥, 별스럽게 재물이 생기는구나.'

정 초시는 뜻밖에 생긴 재물이라 마음 속이 흐뭇했다. 자고로 재물은 선비의 마음을 더럽힌다는 말이 있는데, 정 초시는 이 말을 아는지 모르는지 그저 기뻤다.

그러나 한편 영감쟁이는 그대로 마음이 흐뭇했다.

'계획이 딱딱 맞아가는구나.'

밤이 으슥하도록 영감도 사랑방에 앉아서 다음의 계획을 세우고 있었다.

곡식이 썩어도 결코 남을 줄줄 모르는 영감, 엽전이 푸르스름하게 녹이 쓸어도 거지에게 한 푼 줄줄을 모르는 이 영감이 이백 냥이라는 거금의 돈을 어찌 아깝게 생각지 않으랴만은 최후의 목적을 위해서 참고 견디기로 했다.

그 일이 있은 후부터 정 초시와 영감 간의 바둑은 날마다 계속되었다.

처음에는 닷 냥씩 하던 내기가 어느 틈엔가 한 판에 오백 냥으로 뛰어올랐다. 그러나 매번 지기만 하는 영감쟁이…….

이제는 이백 냥을 잃은 것은 옛날이고, 사천 냥이라는 대금을 정 초시의 손아귀에 쥐어주기에 이르렀다. 그리고 한편 정 초시는 차츰 돈을 딸수록 물욕에 눈이 어두워져서 정신없이 덤벼들었다. 그럴 때마다 영감쟁이는 속으로,

'네 이놈!'

하면서 칼날 같은 웃음을 번뜩였다.

결코 영감쟁이의 실력이 정 초시보다 못한 바가 아니었다. 아니 그보

다 더 우수했다. 그러나 매번 영감쟁이는 지기만 했다. 거액의 돈을 잃으면서까지……. 그 속에 무서운 함정이 숨어 있으리라는 것을 정 초시는 깨닫지 못했다. 그는 돈만 따면 그만이었다.

이것은 과연 돈의 마력이란 말인가.

그러던 어느 날이었다.

그 날도 역시 정 초시는 아침 수저를 놓기가 바쁘게 영감쟁이이 집으로 달려갔다.

"여보 정 초시, 그간 바둑을 배운다는 게 좀 지나쳤던가 보오. 오늘로서 그 종막을 내립시다."

"좋습니다."

정 초시는 영감의 말은 즉석에서 찬성했다. 어쨌든 돈은 땄겠다…….

"그럼 우리 크게 한 판으로 승부를 겨룹시다."

영감쟁이의 눈이 반짝 빛났다.

"좋습니다. 그런데 조건은?"

정 초시도 가슴이 뛰었다.

"내가 지면 일만금을 내놓겠소."

늙은이의 눈이 더욱 빛났다.

"일만금을……?"

그 순간 정 초시의 눈이 부릅떠졌다.

'일만금이라니…….'

이건 생각할 수도 없으니 만큼 막대한 돈이라 정 초시가 놀라는 것도 무리가 아니었다.

"허허……. 뭘 그리 놀라시오? 내가 지면 그까짓 돈이야 즉석에서 내놓겠소. 그런데 정 초시께서 지는 날에는 뭣을 내놓겠소."

영감의 혈색 좋은 얼굴이 유난히 유들거린다.

"……."

그러나 정 초시는 냉큼 말문이 열리지 않는다. 상대방이 선뜻 일만금을 걸었으니 자기도 거기에 알맞은 금액을 걸어야 마땅한데, 대체 그만한 돈이 어디 있다고 선뜻 응한단 말인가.

"아니 뭘 그리 주저하고 있소?"

이미 정 초시의 속을 환히 내다보고 있는 영감은 빙긋 웃으면서 물었다.

"영감이야 그 많은 돈이 능히 있으시니 선뜻 거실 수 있지만, 저야 어디 그런 돈은 꿈에라도 생각해 본 일이 있겠습니까?"

그러자 정 초시는 솔직하게 자기의 심정을 털어 놓았다.

"앗따 정 초시도……. 너무나 대장부가 소심하구려. 그 돈이 없으면 그만큼 가치 있는 것을 잡히면 될게 아니오?"

영감쟁이의 두 눈이 그 어떤 탐욕으로 희번덕거린다.

"원래 난 청빈한 선비로서 일만금에 대적할 만한 물건이 어디 있겠습니까?"

"하하하……."

그러자 의미있게 웃는 영감쟁이의 입술이 한동안 실룩거리더니

"앗따 그럼, 정 초시 부인님이라도 잡히시면 되지않소?"

드디어 숙원의 본론이 나온 것이다.

"아니 내 마누라를……?"

깜짝 놀라는 정 초시였다.

"왜 자신이 없소?"

빈정거리는 영감.

"마누라를……?"

신음인지 분노인지 중얼거리는 정 초시.

"여보 정 초시, 그래 계집의 몸값이 아무리 중하기로니 일만금에 비할 수 있겠소? 내 정 초시의 사정을 잘 알기 때문에 하는 소리니 속히 걸고 한 판 겨룹시다."

영감쟁이는 은근히 압력을 넣었다. 정 초시의 흉중은 심히 복잡했다.

'어떻게 한다……?'

그는 한동안 망설이다가

"좋소, 그렇게 합시다."

하고 결연히 승낙을 하고 말았다. 일만금이라는 돈이 결코 뿌리칠 수 없는 유혹의 힘을 가진 것이다.

"그럼 그렇지. 자, 그럼 우리 서로 믿는 마음에서 계약서를 쓰고 도장을 찍읍시다."

전보다 신이 나서 서둘러 대는 영감쟁이의 태도가 좀 수상쩍기는 했으나 정 초시는 그의 말대로 계약서를 쓰고서 손도장을 눌렀다.

"자, 이제 서로 실력을 겨루어 봅시다."

계약이 끝나자 영감은 바둑판을 벌려 놓았다. 이렇게 해서 시작된 바둑은 날이 어두워도 냉큼 승부가 나지 않는다. 평소 같으면 손쉽게 영감쟁이가 손을 들고 물러서련만, 오늘만은 곧 질 것 같으면서도 묘하게 위기를 모면하며 전세를 만회하는 것이었다.

"허! 영감의 실력이 대단하구려."

정 초시는 차츰 초초해서 이렇게 상대방의 전술에 감탄했다.

"이거 큰 노름판이 아니오. 정신을 차려야지."

그러나 영감쟁이는 태연자약하다. 결국 승부는 초저녁에 이르러서 영감쟁이의 승리로서 끝이 났다.

"하하하……. 그 동안 배운 보람이 있구려. 오늘은 정 초시께서 웬일이오?"

영감은 호탕하게 웃으면서 무릎을 쳤다.

"음……."

정 초시는 신음 소리만을 낼 뿐이다.

"자, 그럼 우리 약속이나 지킵시다."

다음 순간 영감쟁이는 실쭉해진 눈초리로 정색을 하며 정 초시 앞으로 계약서를 내미는 것이었다.

"음……."

정 초시는 다시 한 번 깊은 신음 소리를 냈다.

'속았구나……'

그와 함께 그의 머릿 속에 번뜩이는 생각이 스쳐갔다.

"여보, 정 초시 우린 서로가 양반의 몸이니 한번 약속한 계약은 어길 수가 없는 노릇이 아니오?"

정 초시의 신음 소리를 듣자 영감쟁이는 냉정하게 계약을 이행하라는 말을 재삼 지껄인다.

'내가 돈에 눈이 어두웠지.'

정 초시는 순간의 실수로 이 교활한 늙은이가 미리 파놓은 함정에 빠지게 된 것을 다시금 후회해 보았으나 때는 이미 늦었다.

"하하하……. 여보 정 초시, 뭘 그리 심각히 생각하고 있소? 그까짓 계집이야 또 얻으면 되는 것 아니오?"

영감쟁이의 농간. 그러나 정 초시는 가슴 속에 치밀어 오르는 불덩어리를 꼬옥 참으며 자기 집으로 돌아갈 수밖에 없었다.

그날로 정 초시는 자리에 눕자마자 끙끙 앓고 말았다. 그의 마누라는 갑자기 남편이 눕자, 이상스럽게 여기며 물었다.

"여보, 평생 가야 당신이 앓으시는 것을 볼 수 없더니 오늘은 갑자기 이게 웬일이오?"

"아이구 마누라……"

정 초시는 차마 앞집 영감쟁이와의 그 일을 입밖에 내지 못하고서 그저 끙끙 앓는 소리만을 낼 뿐이었다.

"무슨 일이 있었나요? 요새 앞집에 자주 놀러 가시더니……."

"에구! 마누라 내가 미쳤소. 내가……."

정 초시는 그저 헛소리 마냥 힘없이 지껄인다.

"아니 여보, 대관절 무엇이 미쳤단 말씀이셔요. 갑갑해 죽겠구려."

아내가 자꾸만 그 연유를 캐는 바람에 정 초시는 차마 열리지 않는 입을 열고 요사이 앞집 영감 사이에 있었던 일을 솔직하게 고백했다.

"난 무슨 일이시라고……."

남편의 말을 다 듣고 난 그의 아내는 대뜸 시시한 일이라는 듯이 말을 했다.

"……?"

이제 죽을 죄를 저질렀으니 처분대로 하라는 듯이 그저 아내의 얼굴만을 바라보고 있는 정 초시의 충혈된 눈. 그 눈 속을 여자는 빤히 바라보면서 의외로 이렇게 입을 연다.

"모든 것이 운수가 사나와 일어난 일인데, 이제 와서 당신이 그 일로 인하여 자리에 드러눕게 되었다 한들 그 무슨 소용이 있으리요. 마땅히 낭군께서는 기운을 회복하시기 바랍니다."

이 말을 들은 정 초시는 정신이 번뜩 들었다.

'옳다. 저것이 저처럼 태연자약하니 필시 무슨 좋은 계략이라도 있는 모양이구나.'

정 초시는 이같이 생각하고 벌떡 누웠던 자리에서 일어서며,

"그럼 당신에게 무슨 좋은 방법이라도 있단 말이오?"

하고 기대에 찬 얼굴로 물었다.

"참 당신도……. 세상에 태어나면서부터 방안에서만 세월을 보낸 부녀자가 그 무슨 계책이며 방법이 있겠습니까. 소첩이 이제 낭군과 더불어 백년의 가약을 맺지 못하고 생이별을 하게 된 것도 모두가 팔자소관이니 아무런 방법도 없는 줄 압니다."

아내의 말을 들은 정 초시는 머리 속이 빙그르르 어지러워지면서 마구 부르짖었다.

"꼭 그렇게 가야만 하겠소!"

"당신도 그게 무슨 말씀이요. 장부의 일언은 중천금이란 옛말이 있지

않아요. 낭군께서 늙은이와 계약을 했으니 만일 소첩이 가지 않는다면 어찌 장부의 체통을 지킬 수 있겠습니까."

즉, 가겠다는 말이다. 정 초시는 더욱 정신이 아찔했다. 애당초에 자기의 입에서 이런 말이 나오면 눈물을 흘리며 죽어도 못 가겠다고 몸부림을 칠 줄 알았는데, 이건 그와 정반대로 계집이 먼저 법도를 따지며 가겠다는 말에 그저 믿었던 하늘이 구멍이 뚫린 격이었다.

"여보, 아무리 구차하게 살았다 할지언정 당신이 그토록 황금에 눈이 어두운 줄은 내 미처 몰랐구려. 필시 당신은 그 늙은이보다도 재산이 탐이 나서 그리 가길 원하는 것이 아니요?"

정 초시의 이같은 말은 힘 없는 반항과 같은 것이었다. 그야말로 슬픈 항변이었다.

"호호호……. 당신도 지금 무슨 말씀을 그리하셔요?"

그러면서 간드러지게 여자는 웃고 나더니,

"황금에 눈이 어두운 사람은 그래 누구랍니까? 바로 당신이 아니에요? 그까진 일만금에 마음이 혹하여 아내까지 내건 사람은 낭군이 아니시냔 말씀이에요. 그리고……."

여자는 잠시 목청을 가다듬고 나서,

"그리고 이번 일은 앞집 늙은이가 엉큼한 마음이 있어 꾸민 일이오니, 이제 내가 안 가겠다고 한다면 필시 저 늙은이 편에서 가만히 있지 않을 것입니다. 그러니 별 수 없는 일이 아니오니까."

"음……."

정 초시는 일만 간장이 전부 썩어가는 듯 깊디 깊은 신음 소리를 내뱉었다.

“그럼 서방님, 이왕 갈 몸이면 한시라도 빨리 가야겠어요. 낭군께서는 불미한 소첩을 깨끗이 단념하시고 하루빨리 좋은 처녀를 골라 여생을 행복하게 누리소서.”

그의 아내는 이렇게 말을 맺더니 그 즉시 좋은 비단 옷으로 몸을 감고 새삼 얼굴을 연지와 분으로써 예쁘게 단장을 하니, 그 황홀한 자태야말로 사나이의 오장육부를 능히 녹이고도 남음이 있을만 했다.

‘아이구, 이놈의 팔자야. 계집도 돈도 눈깜박할 사이에 잃고 말았구나.’

정 초시는 눈물을 흘리며 아름다운 아내의 자태를 바라보며 탄식을 할 뿐이었다.

“그럼 부디 안녕히 계시옵소서.”

여자는 단장을 끝내자 공손히 넋을 잃고 바라보고 있는 남편에게 예를 올린 후 살며시 장지문을 열고서 밖으로 나가는 것이 아닌가.

“여보, 여보…….”

정 초시는 마지막으로 아내를 부르려고 입을 열었으나 소리는 목구멍에 붙어서 나오지를 아니한다.

“천하에 믿지 못할 것은 계집년의 마음이로구나.”

아내의 발자국 소리마저 사라져버리자 정 초시는 크게 부르짖으며 아내가 펴놓은 이불 위로 몸을 파묻고 흐느꼈다. 텅 빈 방안에는 아내가 남기고 간 분냄새가 더욱 정 초시의 간장을 애끓게 만들었다.

한편 집을 나온 정 초시 마누라는 그 길로 곧장 늙은 영감쟁이 집으로 향했다.

이제나 저제나 하고 안절부절하며 정 초시 마누라가 오기만 기다리고 있던 영감쟁이는 밖에서 사람 인기척 소리가 나자 혹시나 하고 방문을 열어 보았다.

"어……?"

그 순간 영감쟁이는 눈이 부신 듯 혹시 꿈이 아닌가 싶어 넋나간 사람처럼 한동안 문간 쪽만을 바라보고 있는 것이었다.

"영감님, 정 초시의 처가 왔나이다."

대문간에 서서 영감쟁이를 마주 바라보고 있던 여인은 허리를 굽히며 인사를 올렸다.

"오, 그대가 왔구려. 어서 어서……."

영감쟁이는 이것이 꿈이 아니라 생생한 현실임을 깨닫고 황급히 버선발로 뛰어나가 여인을 맞았다.

"어서 올라오오. 임자께서 올 줄 알았다면 사람을 보낼 것을……"

영감쟁이는 아예 임자라 부르면서 허둥지둥 어쩔 줄을 몰라했다.

"별말씀을 다 하십니다. 소첩과 같은 보잘 것 없는 계집을 이토록 환대해 주시니 그 은혜 되려 황송스럽소이다."

초시의 아내는 낭낭한 목소리로 살풋살풋 입을 놀리며 다시금 예를 올린 후에 윗목에 날아갈 듯이 앉았다.

"음……."

아랫목에 앉아서 여인을 바라보고 있는 영감의 입술이 저절로 벌어졌다. 몽매간에도 잊지 못하던 여인, 그 여인이 지금 자기 앞에 앉아 있음을 볼 때 영감은 결코 허황된 꿈이 아니기를 빌었다.

"그대는 과연 경국지색이오. 그대를 이렇게 가까이 보니 내 가슴 속이 마냥 출렁대는구려."

영감은 늙은이답지 않게 간지러운 말로써 여자에게 추파를 던졌다.

"원 별말씀을……."

여인은 그 아릿다운 아미를 살며시 찡그리고 눈을 치뜨며 영감을 쳐다보는데, 그 교태야말로 혀가 녹아 말을 못할 정도였다.

"하하……. 겸손의 말씀. 부인과 같은 꽃다운 여인이 어찌 정 초시와 같이 빈곤한 가정에서 헛되이 세월을 보낼 수 있으리까. 이제 그대와 내가 오늘 밤 이렇게 만났으니 춘당에 봄빛이 비추기 시작함과 같음이라. 나와 더불어 이제 부귀영화를 누리게 되었구려."

영감쟁이는 그리고 음탕한 눈으로 여인의 몸을 핥듯이 쳐다본다.

"소첩에게는 황공한 말씀입니다. 그러나 자고로 열녀는 불갱이부(烈女不更二夫)라 했으니 ,비록 소첩이 열녀가 되지는 못한다 할지라도 어찌 전 낭군에 대한 애절한 정을 잊을 수 있으리오. 이제 소첩이 영감님의 소실이 됨에 있어 한 가지 여쭐 말씀이 있사옵니다."

정 초시의 아내는 그 붉은 입술 사이로 석류알 같이 희고 반짝이는 이를 간간히 드러내보이면서 이같이 말하는 것이었다.

"음, 임자가 할 말이 있다고……."

영감은 호시탐탐 여인을 쳐다보며

"그래 무슨 말인지 해보오."

하고 턱을 끄덕인다.

"네, 여쭐 말씀은 다름이 아니오라……."

여인은 몸을 잠깐 도사리고 나서

"영감께서 지혜를 짜 내시어 소첩을 획득하였으나 이제 소첩과 더불어 지혜 내기를 하신 후, 영감께서 능히 이기신다면 소첩은 쾌히 영감님의 소실이 될 것이오, 만일 지신다면 소첩에게 후히 상금을 내리시어 정초시에게 돌아가게 해주소서."

"하하…. 임자가 나에게 지혜 노름을 하자니 이보다 더 유쾌한 일이 어디 있겠소. 암 좋고 말고……."

여인의 말을 들은 영감쟁이는 방안이 떠나가라고 박장대소를 하는 것이었다.

'흥, 네년이 약은 체를 해보았자 별 수가 있느냐. 내, 네 남편 정 초시도 손쉽게 굴복시켰거늘 너 같은 계집년이야 무슨 걱정이 있을소냐. 하물며……'

영감은 통쾌하게 웃으면서 속으로는 이같이 부르짖으며 윗목에 오똑 앉아 있는 여인을 빤히 들여다본다.

'흥, 최후의 반항이로구나.'

여인의 아릿다운 얼굴을 보는 순간 영감쟁이의 마음 속은 음흉한 불길이 마구 치솟았다.

"그래, 만일 그대가 이긴다면 내 어떤 상금을 내어줄고?"

영감은 능글맞게 웃으며 여인에게 물었다. 그 모습은 마치 늙은 호랑이란 놈이 살찐 암캐를 물어다 놓고 침을 꿀꺽꿀꺽 삼키면서 최후로 놀려대고 있는 모습과 똑 같았다.

'넌 그물에 걸린 고기야. 흥!'

영감은 코웃음을 치며 여인의 입에서 무슨 말이 나올까 하고 목을 늘이며 기다렸다.

"소첩이 이기면 황금 일만금을 주십시오."

여인의 입에서는 아무 거리낌도 없이 이 말이 튀어 나왔다.

"……일만금?"

그 때 여인의 말을 듣자, 영감쟁이의 두 눈이 확 커졌다.

"호호……. 왜 그리 놀라셔요?"

그 꼴을 본 여인은 간드러지게 웃었다.

"그대의 하는 말이 내 귀여워서 그래요. 일만이라…… 좋소."

영감은 억지로 호기를 부리며 쾌히 승낙했다.

"그럼 계약서를 써 주셔요."

여인의 당돌한 음성이 들렸다.

"또 계약서를 써라……. 써 주지."

'꽤 교활한 년이로구나.'

속으로는 이같이 분개하면서 그래도 양반의 체통을 세우려는 건지 아니면, 여인은 이미 자기 것이나 다름 없으니까 순순히 그의 청이나 들어 주자는 것일까……. 하여튼 영감쟁이는 벽장에서 붓과 벼루를 꺼내들고 계약서를 썼다.

"그럼 먼저 영감께서 무엇이든 질문을 하십시오. 소첩이 대답하리다. 영감께서 두 번 묻는 문제 중에서 소첩이 한 번만 대답을 못하여도 제가 마땅히 진 것으로 하겠습니다."

"음, 질문은 두 번 뿐이란 말이지?"

"그러하옵니다."

"거 좋소."

영감쟁이는 이렇게 말한 후에 한동안 눈을 껌벅거리면서 무엇을 물어볼 건가를 생각하는 것이었다. 냉큼 생각이 안 나는 눈치더니 갑자기 장지문을 열었다.

"여보 임자, 저 하늘에 무엇이 보이오?"

영감이 물었다.

"별이 보이지요."

여인의 대답했다.

"그렇소. 지금 저 별이 몇 개나 되는지 능히 맞추겠소?"

"호호호. 영감님도……. 그야 모두 십삼만 삼천 삼백 일흔 개이지요"

그러자 여인은 그 즉석에서 이처럼 대답을 하는 것이 아닌가.

"그걸 어떻게 아오?"

영감의 눈이 확 커지면서 물었다.

"네, 소첩이 그걸 알게 된 것은 정 초시에게 출가하기 전에 하늘의 별을 전부 헤아려서 그 수를 능히 안다면 이 다음 출가해서 반드시 부귀영화를 누린다는 말을 듣고 삼년이란 세월을 보내 세어본 적이 있기 때문입니다."

정 초시의 아내는 살포시 미소를 머금으며 술술 말을 잇는 것이었다.

"음, 그럼 한 개라도 틀림이 없는가?"

"틀림이 없는 줄로 압니다. 만일 영감께서 믿어지지 않으신다면 손수 세어보소서."

여인의 이 말을 듣고 영감쟁이는 하늘을 우러러보니, 아, 저 무수한 별을 어느 세월에 다 셀 수 있단 말인가.

"……음……"

영감은 그 순간 깊은 신음 소리를 내면서 자신이 스스로 계집의 잔꽤에 넘어갔음을 깨달았다.

"그럼 내 두 번째로 묻겠으니……."

"……"

그저 얼굴을 새빨갛게 붉히고서 묵묵히 앉아 있는 여인을 보니 영감쟁이는 저절로 기운이 우쭐해졌다.

'옳지, 이번에야 네년의 잔꾀 구멍이 막히고 말았구나.'
하고서 재촉을 성화같이 한다.

"임자는 모르겠지. 솔직히 굴복하는게 어떠하오?"

"잠깐만……."

영감이 욱박지르자 여인은 손을 내저으며 정색을 한다.

"그럼 능히 맞추겠느뇨?"

영감이 다시 다짐을 한다.

"영감님도 어이 이처럼 쉬운 질문만 하셔요?"

"쉬운 질문… 그럼 내 양물의 크기를 알겠단 말이오?"

"네, 알겠나이다."

"얼마나 되겠소?"

"잠깐만……,"

늙은이의 그것을 쓰다듬고 있던 여인이 방긋 웃으면서 대답을 했다.

"아니 다섯치면 다섯치 또 일곱치닷푼이라 함은 웬말인고?"

늙은이는 끌어오르는 흥분을 참으며 이렇게 묻는다.

"영감님도 어이 그리 모르시는 말씀을 하십니까. 보셔요. 양물이란 원래 변화무쌍한 것이어서 항시 일정한 형태로만 있지 아니한즉, 어찌 그 크기를 한마디로 말할 수 있겠습니까. 소첩의 말이 믿기지 않으시면 영감님께서 친히 시험해 보소서."

계집의 말을 듣고 난 영감은 그때 정신이 번쩍 들었다.

'아차!'

그는 자기의 물음이 심히 어리석었다는 것을 깨달았으나, 때는 이미 늦었다.

"호호호, 영감님. 승부는 이로써 결정이 된 줄로 압니다. 그럼 내일 아침에 저의 집 사람을 보낼 테니 약속한 일만금을 보내주세요."

말을 마친 여인은 홀연히 밖으로 사라지는 것이 아닌가.

'후!'

영감쟁이는 마치 닭 쫓던 고양이 지붕 위를 쳐다보는 격이 되고 말았다.

모든 것이 그야말로 남가일몽, 잠깐 동안 머릿속을 스쳐간 봄꿈에 불과했다. 전화위복이라는 말은 여기서부터 시작된 말인가 싶다.

그 후 정 초시는 일만금의 돈을 받아 편안하게 살았음은 물론이다.

바보 남편

전라도 순창이라는 고을에 박 선달이라는 총각 녀석이 살고 있었다. 나이는 당년 이십 세, 한마디로 늙은 총각이었다.

때는 정조 5년, 조선 초기의 다난하던 풍운은 걷히고 위로 역대 성왕들이 이룩한 굳건한 왕업을 기둥 삼아 잠시 퇴폐했던 국운을 바로잡아 바야흐로 문무가 명실공히 중흥의 기운이 넘치고 있는 태평성세의 세월이었다.

박 선달이 살고 있는 순창 고을도 연달아 접어드는 대풍년에 고을 사람들은 그야말로 천하태평춘을 마음껏 누리고 있었다. 그야말로 나라가 편하니 신하도 편할 수밖에.

'천하태평 봄이 오니 온 고을이 꽃마을이다. 앞집 처녀 시집가고 뒷집 총각 장가드네. 여보소 첫날밤에 너무 좋아하지 마소. 한평생 두고두고 아껴야만 보배라네.'

시절이 하도 편안하니 언제부턴가 이 고을에는 이 같은 음탕스런 노랫가락이 떠돌아다니고 있었다. 그러나 누구 하나 이런 노래를 탓하는 사람이 없었다.

어디를 보나 화기애애한 명랑한 빛. 근심이라고는 전혀 찾아볼 수 없건만 오직 비봉골에 살고 있는 박 선달의 아버지 박 생원만은 노상 근심 속에서 불안한 세월을 보내고 있었다.

"후유……."

아침에 자리에서 일어날 때마다 박 생원은 질화로에 긴 장죽을 털털 털며 남이 아는 듯 모르는 듯 내뿜는 한숨 소리는 천만 근이나 되는 바위 덩어리가 수천 길 낭떠러지로 굴러떨어지는 소리보다 더욱 처절했다. 정말 땅이 깨지지 않는 게 다행이었다.

남보다 재산이 없어서 박 생원이 한숨으로 세월을 보내는게 아니었다. 오천 석 꺼리의 농토를 소유하고 있는 박 생원인지라, 결코 순창골에서도 다섯 손가락 안에 드는 부자였다.

그럼 남보다 가문이 낮아서인가. 한마디로 말해서 이것도 아니었다. 박 생원의 족보를 가만히 펼쳐본다면 박 생원의 조상들 중 나라의 녹을 먹는 벼슬살이를 지낸 분이 대충 칠팔 명에 달하는 터였다.

이만하면 가문도 결코 남보다 떨어지지 않는다. 그렇다면 어인일로 박 생원이 한숨으로 세월을 보낸단 말인가.

그것은 한마디로 말해서 단 하나 정실 부인에게서 얻은 외동 자식 박 선달 때문이었다.

첩에게 얻은 자식이 셋이나 있지만 적자와 서자의 구별이 엄격한 당시의 사회이고 보니 잘 났던 못 났던 정실에게서 얻은 자식이 가문의 대를 잇기 마련인데 불행이도 정실의 소생 박 선달은 멍청하다기보다는 백치라고 하는 것이 오히려 맞을 정도였다.

그러나 문제는 단순히 박 선달이 멍청하다는데 그치는 것이 아니었다. 사람의 총명과 우매함은 하늘이 내리는 운명이라고 생각하는 박 생원이었기에 자식놈 우매함을 탓하리라 생각지도 않았지만, 그 우매한 녀석이 차츰 나이가 차니 장가를 보내야 할 것은 두말할 나위도 없는 일이었다.

그렇기에 박 생원은 삼년을 두고 맞아드릴 며느리감을 물색해 보았으나 능히 사돈을 맺을 만한 양반집 처녀들은 아예 박 생원이라는 말에는 고개를 흔들었다. 그만큼 박 선달의 멍청함은 순창골에 널리 퍼져 있었던 것이었다.

아이들이 조금 엉뚱한 실수를 저질러도, 그 즉시 부모들은

"이 박 선달 같은 자식아!"

하고 호령을 할 정도니 박 선달이 얼마나 멍청한 인간이라는 것은 능히 짐작을 하고도 남음이 있다.

그날도 마당 앞에 오동나무가 한 잎, 두 잎 떨어지는 가을, 이른 아침이었다.

"후유……"

박 생원은 사랑채에 앉아 장지문 밖으로 떨어지는 오동나무잎 소리를 들으면서 땅이 꺼져라 한숨을 내리쉬었다.

"에그, 또 한숨이구려."

이때 사랑채로 건너오던 마누라 김 씨가 남편의 한숨 소리를 듣고 장지문을 열며 핀잔을 주었다.

"내가 한숨을 쉬든 두숨을 쉬던 임자는 상관 말란 말이오."

박 생원은 아내를 흘기며 마치 화풀이라도 하고 있는 양 툭툭 장죽을 질화로 가에 때렸다.

"상관할 바가 아니라뇨, 그래 영감께서 자나깨나 한숨이신데 낸들 어찌 속이 편하겠소?"

마누라 김 씨는 이러면서 사랑방으로 들어와 영감쟁이 곁에 앉았다.

"흠!"

박 생원은 담배를 몇 모금 빨고서 마누라를 천천히 바라보며 입을 열었다.

"선달이란 녀석이 올해 스물이 아니오?"

"그걸 몰라서 묻수?"

"허어, 마누라는 태평세월이구려. 이제 겨울도 얼마 남지 않았으니 스물 하나가 되겠지?"

박 생원의 말끝에는 무거운 근심이 섞여 있었다.

"나 역시도 어디 마음이 편할 리 있겠소만, 모든 것이 팔자소관이니 그걸 밤낮으로 생각해 봐야 무슨 별 수가 생기겠소. 그저 아무 때라도 시집오겠다는 색씨가 나설 때까지 기다리는 수밖에 없지요."

김 씨는 이렇게 영감을 위로하는 것이었다.

"아니 아무 때라니……?"

그러자 박 생원이 눈을 부릅뜨며 아내를 치켜보는 것이었다.

"나이가 스물이면 늙은 총각인데, 그럼 당신은 자식놈을 더벅머리 총각놈으로 늙을 작정이요?"

"아니 당신도 괜히 화까지 내시는구려. 그래 아무도 딸년을 주지 않겠다는 이 마당에 늙지 않으면 그래 어떻게 하겠단 말씀입니까?"

마누라의 이 같은 말을 듣고보니 실은 옳은 말이었다. 아무리 며느리감을 물색해 봐도 소위 양반이라고 하는 집에서는 누구 하나 딸을 주겠다고 나서는 사람이 없으니 별 수 없는 노릇이 아닌가.

총각녀석 나이가 이십이라면, 지금 세상 같아서는 모두들 젖비린내 나는 어린애라고 가볍게 넘기고 말겠지만, 몇 백 년 조선사회에서 사내 나이 이십은 완전히 노총각 신세를 면치 못했다. 아니 당장 박 생원에 이웃집에 사는 김첨지는 이십세된 아들 밑에서 손자를 둘이나 보고 있는 처지가 아닌가.

"여보, 마누라!"

한참 후 박 생원은 나지막이 목청을 가다듬은 후에 마누라 김 씨를 불렀다.

"……?"

"아무리 위인이 못나 아무 곳에서도 혼인 자리가 나서지 않기로 이대로 자식놈을 놓아둘 수야 없지 않소?"

"그야 영감 마음이나 제 마음이나 같습니다요. 허지만 무슨 뾰족한 수라도 있수……. 원 지난 팔월 보름날 동산에 오르니까 곱게 단장한 가시네들도 많기도 하던데……."

"허— 당신두 한숨을 쉬는구려."

박 생원은 이러면서 한동안 꺼먹꺼먹 맞은편 바람벽을 바라보고 있더니 이내 결심한 바가 있다는 듯 힘을 내어 입을 열었다.

"여보 그럼 이렇게 합시다."

"어떻게요?"

"우리 가문이 원래 이 호남에서는 누구 못지 않게 명문이지만, 우리 가문과 능히 상대가 될 만한 양반 집에서는 규수를 얻기 어려우니 비록 상인이라 할진대 백정이나 무당이 아니라면 통혼을 허락하는 것이 어떻겠소?"

"그것 좋은 말씀입니다만, 어디 마땅한 처녀가 쉽게 나설까요?"

"그거야 두고 봐야 알 것 아니오?"

이렇게 두 내외가 의논한 끝에 그날로 즉시 매파를 놓아 혼처 자리를 구하게 했으나 하루가 가고 이틀이 가고 드디어 가을이 다 가도록 영영 시집 오겠다는 처자는 나서지 않았다.

그럴수록 못난 소엉덩이부터 뿔이 난다고, 이제는 술만 먹으면 박 선달은 장가 보내주지 않는다고 행패를 부리는 것이었다.

박 생원의 근심은 더욱 깊어갔다. 이러다가는 자식놈의 장가는커녕 집안 망신만 톡톡히 당할 것 같아 마침내, 그는 딸을 주겠다는 사람에게는 오백 석이 나오는 토지를 주겠다는 현상금을 걸기에 이르렀다.

그래도 박 선달이라는 작자가 얼마나 멍청했는지 선뜩 나서는 사람이 없는데, 하루는 마당골에 사는 가난한 농부의 딸이 이 소문을 듣게 되었다.

'오백 석이라, 우리 같은 사람이야 꿈에도 생각 못할 넓은 땅이로구나.'

혼자서 이렇게 감탄을 하던 처녀는 이왕 집안이 가난하여 장차 혼인을 한다 하더라도 역시 같은 처지의 가난한 집으로 갈 것이 뻔하니 이왕 내킨 걸음에 박 선달한테로 시집을 가 친정집이나 살리자는 생각이 번쩍 들었다.

그래 어느 날 저녁에 처녀는 자기의 결심한 바를 아버지 앞에 털어놓게 되었다.

"그래 아무리 돈도 좋지만, 그렇게 멍청하다는 녀석에게 시집을 가겠다니 두고두고 네 흉중에 맺힐 설음이야 풀길이 없을게 아니냐?"

딸의 말을 듣고 난 아버지는 마음 속으로는 좋으면서도 그래도 부모된 도리로서 딸의 의향을 다시금 떠 보았다.

"아이 참, 아버님두—. 이 세상에서 설움이 많다 하나 가난한 설움보다 더한 것이 있겠습니까. 그리고 상대편 박 선달이라는 총각은 머리가 우둔하다 하온즉, 그것은 그의 소견이 아직도 트이지 못해 그런줄 압니다. 소녀가 힘껏 가르치면 나아질 줄 알고 있습니다."

딸의 말을 듣고 난 농부는 내심 크게 기뻐하면서 날 새기를 기다려 즉시 비봉골 박 생원 집으로 달려가 청혼을 했다. 오백석 꺼리라는 어마어마한 상금을 내걸어도 거들떠보는 이조차 없어 가뜩이나 초조하던 박 생원 내외는 크게 기뻐하여 농부의 청을 받아드렸음은 두말할 필요도 없다.

마침내 호화스런 잔치가 끝나고 더벅머리 박 선달은 그제서야 늙은 총각을 면하게 되었다. 그런데 새색씨가 가만히 박 선달을 보니 사람치고는 그렇게 멍청할 수가 없었다. 집안이 원체 부유하기 때문에 날마다 손님이 들고나건만 박 선달은 그저 두 눈만을 멀뚱하니 쳐다볼 뿐 도무지 인사 한마디가 없었다.

이러한 박 선달의 행동을 민망하게 생각한 그 새아내는 어느 날 아침에 멍청한 남편에게 일렀다.

"여보 당신은 집안 사람뿐만 아니라, 드나드는 손님들에까지 도대체 인사라고 없으니 웬일이요?"

"참……."

그러자 박 선달은 한동안 뒷통수만 긁적글적하고 있더니 입을 헤벌리며 겨우 한다는 말이 걸작이었다.

"그거 인사를 어떻게 하는지 알아야 하지……?"

기가막힌 건 새색씨였다. 웬 사람의 자식으로 태어나서 그래 인사를 어떻게 하는지 모르다니 이건 짐승만도 못한 위인이었다.

"여보, 집안에서 기르는 강아지 새끼도 밖에 나갔다가 주인이 들어오면 반가워 꼬리를 치는데, 장차 양반집 자제분이라는 귀한 몸으로 인사를 모르신다는 것은 말씀이 아닙니다. 앞으로 소첩이 시키는 대로 인사를 하십시오."

"그렇게 하지."

박 선달은 아내가 시키는 대로 쾌히 승낙했다.

"저……."

새색씨는 잠시 얼굴을 붉히더니 이내 생긋 웃으면서 장롱에서 명주실을 한 타래 끄집어냈다.

"이렇게 하셔요."

색씨는 그리고 명주실을 가져다 박 선달 바지 밑으로 갖다 댔다.

"바지를 벗으셔요."

아내의 말에 박 선달은 그저 시키는 대로 아무 거리낌 없이 바지를 훌렁 벗어버렸다. 그러자 큼직한 양물이 밑으로 축 처져 있는 것이 보였다.

"여기다 말씀예요. 호호……."

새색씨는 웃음을 씹어 삼기며 명주실로 사나이의 양두를 꼭꼭 묶어 매달았다.

"자, 이제 됐어요. 앞으로 제가 이 끈을 잡아당길 때는 그저 고개를 굽혀 인사하셔요. 잘 아셨죠?"

"음, 그런데 무어라고 인사말을 해야 하는고?"

"아이참, 끈을 두 번 잡아당기면 '어서 오십시오.'하시고, 한 번 잡아당기면 '안녕히 가세요.' 그러세요."

"알았소. 그렇게 하리다."

박 선달은 좋아라 했다. 축 늘어진 양물에 매단 끄나풀은 명주바지 가랑이로 이어져 있어 그 한쪽은 새각시가 잡고 있었다.

이리하여 박 선달은 그 후로 아내의 신호를 따라 집안에 오고가는 어른들에게 인사를 하기에 이르러 손님들은 선달이가 장가를 들더니 이제 제법 사람이 되어가는구나 하고 기특하게 여겼다.

그러던 어느 날이었다. 박 선달은 방안에 덜렁 드러누워 있고 그의 아내는 마당 앞 우물에서 빨래를 하고 있었다. 물론 양물에 매달은 명주 끄나풀은 새색씨가 차고 있었다.

방안에서 벌떡 누워 오늘 밤은 또 어떻게 아내와 재미를 볼까 음탕한 생각에 빠져 있던 박 선달은 그때 양물을 힘껏 잡아다니는 바람에 자리에서 벌떡 일어나 방문에다 대고

"안녕히 가십시오. 안녕히 가십시오."

하며 같은 말을 수십 번이나 되풀이 한다. 왜냐면 양물을 잡아당기는 끄나풀이 수십 번이나 그칠 줄 모르고 흔들기 때문이었다.

'오늘은 웬 놈의 손님이 이리 많이 가느냐. 오는 사람은 별로 못 보았는데…….'

박 선달은 이제 양물이 아파서 잔뜩 연장을 두 손으로 움켜쥔 채

"안녕히 가십시오……."

하고 끄나풀이 움직일 때마다 문밖을 향하여 고개를 끄덕이고 있었다.

이때 그의 아내가 빨래를 하다가 가만히 들으니 안방에서 남편이 누구에겐가 안녕히 가라는 인사말을 끝없이 뇌까리고 있는 것이 아닌가.

'참 괴하도다!'

새색씨는 이러면서 안방 마당을 쳐다보니 이제 겨우 젖떨어진 강아지 새끼가 마당가로 늘어뜨려진 명주실을 앞발로 희롱하고 있는 것이었다.

"에끼, 이놈의 강아지야!"

새색씨는 하도 어이가 없어서 빨래 방망이로 강아지를 내쫓을 때,

"여보, 아직 손님이 가지 않았소? 연장이 떨어져 나갈 것만 같구려."

이 같은 소리가 아픔을 이기지 못하는 비명 소리로 방안에서 들려오는 것이었다.

"이제 손님이 다 가셨으니 편히 쉬소서."

새색씨는 강아지를 쫓은 후, 방에다 대고 소리쳤다.

"아이쿠! 그놈의 손님들 가다가 다 얼어서 죽어버려라."

박 선달은 그제서야 연장을 어루만지며 털썩 방바닥에 주저앉았다.

“사람 못난 건 개새끼만도 못하구나.”

우물에서 빨래하던 새색씨는 이렇게 중얼거리면서 한숨을 내려 쉬었다. 박 생원의 한숨이 이젠 새색씨에게로 옮겨진 것이다.

한국의 농담

발　행 2016년 10월 20일 초판

엮은이 이 강 래
발행처 문 지 사
발행인 홍 철 부

등록일자 1978년 8월 11일
출판등록 제3-50호

주소 서울특별시 은평구 갈현로 312
전화 | 영업팀 02)386-8451(代)
| 편집팀 02)386-8452
| 팩　스 02)386-8453

정가 15,000원

* 잘못된 책은 구입한 곳에서 바꾸어 드립니다.